Theodor Fontane

Grete Minde

Unterm Birnbaum

Erzählungen

Fischer Taschenbuch Verlag

Veröffentlicht im Fischer Taschenbuch Verlag,
einem Unternehmen der S. Fischer Verlag GmbH,
Frankfurt am Main, März 2009

Für diese Ausgabe:

Satz: Dörlemann Satz, Lemförde
Druck und Bindung: Clausen & Bosse, Leck
Printed in Germany
ISBN 978-3-596-90146-3

Unsere Adressen im Internet:
www.fischerverlage.de
www.fischer-klassik.de

Inhalt

GRETE MINDE

Nach einer altmärkischen Chronik

I

Das Hänflingsnest

»Weißt du, Grete, wir haben ein Nest in unserm Garten, und ganz niedrig, und zwei Junge drin.«

»Das wäre! Wo denn? Ist es ein Fink oder eine Nachtigall?«

»Ich sag' es nicht. Du musst es raten.«

Diese Worte waren an einem überwachsenen Zaun, der zwei Nachbargärten voneinander trennte, gesprochen worden. Die Sprechenden, ein Mädchen und ein Knabe, ließen sich nur halb erkennen, denn so hoch sie standen, so waren die Himbeerbüsche hüben und drüben doch noch höher und wuchsen ihnen bis über die Brust.

»Bitte, Valtin«, fuhr das Mädchen fort, »sag es mir.«

»Rate.«

»Ich kann nicht. Und ich *will* auch nicht.«

»Du *könntest* schon, wenn du wolltest. Sieh nur«, und dabei wies er mit dem Zeigefinger auf einen kleinen Vogel, der eben über ihre Köpfe hinflog und sich auf eine hohe Hanfstaude niedersetzte.

»Sieh«, wiederholte Valtin.

»Ein Hänfling?«

»Geraten.«

Der Vogel wiegte sich eine Weile, zwitscherte und flog dann wieder in den Garten zurück, in dem er sein Nest hatte. Die beiden Kinder folgten ihm neugierig mit ihren Augen.

»Denke dir«, sagte Grete, »ich habe noch kein Vogelnest gesehen; bloß die zwei Schwalbennester auf unsrem Flur. Und ein Schwalbennest ist eigentlich gar kein Nest.«

»Höre, Grete, ich glaube, da hast du recht.«

»Ein richtiges Nest, ich meine von einem Vogel, nicht ein Krähen- oder Storchennest, das muss so weich sein wie der Flachs von Reginens Wocken.«

»Und so ist es auch. Komm nur. Ich zeig' es dir.« Und dabei sprang er vom Zaun in den Garten seines elterlichen Hauses zurück.

»Ich darf nicht«, sagte Grete.

»Du darfst nicht?«

»Nein, ich soll nicht. Trud ist dawider.«

»Ach, Trud, Trud. Trud ist deine Schwieger, und eine Schwieger ist nicht mehr als eine Schwester. Wenn ich eine Schwester hätte, die könnte den ganzen Tag verbieten, ich tät' es doch. Schwester ist Schwester. Spring. Ich fange dich.«

»Hole die Leiter.«

»Nein, spring.«

Und sie sprang, und er fing sie geschickt in seinen Armen auf.

Jetzt erst sah man ihre Gestalt. Es war ein halbwachsenes Mädchen, sehr zart gebaut, und ihre feinen Linien, noch mehr das Oval und die Farbe ihres Gesichts, deuteten auf eine Fremde.

»Wie du springen kannst«, sagte Valtin, der seinerseits einen echt märkischen Breitkopf und vorspringende Backenknochen hatte. »Du fliegst ja nur so. Und nun komm, nun will ich dir das Nest zeigen.«

Er nahm sie bei der Hand, und zwischen Gartenbeeten hin, auf denen Dill und Pastinak in hohen Dolden standen, führte er sie bis in den Mittelgang, der weiter abwärts vor einer Geißblattlaube endigte.

»Ist es hier?«

»Nein, in dem Holunder.«

Und er bog ein paar Zweige zurück und wies ihr das Nest.

Grete sah neugierig hinein und wollte sich damit zu schaffen machen, aber jetzt umkreiste sie der Vogel, und Valtin sagte: »Lass; er ängstigt sich. Es ist wegen der Jungen; unsere Mütter sind nicht so bang um uns.«

»Ich habe keine Mutter«, erwiderte Grete scharf.

»Ich weiß«, sagte Valtin, »aber ich vergess' es immer wieder.

Sieht sie doch aus, als ob sie deine Mutter wäre, versteht sich, deine Stiefmutter. Höre, Grete, sieh dich vor. Hübsch ist sie, aber hübsch und bös. Und du kennst doch das Märchen vom Machandelboom?«

»Gewiss kenn' ich das. Das ist ja mein Lieblingsmärchen. Und Regine muss es mir immer wieder erzählen. Aber nun will ich zurück in unseren Garten.«

»Nein, du musst noch bleiben. Ich freue mich immer, wenn ich dich habe. Du bist so hübsch. Und ich bin dir so gut.«

»Ach, Narretei. Was soll ich noch bei dir?«

»Ich will dich noch ansehen. Mir ist immer so wohl und so weh, wenn ich dich ansehe. Und weißt du, Grete, wenn du groß bist, da musst du meine Braut werden.«

»Deine Braut?«

»Ja, meine Braut. Und dann heirat' ich dich.«

»Und was machst du dann mit mir?«

»Dann stell' ich dich immer auf diesen Himbeerzaun und sage ›spring‹; und dann springst du, und ich fange dich auf, und ...«

»Und?«

»Und dann küss' ich dich.«

Sie sah ihn schelmisch an und sagte: »Wenn das wer hörte! Emrentz oder Trud ...«

»Ach, Trud und immer Trud. Ich kann sie nicht leiden. Und nun komm und setz dich.«

Er hatte diese Worte vor dem Laubeneingang gesprochen, an dessen rechter Seite eine Art Gartenbank war, ein kleiner niedriger Sitzplatz, den er sich aus vier Pflöcken und einem darüber gelegten Brett selbst zurechtgezimmert hatte. Er liebte den Platz, weil er sein Eigen war und nach dem Nachbargarten hinübersah. »Setz dich«, wiederholte er, und sie tat's und er rückte neben sie. So verging eine Weile. Dann zog er einen Malvenstock aus der Erde und malte Buchstaben in den Sand.

»Lies«, sagte er. »Kannst du's?«

»Nein.«

»Dann muss ich dir sagen, Grete, dass du deinen eignen Namen nicht lesen kannst. Es sind fünf Buchstaben, und es heißt Grete.«

»Ach, griechisch«, lachte diese. »Nun merk' ich erst; ich soll dich bewundern. Hatt' es ganz vergessen. Du gehörst ja zu den sieben, die seit Ostern zum alten Gigas gehen. Ist er denn so streng?«

»Ja und nein.«

»Er sieht einen so durch und durch. Und seine roten Augen, die keine Wimpern haben …«

»Lass nur«, beruhigte Valtin. »Gigas ist gut. Es muss nur kein Calvinscher sein oder kein Katholscher. Da wird er gleich bös, und Feuer und Flamme.«

»Ja, sieh, das ist es ja eben …«

Valtin malte mit dem Stocke weiter. Endlich sagte er: »Ist es denn wahr, dass deine Mutter eine Katholsche war?«

»Gewiss war sie's.«

»Und wie kam sie denn ins Land und in euer Haus?«

»Das war, als mein Vater in Brügge war, da sind viele Spansche. Kennst du Brügge?«

»Freilich kenn' ich's. Das ist ja die Stadt, wo sie die beiden Grafen enthauptet haben.«

»Nein, nein. Das verwechselst du wieder. Du verwechselst auch immer. Weißt du noch … Ananias und Aeneas?! Aber das war damals, als du noch nicht bei Gigas warst … Ach, bei Gigas! Und nun soll ich auch hin, denn ich werde ja vierzehn, und Trud ist bei ihm gewesen, wegen Unterricht und Firmung, und hat es alles besprochen … Aber sieh, ihr habt ja noch Kirschen an eurem Baum. Und wie dunkel sie sind! Nur zwei. Die möcht' ich haben.«

»Es ist zu hoch oben; da können bloß die Vögel hin. Aber lass sehen, Gret', ich will sie dir doch holen … wenn …«

»Wenn?«

»Wenn du mir einen Kuss geben willst. Eigentlich müsstest du's. Du bist mir noch einen schuldig.«

»Schuldig?«

»Ja. Von Silvester.«

»Ach, das ist lange her. Da war ich noch ein Kind.«

»Lang oder kurz. Schuld ist Schuld.«

»Und bedenke, dass ich morgen zu Gigas komme …«

»Das ist erst morgen.«

Und ehe sie weiter antworten konnte, schwang er sich in den Baum und kletterte rasch und geschickt bis in die Spitze, die sofort heftig zu schwanken begann.

»Um Gott, du fällst«, rief sie hinauf; er aber riss den Zweig ab, an dem die zwei Kirschen hingen, und stand im Nu wieder auf dem untersten Hauptast, an dem er sich jetzt, mit beiden Knien einhakend, waagerecht entlangstreckte.

»Nun pflücke«, rief er und hielt ihr den Zweig entgegen. »Nein, nein, nicht so. Mit dem Mund …«

Und sie hob sich auf die Fußspitzen, um nach seinem Willen zu tun. Aber im selben Augenblicke ließ er die Kirschen fallen, bückte sich mit dem Kopf und gab ihr einen herzhaften Kuss.

Das war zu viel. Erschrocken schlug sie nach ihm und lief auf die Gartenleiter zu, die dicht an der Stelle stand, wo sie das Gespräch zwischen den Himbeerbüschen gehabt hatten. Erst als sie die Sprossen hinauf war, hatte sich ihr Zorn wieder gelegt, und sie wandte sich und nickte dem noch immer verdutzt Dastehenden freundlich zu. Dann bog sie die Zweige voneinander und sprang leicht und gefällig in den Garten ihres eigenen Hauses zurück.

2

Trud und Emrentz

In den Gärten war alles still, und doch waren sie belauscht worden. Eine schöne, junge Frau, Frau Trud Minde, modisch gekleidet, aber mit strengen Zügen, war, während die beiden noch plauderten, über den Hof gekommen und hatte sich hinter einem Weinspalier versteckt, das den geräumigen, mit Gebäuden umstandenen Mindeschen Hof von dem etwas niedriger gelegenen Garten trennte. Sechs Stufen führten hinunter. Nichts war ihr hier entgangen, und die widerstreitendsten Gefühle, nur keine freundlichen, hatten sich in ihrer Brust gekreuzt. Grete war noch ein Kind, so sagte sie sich, und alles, was sie von ihrem Versteck aus gesehen hatte, war nichts als ein kindisches Spiel. Es war nichts und es bedeutete nichts. Und doch, es war Liebe, *die* Liebe, nach der sie sich selber sehnte, und an der ihr Leben arm war bis diesen Tag. Sie war nun eines reichen Mannes ehelich Weib; aber nie, so weit sie zurückdenken mochte, hatte sie lachend und plaudernd auf einer Gartenbank gesessen, nie war ein frisches, junges Blut um ihretwillen in einen Baumwipfel gestiegen und hatte sie dann kindlich unschuldig umarmt und geküsst. Das Blut stieg ihr zu Kopf, und Neid und Missgunst zehrten an ihrem Herzen.

Sie wartete, bis Grete wieder diesseits war, und ging dann raschen Schrittes über den Hof auf Flur und Straße zu, um nebenan ihre Muhme Zernitz, des alten Ratsherrn Zernitz zweite Frau und Valtins Stiefmutter, aufzusuchen. In der Tür des Nachbarhauses traf sie Valtin, der beiseitetrat, um ihr Platz zu machen. Denn sie war in Staat, in hoher Stehkrause und goldener Kette.

»Guten Tag, Valtin. Ist Emrentz zu Haus? Ich meine deine Mutter.«

»Ich denke, ja. Oben.«

»Dann geh hinauf und sag ihr, dass ich da bin.«

»Geh nur selbst. Sie hat es nicht gern, wenn ich in ihre Stube komme.«

Es klang etwas spöttisch. Aber Trud, erregt wie sie war, hatte dessen nicht acht und ging, an Valtin vorüber, in den ersten Stock hinauf, dessen große Hinterstube der gewöhnliche Aufenthalt der Frau Zernitz war. Das nach vorn zu gelegene Zimmer von gleicher Größe, das keine Sonne, dafür aber viele hohe Lehnstühle und grün-verhangene Familienbilder hatte, war ihr zu trist und öde. Zudem war es das Wohn- und Lieblingszimmer der ersten Frau Zernitz gewesen, einer steifen und langweiligen Frau, von der sie lachend als von ihrer »Vorgängerin im Amt« zu sprechen pflegte.

Trud, ohne zu klopfen, trat ein und war überrascht von dem freundlichen Bilde, das sich ihr darbot. Alle drei Flügel des breiten Mittelfensters standen auf, die Sonne schien, und an dem offenen Fenster vorbei schossen die Schwalben. Über die Kissen des Himmelbetts, dessen hellblaue Vorhänge zurückgeschlagen waren, waren Spitzentücher gebreitet, und vom Hofe herauf hörte man das Gackern der Hühner und das helle Krähen des Hahns.

»Ei, Trud«, erhob sich Emrentz und schritt von ihrem Fensterplatz auf die Muhme zu, um diese zu begrüßen. »Zu so früher Stunde. Und schon in Staat! Lass doch sehen. Ei, das ist ja das Kleid, das du den Tag nach deiner Hochzeit trugst. Wie lange ist es? Ach, als ich dir damals gegenübersaß, und Zernitz neben mir, und die grauen Augen der guten alten Frau Zernitz immer größer und immer böser wurden, weil er mir seine Geschichten erzählte, die kein Ende hatten, und immer so herzlich lachte, dass ich zuletzt auch lachen musste, aber über *ihn,* da dacht' ich nicht, dass ich zwei Jahre später an diesem Fenster sitzen und *auch* eine Frau Zernitz sein würde.«

»Aber eine andere.«

»Gott sei Dank, eine andere ... Komm, setz dich ... Und ich glaube, Zernitz denkt es auch. Denn Männer in zweiter Ehe, musst du wissen, das sind die besten. Das erst' ist, dass sie die erste Frau vergessen, und das zweit' ist, dass sie alles tun, was wir wollen. Und das ist die Hauptsache. Ach, Trud, es ist zum Lachen; sie schämen sich ordentlich und entschuldigen sich vor uns, schon eine erste gehabt zu haben. Andre mögen anders sein; aber für meinen alten Zernitz bürg' ich, und wäre nicht der Valtin …«

»Um *den* eben komm' ich«, unterbrach Trud, die der Muhme nur mit halbem Ohre gefolgt war, »um eben deinen Valtin. Höre, das hat sich ja mit der Gret', als ob es Braut und Bräutigam wäre. Er muss aus dem Haus. Und ich denke, du wirst ihn missen können.«

»Lass doch. Es sind ja Kinder.«

»Nein; es sind nicht Kinder mehr. Valtin ist sechzehn oder wird's, und Gret' ist über ihre Jahre und hat's von der Mutter.«

»Nicht doch. Ich war ebenso.«

»Das ist dein' Sach', Emrentz.«

»Und dich verdrießt es«, lachte diese.

»Ja, mich verdrießt es; denn es gibt einen Anstoß im Haus und in der Stadt. Und ich mag's und will's nicht. Du hast einen leichten Sinn, Emrentz, und siehst es nicht, weil du zu viel in den Spiegel siehst. Lache nur; ich weiß es wohl, er will es; alle Alten wollen's, und du sollst dich putzen und seine Puppe sein. Aber ich, ich seh' um mich, und was ich eben gesehen hab' … Emrentz, mir schlägt noch das Herz. Ich komme von Gigas und suche Greten und will ihr sagen, dass sie sich vorbereitet und ernst wird in ihrem Gemüt, da find' ich sie … nun rate wo? Im Garten zwischen den Himbeerbüschen. Und wen mit ihr? Deinen Valtin …«

»Und er gibt ihr einen Kuss. Ach, Trud, ich hab's ja mit angesehn, alles, hier von meinem Fenster, und musst' an alte Zeiten denken, und an den Sommer, wo ich auch dreizehn war und mit Hans Hensen Versteckens spielte und eine geschlagene Glockenstunde hinter dem Rauchfang saß, Hand in Hand und immer nur in Sorge, dass wir zu früh gefunden, zu früh in unserem Glücke gestört werden könnten. Lass doch, Trud, und gönn's ihnen. 's ist nichts mit alter Leute Zärtlichkeiten, und ich wollt', ich stünde wieder, wie heute die Grete stand. Es war so hübsch und ich hatt' eine Freude dran. Nun bin ich dreißig und er ist doppelt so alt. Hätt ich noch vier Jahre gewartet, höre Trud, ich glaube fast, ich hätte besser zu dem Jungen als zu dem Alten gepasst. Sieh nicht so bös drein, und bedenk, es trifft's nicht jeder so gut wie du. Gleich zu gleich und jung zu jung.«

»Jung zu jung!« sagte diese bitter. »Es geht ins dritte Jahr, und unser Haus ist öd und einsam.«

»Alt oder jung, wir müssen uns eben schicken, Trud«, und dabei nahm Emrentz ihrer Muhme Arm und schritt mit ihr in dem geräumigen Zimmer auf und ab. »Mein Alter ist zu jung, und dein Junger ist zu alt; und so haben wir's gleich, trotzdem uns der Schuh an ganz verschiedenen Stellen drückt. Nimm's leicht, und wenn du das Wort nicht leiden kannst, so sei wenigstens billig und gerecht. Wie liegt's denn? Höre Trud, ich denke, wir haben nicht viel eingesetzt und dürfen nicht viel fordern. Hineingeheiratet haben wir uns. Und war's denn besser, als wir mit fünfundzwanzig, oder war's noch ein Jahr mehr, auf dem Gardelegener Marktplatz saßen und gähnten und strickten, und von unsrem Fenster aus den Bauerfrauen die Eier in der Kiepe zählten? Jetzt kaufen wir sie wenigstens und leben einen guten Tag. Und das Sprichwort sagt, man kann nicht alles haben. Was fehlt, fehlt. Aber dir zehrt's am Herzen, dass dir nichts Kleines in der Wiege schreit, und du versuchst es nun mit Gigas und mit Predigt und Litanei. Aber das hilft zu nichts und hat noch keinem geholfen. Halte dich ans Leben; *ich* tu's und getröste mich mit der Zukunft. Und wenn der alte Zernitz eine zweite Frau nahm, warum sollt ich nicht einen zweiten Mann nehmen? Da hast du meine Weisheit, und warum es mir gedeiht. Lache mehr und bete weniger.«

Es schien, dass Trud antworten wollte, aber in diesem Augenblick hörte man deutlich von der Straße her das Schmettern einer Trompete und dazwischen Paukenschläge. Es kam immer näher, und Emrentz sagte: »Komm, es müssen die Puppenspieler sein. Ich sah sie schon gestern auf dem Anger, als ich mit meinem Alten aus dem Lorenzwäldchen kam.« Und danach gingen beide junge Frauen in das Frau Zernitzsche Vorderzimmer mit den hohen Lehnstühlen und den verhangenen Familienbildern und stellten sich an eins der Fenster, das sie rasch öffneten.

Und richtig, es waren die Puppenspieler, zwei Männer und eine Frau, die, bunt und phantastisch aufgeputzt, ihren Umritt hielten. Hunderte von Neugierigen drängten ihnen nach. Es war ersichtlich, dass sie nicht hier, sondern erst weiter abwärts, an einem unmittelbar am Markte gelegenen Eckhause zu halten gedachten, als aber der zur Rechten Reitende, der lange, gelb und schwarz gestreifte Trikots und ein schwarzes, eng anliegendes Samt- und Atlascollet trug, der beiden jungen Frauen gewahr wurde, hielt er sein Pferd plötzlich an und gab ein Zeichen, dass der die Pauke rührende hagere Hanswurst, dessen weißes Hemd und spitze Filzmütze bereits der Jubel aller Kinder waren, einen Augenblick schweigen solle. Zugleich nahm er sein Barett ab und grüßte mit ritterlichem Anstand zu dem Fenster des Zernitzschen Hauses hinauf. Und nun erst begann er: »Heute Abend, sieben Uhr, mit hoher obrigkeitlicher Bewilligung, auf dem Rathause hiesiger kurfürstlicher Stadt Tangermünde: *Das Jüngste Gericht.*«

Dies Wort wurde, während der Schwarz- und Gelbgestreifte die Trompete hob, von einem ungeheuern Paukenschlage begleitet.

»Das Jüngste Gericht! Großes Spiel in drei Abteilungen, so von uns gespielet worden vor Ihren christlichen Majestäten, dem römischen Kaiser und König, und dem Könige von Ungarn und Polen. Desgleichen vor allen Kurfürsten und Fürsten deutscher Nation. Worüber wir Zeugnisse haben allerdurchlauchtigster Satisfaktion. Das Jüngste Gericht! Großes Spiel in drei Abteilungen, mit Christus und Maria, samt dem Lohn aller Guten und der Verdammnis aller Bösen. Dazu beides, Engel und Teufel, und großes Feuerwerk, aber ohne Knall und Schießen und sonstige Fährlichkeit, um nicht ›denen schönen Frauen‹, so wir zu sehen hoffen, irgendwie störend oder missfällig zu sein.«

Und nun wieder Paukenschlag und Trompetenstoß, und auf den Marktplatz zu nahm der Umritt seinen Fortgang, während der Puppenspieler im Trikot noch einmal zu dem Zernitzschen Hause hinaufgrüßte. Auch die dunkelfarbige Frau, die zwischen den beiden anderen zu Pferde saß, verneigte sich. Sie schien groß und stattlich und trug ein Diadem mit langem schwarzem Schleier, in den zahllose Goldsternchen eingenäht waren.

»Gehst du heute«, fragte Emrentz.

»Nein. Nicht heut' und nicht morgen. Es widersteht mir, Gott und Teufel als bloße Puppen zu sehen. Das Jüngste Gericht ist kein Spiel, und ich begreif' unsre Ratmannen nicht, und am wenigsten unsern alten Peter Guntz, der doch sonst ein christlicher Mann ist. Heiden und Türken sind's. Sahst du die Frau? Und wie der lange schwarze Schleier ihr vom Kopfe hing?«

»Ich gehe doch«, lachte Emrentz.

Damit trennten sich die Frauen, und Trud, unzufrieden über das Gespräch und das Scheitern ihrer Pläne, kehrte noch übellauniger, als sie gekommen, in das Mindesche Haus zurück.

3

Das »Jüngste Gericht« und was weiter geschah

In jener Stille, wie sie dem Mindeschen Hauswesen eigen war, verging der Tag; nur der Pfauhahn kreischte von seiner Stange, und aus dem Stallgebäude her hörte man das Stampfen eines Pferdes, eines schönen flandrischen Tieres, das der alte Minde, bei Gelegenheit seiner zweiten Heirat, aus den Niederlanden mit heimgebracht hatte. Das war nun fünfzehn Jahre; es war alt geworden wie sein Herr, aber hatte bessere Tage als dieser.

Grete hatte gebeten, das Puppenspiel im Rathaus besuchen zu

dürfen, und es war ihr, allem Abmahnen Truds unerachtet, von ihrem Vater, dem alten Minde, gestattet worden, nachdem dieser in Erfahrung gebracht hatte, dass auch Emrentz und Valtin und der alte Zernitz selbst dem Spiele beiwohnen würden. Lange vor sieben Uhr hatte man Greten abgeholt, und in breiter Reihe, als ob sie zusammengehörten, schritten jetzt alle gemeinschaftlich auf das Rathaus zu. Die Freitreppe, die hinaufführte, war mit Neugierigen besetzt, auch mit solchen, die drinnen ihre Plätze hatten und nur wieder ins Freie getreten waren, um so lange wie möglich noch der frischen Luft zu genießen. Denn in dem niedrig gewölbten Saale war es stickig, und kein anderes Licht fiel ein, als ein gedämpftes von Flur und Treppe her. In der zweiten Reihe waren ihnen unter Beistand eines alten Stadt- und Ratsdieners einige Mittelplätze freigehalten worden, auf denen sie bequemlich Platz nahmen, erst Zernitz selbst und Emrentz, dann Valtin und Grete. Das war auch die Reihenfolge, in der sie saßen. Grete war von Anfang an nur Aug' und Ohr, und als Emrentz ihr aus einem Sandelkästchen allerhand Süßigkeiten bot, wie sie damals Sitte waren, überzuckerte Frucht und kleine Theriak=Kügelchen, dankte sie und weigerte sich, etwas zu nehmen. Valtin sah es und flüsterte ihr zu: »Fürchtest du dich?«

»Ja, Valtin. Bedenke, das Jüngste Gericht.«

»Wie kannst du nur? Es sind ja Puppen.«

»Aber sie bedeuten was, und ich weiß doch nicht, ob es recht ist.«

»Das hat dir Trud ins Gewissen gered't«, lachte Emrentz, und Grete nickte.

»Glaub ihr nicht; es ist 'ne fromme Sach'. Und in Stendal haben sie's in der Kirchen gespielt.« Und dabei nahm Emrentz eine von den kandierten Früchten und drückte den Stängel in ihres Alten große Sommersprossenhand. Der aber nickte ihr zärtlich zu, denn er nahm es für Liebe.

Während dieses Gesprächs hatte sich der Saal auf allen Plätzen gefüllt. Viele standen bis nach dem Ausgange zu, vor den Zernitzens aber saß der alte Peter Guntz, der schon zum vierten Male

Burgemeister war, und den sie um seiner Klugheit und Treue willen immer wieder wählten, trotzdem er schon an die achtzig zählte. »Das ist ja Grete Minde«, sagte er, als er des Kindes ansichtig wurde. »Sei brav, Gret'.« Und dabei sah er sie mit seinen kleinen und tiefliegenden Augen freundlich an.

Und nun wurd' es still, denn auf dem Rathausturme schlug es sieben, und die Gardine, die bis dahin den Bühnenraum verdeckt hatte, wurde langsam zurückgezogen. Alles erschien anfänglich in grauer Dämmerung, als sich aber das Auge an das Halbdunkel gewöhnt hatte, ließ sich die Herrichtung der Bühne deutlich erkennen. Sie war, der Breite nach, dreigeteilt, wobei sich der treppenförmige Mittelraum etwas größer erwies als die beiden Seitenräume, von denen der eine, mit der schmalen Tür, den Himmel, und der andre, mit der breiten Tür, die Hölle darstellte. Engel und Teufel standen oder hockten umher, jeder auf der ihm zuständigen Seite, während eine hagere Puppe, mit weißem Rock und trichterförmiger Filzmütze, die dem lebendigen Hanswurst des Vormittagsrittes genau nachgebildet schien, zu Füßen der großen Mitteltreppe saß, deren Stufen zu Christus und Maria hinaufführten. Was nur der Hagere hier sollte? Grete fragte sich's und wusste keine Antwort; allen anderen aber war kein Zweifel, zu welchem Zweck er da war, und dass ihm oblag, Schergendienste zu tun und die Sonderung in Gut' und Böse, nach einer ihm werdenden Ordre oder vielleicht auch nach eigenem souveränem Ermessen durchzuführen. Und jetzt erhob sich Christus von seinem Thronsessel und gab mit der Rechten das Zeichen, dass das Gericht zu beginnen habe. Ein Donnerschlag begleitete die Bewegung seiner Hand und die Erde tat sich auf, aus der nun, erst langsam und ängstlich, dann aber rasch und ungeduldig, allerhand Gestalten ans Licht drängten, die sich, irgendeinem berühmten Totentanz entnommen, unschwer als Papst und Kaiser, als Mönch und Ritter und viel andere noch erkennen ließen. Ihr Hasten und Drängen entsprach aber nicht dem Willen des Weltenrichters, und auf seinen Wink eilte jetzt der sonderbare Scherge herbei, drückte die Toten wieder zurück und schloss den Grabdeckel, auf den er sich nun selber gravitätisch setzte.

Nur zwei waren außerhalb geblieben, ein wohlbeleibter Abt mit einem roten Kreuz auf der Brust und ein junges Mädchen, ein halbes Kind noch, in langem weißem Kleid und mit Blumen im Haar, von denen einzelne Blätter bei jeder Bewegung niederfielen. Grete starrte hin; ihr war, als würde sie selbst vor Gottes Thron gerufen, und ihr Herz schlug und ihre zarte Gestalt zitterte. Was wurd' aus dem Kind? Aber ihre bange Frage musste sich noch gedulden, denn der Abt hatte den Vortritt, und Christus, in einem Ton, in dem unverkennbar etwas von Scherz und Laune mitklang, sagte:

»Mönchlein, schau hin, du hast keine Wahl,
Die schmale Pforte, *dir* ist sie zu schmal.«

Und im selben Augenblick ergriff ihn der Scherge und stieß ihn durch das breite Tor nach links hin, wo kleine Flammen von Zeit zu Zeit aus dem Boden aufschlugen.

Und nun stand das Kind vor Christi Thron. Maria aber wandte sich bittend an ihren Sohn und Heiland und sprach an seiner statt:

»Dein Tag war kurz, dein Herze war rein,
Dafür ist der Himmel dein.
Geh ein!
Unter Engeln sollst du ein Engel sein.«

Und Engel umfingen sie, und es war ein Klingen wie von Harfen und leisem Gesang. Und Grete drückte Valtins Hand. Unter allen Anwesenden aber herrschte die gleiche Befriedigung, und der alte Zernitz flüsterte: »Hör, Emrentz, *der* versteht's. Ich glaube jetzt, dass er vor Kaiser und Reich gespielt hat.«

Und das Spiel nahm seinen Fortgang.

Inzwischen, es hatte zu dunkeln begonnen, waren die Mindes in dem rechts neben der Flurtür gelegenen Unterzimmer versammelt und nahmen an einem Tische, der nur zur Hälfte gedeckt war, ihre Abendmahlzeit ein. Der alte Jakob Minde hatte den Platz an der einen Schmalseite des Tisches, während Trud und Gerdt, seine Schwieger und sein Sohn, an den Längsseiten einander gegenübersaßen, Trud steif und aufrecht, Gerdt bequem und nachlässig in Kleidung und Haltung. In allem der Gegenpart seines Weibes; auch seines Vaters, der trotz eines Zehrfiebers, an dem er litt, aus einem starken Gefühle dessen, was sich für ihn zieme, die Schwäche seines Körpers und seiner Jahre bezwang.

Es schien, dass Trud ihre schon vormittags gegen Emrentz gemachten Bemerkungen über das Puppenspiel eben wiederholt hatte, denn Jakob Minde, während er einzelne von den großen Himbeeren nahm, die, wie er es liebte, mit den Stielchen abgepflückt worden waren, sagte: »Du bist zu streng, Trud, und du bist es, weil du nur unser Tangermündisch Tun und Lassen kennst. Und in Alt-Gardelegen ist es nicht anders. Aber draußen in der Welt, in den großen Ländern und Städten, da wagt sich die Kunst an alles Höchste und Heiligste, und sie haben fromme und berühmte Meister, die nie andres gedacht und gedichtet und gemalt und gemeißelt haben als die Glorie des Himmels und die Schrecknisse der Hölle.«

»Ich weiß davon, Vater«, sagte Trud ablehnend. »Ich habe solche Bilder in unsrer Gardelegner Kirche gesehn, aber ein Bild ist etwas andres als eine Puppe.«

»Bild oder Puppe«, lächelte der Alte. »Sie wollen dasselbe, und das macht sie gleich.«

»Und doch, Vater, mein' ich, ist ein Unterschied, ob ein frommer und berühmter Meister, wie du sagst, eine Schilderei malt zur Ehre Gottes, oder ob ein unchristlicher Mann, mit einem Türkenweib und einem Pickelhering, Gewinnes halber über Land zieht und mit seinem Spiel die Schenken füllt und die Kirchen leert.«

»Ah, kommt es daher?« lachte Gerdt und streckte sich noch bequemer in seinem Stuhl. »*Daher* also. Warst heut in der Pfarr', und da haben wir nun den Pfarrwind. Ja, das ist Gigas; er bangt um sich und seine Kanzel. Und nun gar das Jüngste Gericht! Das ist ja sein eigener Acker, den er am besten selber pflügt. So wenigstens glaubt er. Weiß es Gott, ich hab' ihn nie sprechen hören, auch nicht bei Hochzeit und Kindelbier, ohne dass ein höllisch Feuer aus irgendeinem Ritz oder Ritzchen aufgeschlagen wär'. Und nun kommt dieser Puppenspieler und tut's ihm zuvor und brennt uns ein wirklich Feuerwerk …«

Er konnte seinen Satz nicht enden, denn in ebendiesem Augenblicke hörten sie, vom Marktplatze her, einen dumpfen Knall, der so heftig war, dass alles Gerät im Zimmer in ein Klirren und Zittern kam; und eh sie noch einander fragen konnten, was es sei, wiederholten sich die Schläge, dreimal, viermal, aber schwächer. Trud erhob sich, um auf die Straße zu sehn, und ein dicker Qualm, der sich in Höhe der gegenübergelegenen Häuser hinzog, ließ keinen Zweifel, dass bei den Puppenspielern ein Unglück geschehen sein müsse. Flüchtig Vorübereilende bestätigten es, und Trud, indem sie sich ins Zimmer zurückwandte, sagte triumphierend: »Ich wusst' es: Gott lässt sich nicht spotten.« Auf Gerdts blassem und gedunsenem Gesicht aber wechselten Furcht und Verlegenheit, wodurch es nicht gewann, während der alte Minde sein Käpsel abnahm und mit halblauter Stimme die Barmherzigkeit Gottes und den Beistand aller Heiligen anrief. Denn er war noch aus den katholischen Zeiten her. In einem Anfluge von Teilnahme war Trud, die sonst gern ihre herbe Seite herauskehrte, an den Alten herangetreten und hatte ihre Hand auf die Rückenlehne seines Stuhls gelegt, als sie aber den Namen Gretens zum dritten Mal aus seinem Munde hörte, wandte sie sich wieder ab und schritt unruhig und übellaunig im Zimmer auf und nieder. Man sah, dass sie fremd in diesem Hause war und keine Gemeinschaft mit den Mindes hatte.

Sie war eben wieder ans Fenster getreten und sah nach dem Marktplatze hin, als sie plötzlich, inmitten einer Gruppe, Greten selbst erkannte, die, mit einem Stücke Zeug unter dem Kopf, auf einer Bahre herangetragen wurde. War sie tot? Es war oft ihr Wunsch gewesen; aber dieser Anblick erschütterte sie doch. »Gott, Grete!« rief sie und sank in einen Stuhl.

Die Träger hatten mittlerweile die Bahre niedergesetzt und trugen das schöne Kind, dessen Arme schlaff herabhingen, von der Straße her ins Zimmer. »Hier«, sagte Gerdt, als er die Leute verlegen und unschlüssig dastehen sah, und wies auf eine mit Kissen überdeckte Truhe. Und auf ebendiese legten sie jetzt die scheinbar Leblose nieder. Mit ihnen war auch die alte Regine, die Pflegerin Gretens, jammernd und weinend eingetreten und beruhigte sich erst, als nach Besprengen mit frischem Wasser ihr Liebling die Augen wieder aufschlug.

»Wo bin ich?« fragte Grete. »Ach ... nicht in der Hölle!«

»Gott, mein süß Gretel«, zitterte Regine hin und her. »Was sprichst du nur? Du bist ja ein gutes und liebes Kind. Und ein gutes und liebes Kind, das kommt in den Himmel. Aber das ist auch noch nicht, noch lange nicht. Du kommst auch noch nicht in den Himmel. Du bist noch bei uns. Gott sei dank. Gott sei dank. So sieh doch, sieh doch, ich bin ja deine alte Regine.«

Die Träger standen noch immer verlegen da, bis der alte Minde sie bat, ihm zu erzählen, was vorgefallen sei. Aber sie wussten nicht viel, da sie wegen des großen Andrangs nur draußen auf der Treppe gewesen waren. Sie hatten nur gehört, dass, gegen den Schluss hin, ein brennender Papierpfropfen in das mit Schwärmern und Feuerrädern angefüllte Vorratsfass des Puppenspielers gefallen sei, und dass es im selben Augenblick einen Schlag und gleich darauf ein furchtbar Menschengedränge gegeben habe. In dem Gedräng aber seien zwei Frauen und ein sechsjährig Kind elendiglich ums Leben gekommen.

Grete richtete sich auf, ersichtlich um zu sprechen und den Bericht nach ihrem eigenen Erlebnis zu vervollständigen; als sie aber ihrer Schwieger ansichtig wurde, wandte sie sich ab und sagte: »Nein, ich mag nicht.«

Trud wusste wohl, was es war. Sie nahm deshalb ihres Mannes Hand und sagte: »Komm. Es ist besser, Grete bleibt allein. Wir wollen in die Stadt gehen und sehen, wo Hülfe Not tut.« Und damit gingen beide.

Als sie fort waren, wandte sich Grete wieder und sagte, ohne dass es einer neuen Aufforderung bedurft hätte: »Ja, so war es. Der Hagre mit den Schlackerbeinen und der hässlichen, spitzen Filzmütze bat Ihn eben, dass er ihm als einen Bringerlohn eine von den Seelen wieder freigeben solle – da gab es einen Knall, und als ich mich umsah, sah ich, dass alles nach der Türe hindrängte. Denn da, wo das Spiel gewesen war, war alles Rauch und Qualm und Feuer. Und ich dachte, der Letzte Tag sei da. Und Emrentz hatte mich bei der Hand genommen und zog mich mit sich fort. Aber mit einem Male war ich von ihr los, und da stand ich nun und schrie, denn es war, als ob sie mich erdrückten, und zuletzt hatt' ich nicht Luft und Atem mehr. Da packte mich Valtin von hinten her und riss mich aus dem Gedränge heraus und in den Saal zurück. Und ich meinte, dass er irre geworden, und so wollt' ich wieder in den Knäuel hinein. Er aber zwang mich auf eine Bank nieder und hielt mich mit beiden Händen fest. ›Willst du mich morden?‹ rief ich. ›Nein, retten will ich dich.‹ Und so hielt er mich, bis er sehen mochte, dass das Gedränge nachließ. Und nun erst nahm er mich auf seinen Arm und trug mich über den Vorplatz und die Treppe hinunter, bis wir unten auf dem Marktplatz waren. Da schwanden mir die Sinne. Und was weiter geschehen, weiß ich nicht. Aber das weiß ich, dass ich ohne Valtin erdrückt oder verbrannt oder vor Angst gestorben wäre.«

Der alte Minde war an einen Schrank getreten, um von seinem Melissengeist, den er noch bei den Brügger Carmeliterinnen erstanden hatte, ein paar Tropfen in ein Spitzglas mit Wein und Wasser zu tun. Grete nahm es; und als eine halbe Stunde später Trud und Gerdt von ihrem Ausgange zurückkehrten, versicherte sie, kräftig genug zu sein, um ohne Beistand in ihre hohe Giebelstube hinaufsteigen zu können.

4
Regine

Diese Giebelstube teilte sie mit der alten Regine, die von lange her das Mindesche Hauswesen führte. Freilich, seit Trud da war, war es anders geworden, aber zu niemandes rechter Zufriedenheit. Am wenigsten zur Zufriedenheit der alten Regine. Diese setzte sich jetzt an das Bett ihres Lieblings, und Grete sagte: »Weißt du, Regine, Trud ist böse mit mir.«

Regine nickte.

»Und darum konnt' ich's nicht sagen«, fuhr Grete fort, »ich meine das von dem Valtin, und dass er mich aus dem Feuer herausgetragen; und sie merkte wohl, was es war, und warum ich schwieg und mich abwandte. Denke nur, ich soll nicht mehr sprechen mit ihm. Ja, so will sie's; ich weiß es von ihm selbst; er hat mir's heute gesagt. Und er hat es von der Emrentz. Aber die hat gelacht. Höre, Regine, der Emrentz könnt' ich gut sein. Wenn ich doch eine Mutter hätte wie *die*! Ach, meine Mutter! Glaubst du nicht, dass sie mich lieb hätte?«

»Das hätte sie«, sagte Regine und fuhr sich mit der Hand über das Auge; »das hätte sie. Jede Mutter hat ihr Kind lieb, und *deine* Mutter … ach, ich mag es gar nicht denken. Ja, mein Gretelchen, da hätten wir andre Tage, du und ich. Und der Vater auch. Er ist jetzt krank, und Trud ist hart mit ihm und glaubt es nicht. Aber ich weiß es, und weiß schon, was ihm fehlt: Ein Herz fehlt ihm, und das ist es, was an ihm nagt und zehrt. Ja, deine Mutter fehlt ihm, Gret'. Er war nicht mehr jung, als er sie von Brügg' her ins Haus bracht', aber er liebte sie so, und das musst' er auch, denn sie war wie ein Engel. Ja, so war sie.«

»Und wie sah sie aus? Sage mir's.«

»Ach, du weißt es ja. Wie du. Nur hübscher, so hübsch du bist. Denn es ist, als ob du das blasse Bild von ihr wärst. Und so war es gleich den ersten Tag, als dein Vater dich auf den Arm nahm und sagte: ›Sieh Gerdt, das ist deine Schwester.‹ Aber er wollte dich nicht sehen. Und als ich ihm zuredete und sagte: ›Sieh doch nur ihre schwarzen Augen; die hat sie von der Mutter‹, da lief er fort und sagte: ›von *ihrer* Mutter. Aber das ist nicht meine.‹«

»Und wie war denn *seine* Mutter? Elast du sie noch gekannt?«

»O gewiss.«

»Und war sie schöner?«

»Ach, was du nur frägst, Gretel. Schöner als deine Mutter? Schöner war keine. ’s war eine Stendalsche, weiter nichts, und der alte Zernitz, der sie nicht leiden konnt’ und immer über sie lachte, wiewohlen sie mit seiner eignen Frau zum Verwechseln war, der sagte: ›Höre, Regine, sieht sie nicht aus wie der Stendalsche Roland?‹ Und wahrhaftig, so sah sie auch aus, so steif und so lang und so feierlich. Und auch so schlohweiß, denn sie trug immer selbstgebleichtes Linnen! Und warum trug sie’s? Weil sie geizig war; und es sollt’ immer mehr und mehr werden. Denn sie war eines reichen Brauherrn Tochter, und alles Geld, das wir haben, das kommt von ihr.«

»Und hatte sie der Vater auch lieb?«

»Ich hab’ ihm nicht ins Herz gesehen. Aber ich glaub’s nicht recht. Denn sieh, sie hatte keine Liebe, und wer keine Liebe hat, der find’t auch keine. Das ist so Lauf der Welt, und es war just so, wie’s mit der Trud ist. Aber ein Unterschied ist doch. Denn unsre Trud, obwohlen sie mir das gebrannte Herzeleid antut, ist doch hübsch und klug, und weiß, was sie will, und passt ins Haus und hat eine vornehme Art. Das haben so die Gardelegenschen. Aber die Stendalsche, die hatt’ es nicht und hat keinem was gegönnt, und passte *nicht* ins Haus, und wäre nicht der Grabstein mit der langen Inschrift, es wüsste keiner mehr von ihr. Auch Gigas nicht. Und zu dem hielt sie sich doch und ging in die Beichte.«

»Und zu *dem* soll ich nun auch gehen, Regine; morgen schon. Trud ist bei ihm gewesen, und das Spielen und Klettern soll nun ein End’ haben, und ich soll vernünftig werden, so sagen sie. Aber ich fürchte mich vor Gigas. Er sieht einen so durch und durch, und mir ist immer, als mein' er, ich verstecke was in meinem Herzen und sei noch katholisch von der Mutter her.«

»O nicht doch, Gret'. Er hat dich ja selber getauft. Und jeden Sonntag bist du zur Kirch' und singst Doktor Lutheri Lieder und singst sie, wie sie Gigas nicht singen kann. Ich hör' immer deine feine kleine Stimme. Nein, nein, lass nur und ängst'ge dich nicht. Er meint es gut. Und nun schlaf, und wenn du von dem Puppenspiele träumst, so gib acht, mein Gretel, und träume von der Seite, wo die Engel stehn.«

Und damit wollte sie nebenan in ihre Kammer gehen. Aber sie kehrte noch einmal um und sagte: »Und weißt du, Grete, der Valtin ist doch ein guter Jung'. Alle Zernitzens sind gut … Und von dem Valtin darfst du *auch* träumen. Ich erlaub' es dir, ich, deine alte Regine.«

5

Grete bei Gigas

Es war den andern Vormittag, und von Sankt Stephan schlug es eben zehn, als Trud und Grete die Lange Straße hinaufgingen. Trotz früher Stunde brannte die Sonne schon, und beide standen unwillkürlich still und atmeten auf, als sie den schattigen Lindengang erreicht hatten, der, an der niedrigen Kirchhofsmauer entlang, auf das Predigerhaus zulief. Auch dieses Haus selber lag noch unter alten Linden versteckt, in denen jetzt viele Hunderte von Sperlingen zwitscherten. Eine alte Magd, als die Glocke das Zeichen gegeben, kam ihnen von Hof oder Küche her entgegen, und wies, ohne gegrüßt oder gefragt zu haben, nach links hin auf die Studierstube. Wusste sie doch, dass Frau Trud immer willkommen war.

Es war ein sehr geräumiges Zimmer, mit drei großen und hohen Fenstern, ohne Vorhänge, wahrscheinlich um das wenige

Licht, das die Bäume zuließen, nicht noch mehr zu verkümmern. An den Wänden hin liefen hohe Regale mit hundert Bänden in braun und weißem Leder, während an einem vorspringenden Pfeiler, gerade der Tür gegenüber, ein halb lebensgroßes Kruzifix hing, das auf einen langen eichenen Arbeitstisch herniedersah. Auf diesem Tische, zwischen aufgeschlagenen Büchern und zahlreichen Aktenstößen, aber bis an die Kruzifixwand zurückgeschoben, erhob sich ein zierliches, fünfstufiges Ebenholztreppchen, das, in beabsichtigtem oder zufälligem Gegensatz, oben einen Totenkopf und unten um seinen Sockel her einen Kranz von roten und weißen Rosen trug. Eigene Zucht. Zehn oder zwölf, die das Zimmer mit ihrem Dufte füllten.

Gigas, als er die Tür gehen hörte, wandte sich auf seinem Drehschemel und erhob sich, sobald er Trud erkannte. »Ich bitt' euch, Platz zu nehmen, Frau Minde.« Dabei schob er ihr einen Stuhl zu und fuhr in seiner Rede fort: »Das ist also Grete, von der Ihr mir erzählt habt, Eure Schwieger und Euer Kind. Denn Ihr tragt es auf dem Herzen, und sein Wohl und Weh ist auch das Eure. Und das schätz' ich an Euch, Frau Minde. Denn der Teufel mit seinen Listen geht immer um, am meisten aber bei der Jugend, und von ihr gilt es doppelt: ›Wachet und betet, dass ihr nicht in Anfechtung fallet.‹ Betest du, Grete?«

»Ja, Herr.«

»Oft?«

»Jeden Abend.«

Er sah, dass Grete zitterte und immer auf Trud blickte, aber nicht um Rat und Trostes willen, sondern aus Scham und Scheu. Und Gigas, der nicht nur das menschliche Herz kannte, sondern sich aus erbitterten Glaubenskämpfen her auch einen Schatz echter Liebe gerettet hatte, wandte sich jetzt an Trud und sagte: »Ich spräche gern allein mit dem Kind. So's Euch gefällt, Frau Minde, wartet auf mich in Hof oder Garten. Ihr wisst den Weg.«

Und damit erhob sich Trud und verließ das Zimmer. Grete folgte mit dem Ohr und wurd' erst ruhiger, als sie die schwere Hoftür in den Rollen gehn und wieder zuschlagen hörte.

Auch Gigas hatte gewartet. Nun aber fuhr er fort: »Also jeden Abend betest du, Grete. Das hör' ich gern. Aber *was* betest du?«

»Ich bete die sieben Bitten.«

»Das ist gut. Aber was betest du noch?«

»Ich bet' auch einen Spruch, den mich unsre alte Regine gelehrt hat.«

»Das ist die Magd, die dich großgezogen, eh deine Schwieger ins Haus kam?«

»Ja, Herr.«

»Und wie lautet der Spruch? Ich möcht' ihn wohl hören. Denn sieh, Grete, das musst du wissen, ein für alle Mal, so wie wir beten, so sind wir. Es ist schon ein Zeichen, wie der Mensch zum Menschen spricht, aber wie der Mensch zu Gott spricht, das entscheidet über ihn. Da liegt es, gut oder böse. Willst du mir den Spruch sagen? Du musst dich nicht fürchten vor mir. Sammle dich und besinne dich. Sieh, ich will dir auch eine Rose schenken. Da. Und wie gut sie dir kleidet. Du gleichest deiner Mutter, aber nicht in *allem*, denk' ich. Denn du weißt doch, dass sie sich zu dem alten Glauben hielt. Und sie mied mich, wenn ich in euer Haus kam. Aber ich habe für sie gebetet. Und nun sage mir deinen Spruch.«

»Ich glaube, Herr, es ist ein Lied.«

»Auch das ist gut. Spruch oder Lied. Aber beginne.«

Und nun faltete Grete die Hände und sagte, während sie zu dem Alten aufsah:

»Himmelwärts
Richte Gott mein sündig Herz,
Lass der Kranken und der Armen
Mich in ihrer Not erbarmen;
Was ich irdisch gebe hin,
Ist mir himmlischer Gewinn.«

Gigas lächelte. Die Lieblichkeit des Kindes ließ das Feuer, das sonst wohl auf seiner Stirne hoch aufgeschlagen hätte, nicht übermächtig werden, und er sagte nur: »Nein, Grete, das macht es nicht; darin erkenn' ich noch die Torheit von den guten Werken. Lernen wir lieber einen andern Spruch. Denn sieh, unsre guten Werke sind nichts und bedeuten nichts, weil all unser Tun sündig ist von Anfang an. Wir haben nichts als den Glauben, und nur eines ist, das sühnet und Wert hat: der Gekreuzigte.«

»Ja, Herr … Ich weiß … Und ich hab einen Splitter von seinem Kreuz.« Und sie zog in freudiger Erregung eine Goldkapsel aus ihrem Mieder.

Gigas war einen Augenblick zurückgetreten, und seine roten Augen schienen röter geworden. Aber er sammelte sich auch diesmal rasch wieder und nahm die Kapsel und betrachtete sie. Sie hing an einem Kettchen. In das obere Kapselstück war eine Mutter Gottes in feinen Linien eingegraben, innerhalb aber lag ein rotes Seidenläppchen und in diesem der Splitter. Der Alte knipste das Deckelchen wieder zu und sagte dann ruhig: »Es ist Götzendienst, Grete.«

»Ein Andenken, Herr! Ein Andenken von meiner Mutter. Und es ist alles, was ich von ihr hab'. Ich habe sie nicht mehr gekannt, ihr wisst es. Aber Regine hat mir das Kettchen umgehängt, als ich meinen zehnten Geburtstag hatte. So hat sie's der Mutter versprechen müssen, und seitdem trag' ich es Tag und Nacht.«

»Und ich will es dir nicht nehmen, Grete, *jetzt* nicht. Aber ich denke, der Tag soll kommen, wo du mir es *geben* wirst. Denn verstehe wohl: Wir sollen sein Kreuz tragen, aber keinen Splitter von seinem Kreuz, und nicht *auf* unserm Herzen soll es ruhen, sondern *in* ihm. Und nun lass uns gute Freunde sein. Ich sehe, du hast einen offenen Sinn und bist anders, als ich dachte. Aber es geht noch um in dir, und die Regine, mit der ich sprechen will, hat nicht gebührlich gesorgt, den alten Spuk mit seinen Ränken und Listen auszutreiben. Ich denke, Grete, wir wollen die Tenne rein fegen und die Spreu von dem Weizen sondern. Du hast das rechte Herz, aber noch nicht den rechten Glauben, und irrt der Glaube, so irrt auch das Herz. Und nun geh, Grete. Und die Gnade Gottes sei mit dir.«

Sie wollte seine Hand küssen, aber er litt es nicht und begleitete sie bis an die Stufen, die von der Diele her zu der Haustür hinaufführten. Hier erst wandt' er sich wieder und ging über Flur und Hof auf den Garten zu, wo Trud, inmitten eines Buchsbaumganges, in stattlicher Haltung auf und nieder schritt. Beide begrüßten einander, und die Magd, die von ihrem Küchenfenster aus sehen konnte, wie der Alte sich aufrichtete und grader ging als gewöhnlich, verzog ihr Gesicht und murmelte vor sich hin: »Nicht zu glauben! … Und ist so alt und so fromm!« Und dabei kicherte sie und ließ an ihrem Lachen erkennen, dass sie den Gedanken in ihrer Seele weiterspann.

Trud und Gigas waren inzwischen den Garten hinaufgegangen und hielten vor einem runden Beet, das mit Rittersporn und gelben Studentenblumen dicht besetzt war. »Ich kann euch nicht folgen, Frau Trud, in dem, was Ihr mir über das Kind gesagt habt«, sagte Gigas. »Ihr verkennt es. Es ist ein verzagtes Herz und kein trotzig Herz. Ich sah, wie sie zitterte, und der Spruch, den sie sagen sollte, wollt' ihr nicht über die Lippen. Nein, es ist ein gutes Kind und ein schönes Kind. Wie die Mutter.«

In Truds Augen zuckte wieder ein gelber Strahl auf, denn sie hörte nicht gern eines andern Lob, und in herbem Tone wiederholte sie: »Wie die Mutter … Ich muss es glauben, dass sie schön war. *Ihr* sagt es und alle Welt sagt es. Aber ich wollte, sie wär' es weniger gewesen. Denn damit zwang sie's und hat unser Haus behext und in den alten Aberglauben zurückfallen lassen. So fürcht' ich. Und dass ich's offen gesteh', ich traue dem alten Jakob Minde nicht und ich traue der Regine nicht. Und widerstünd' es mir nicht, den Horcher und Späher im eigenen Haus zu machen, ich glaube, dass ich noch manches fänd' wie Bild und Splitter.«

»Saget das nicht, Frau Trud. Euren Vater, den alten Ratsherrn, kenn' ich von Beicht und Abendmahl und hab' ihn allemal treu befunden. So das Unwesen aber im Mindeschen Hause umginge, was Gott in seiner Gnade verhüten wolle, so müsst' ich Euch verklagen, Frau Trud, Euch, zu der ich mich alles Besten versehen habe. Denn Ihr beherrschet das Haus. Euer Vater ist alt und Euer Eheherr ist ein Wachs in Eurer Hand, und Ihr wisst es wohl, aller Samen, der vom Unkraut fällt und wuchert, ist ein Unheil und schädigt uns das Korn für unsre himmlischen Scheuren.«

Sie hatten ihren Gang um das Rondell herum wieder aufgenommen, aus dessen kleinen dreieckigen Beeten die junge Frau jetzt einzelne Blumen pflückte. Beide schwiegen. Endlich sagte Trud: »Ich beherrsche das Haus, sagt ihr. Ja, ich beherrsch' es, und man gehorcht mir; aber es ist ein toter Gehorsam, von dem das Herz nicht weiß. *Das* trotzt mir und geht seinen eigenen Weg.«

»Aber Grete ist ein Kind.«

»Ja und nein. Ihr werdet sie nun kennenlernen. Achtet auf ihr Auge. Jetzt schläft es und dann springt es auf. Es ist etwas Böses in ihr.«

»In uns allen, Frau Trud. Und nur zwei Dinge sind, es zu bändigen: Der Glaube, den wir uns erbitten, und die Liebe, die wir uns erziehn. Liebt Ihr das Kind?«

Und sie senkte den Blick.

6

Das Maienfest

Ein Jahr beinah war vergangen und die Tangermünder feierten, wie herkömmlich, ihr Maienfest. Das geschah abwechselnd in dem einen oder andern jener Waldstücke, die die Stadt in einem weiten Halbkreis umgaben. In diesem Jahr aber war es im *Lorenzwald,* den die Bürger besonders liebten, weil sich eine Sage daran knüpfte, die Sage von der Jungfrau Lorenz. Mit dieser Sage aber verhielt es sich so. Jungfrau Lorenz, ein Tangermünder Kind, hatte sich in dem großen, flussabwärts gelegenen Waldstück, das damals noch die Elbheide hieß, verirrt, und als der Abend hereinbrach und noch immer kein Ausweg sichtbar wurde, betete sie zur Mutter Gottes, ihr beizustehen und sich ihrer Not zu erbarmen. Und als sie so betete, da nahte sich ihr ein Hirsch, ein hoher Elf-Ender, der legte sich ihr zu Füßen und sah sie an, als spräch' er: »Ich *bin* es, besteige mich nur.« Und sie bestieg mutig seinen Rücken, weil sie fühlte, dass ihr die Mutter Gottes das schöne Tier in Erhörung ihres Gebetes geschickt habe, und klammerte sich an sein Geweih. Der Hirsch aber trug sie, zwischen den hohen Stämmen hin, aus der Tiefe des Waldes heraus, bis an das Tor und in die Mitte der Stadt. Da blieb er und ließ sich fangen. Und die Stadt gab ihm ein eingehürdet Stück Weideland und hielt ihn in Schutz und Ansehen bis an seinen Tod. Und auch da noch ehrten sie das fromme Tier, das der Mutter Gottes gedient hatte, und brachten sein Geweih nach Sankt Nikolai und hingen es neben dem Altarpfeiler auf. Den Wald aber, aus dem er die Jungfrau hinausgetragen, nannten sie den *Lorenzwald.*

Und dahin ging es heut'. Die Gewerke zogen aus mit Musik und Fahnenschwenken, und die Schulkinder folgten, Mädchen und Knaben, und begrüßten den Mai. Und dabei sangen sie:

»Habt ihr es nicht vernommen?
Der Lenz ist angekommen!
Es sagen's euch die Vögelein,
Es sagen's euch die Blümelein,
Der Lenz ist angekommen.

Ihr seht es an den Feldern,
ihr seht es an den Wäldern;
Der Kuckuck ruft, der Finke schlägt,
Es jubelt, was sich froh bewegt,
Der Lenz ist angekommen!«

Und auch Trud und Gerdt, als der Nachmittag da war, hatten in gutem Mute die Stadt verlassen. Grete mit Reginen folgte. Draußen aber trafen sie die Zernitzens, alt und jung, die sich's auf mitgebrachten und umgestülpten Körben bequem gemacht und nun gar noch die Freud' und Genugtuung hatten, die jungen Mindes, mit denen sie lieber als mit den andern Bürgersleuten verkehrten, an ihrer Seite Platz nehmen zu sehen. Auch Valtin und Grete begrüßten sich, und in kurzem war alles Frohsinn und guter Laune, voran der alte Zernitz, der sich, nach Abtretung seines Platzes an Trud, auf den Rain hingelagert und sein sichtliches und immer wachsendes Gefallen daran hatte, der stattlichen, in vollem Staat erschienenen jungen Frau über ihre Schönheit allerlei Schönes zu sagen. Und diese, hart und herbe wie sie war, war doch Frau genug, sich der Schmeichelrede zu freuen. Emrentz drohte mit Eifersucht und lachte dazwischen, Gerdt summte vor sich hin oder steckte Butterblumenstielchen ineinander, und inmitten von Scherz und Geplauder sah ein jeglicher auf die sonnige Wiese hinaus, wo sich bunte Gruppen um Buden und Karussell drängten, Bürger nach der Taube schossen und Kinder ihren Ringelreihen tanzten. Ihr Singen klang von der großen Linde her herüber, an deren untersten Zweigen rote und gelbe Tücher hingen.

So mocht' eine Stunde vergangen sein, als sie, von der Stadt her, gebückt auf seinem flandrischen Pferde, des alten Minde gewahr wurden. Inmitten seiner Einsamkeit war er plötzlich von einer tiefen Sehnsucht erfasst worden, den Mai noch einmal mitzufeiern; und nun kam er den breiten Waldweg herauf, auf die Stelle zu, wo die Zernitzens und Mindes gemeinschaftlich lagerten. Ein Diener schritt neben dem Pferde her und führte den Zügel. Was wollte der Alte? Wozu kam er? Und Trud und Gerdt empfingen ihn mit kurzen, rasch herausgestoßenen Fragen, die mehr nach Missstimmung als nach Teilnahme klangen, und nur Grete freute sich von Herzen und sprang ihm entgegen. Und als nun Decken für ihn ausgebreitet lagen, stieg er ab und setzte sich an einen guten Platz, der den Waldesschatten über sich und die sonnenbeschienene Lichtung vor sich hatte. Grete pflückte Blumen und sagte: »Soll ich dir einen Kranz flechten?« Aber der

Alte lächelte: »Noch nicht, Grete. Ich warte noch ein Weilchen.« Und sie sah ihn mit ihren großen Augen an und küsste stürmisch seine welke Hand. Denn sie wusste wohl, was er meinte.

Eine Störung war sein Kommen gewesen, das empfanden alle, vielleicht er selbst. Der alte Zernitz zeigte sich immer schweigsamer, Emrentz auch, und Trud, um wenigstens zu sprechen, und vielleicht auch um der beobachtenden Blicke Gretens überhoben zu sein, sagte zu dieser: »Du solltest unter die Linde gehen, Grete.«

»Und Valtin begleitet dich«, setzte Emrentz hinzu.

Beide wurden rot, denn sie waren keine Kinder mehr. Aber sie schwiegen und gingen auf die Wiese hinaus. »Sie wollen allein sein«, sagte Grete. »Seien wir's auch.« Und an den Schau- und Spielbuden vorbei, nahmen sie, kreuz und quer, ihren Weg auf die kleinen und großen Gruppen zu, die sich bei Ringelstechen und Taubenschießen erlustigten. Aber zu der Linde, wo die Kinder spielten, gingen sie nicht.

Es war sehr heiß, so dass sie bald wieder den Schatten aufsuchten, und jenseits der Lichtung angekommen, verfolgten sie jetzt einen halb überwachsenen Weg, der sich immer tiefer in den Wald hineinzog. Es glühte schon in den Wipfeln, da flog eine Libelle vor ihnen her und Grete sagte: »Sieh, eine Seejungfer. Wo *die* sind, da muss auch Wasser sein. Ein Sumpf oder ein Teich. Ob schon die Teichrosen blühn? Ich liebe sie so. Lass uns danach suchen.«

Und so gingen sie weiter. Aber der Teich wollte nicht kommen, und plötzlich überfiel es Greten: »Wo sind wir, Valtin? Ich glaube, wir haben uns verirrt.«

»Nicht doch. Ich höre ja noch Musik.«

Und sie blieben stehen und horchten.

Aber ob es eine Täuschung gewesen war, oder ob die Musik eben jetzt zu schweigen begann, gleichviel, beide strengten sich vergeblich an, einen neuen Klang aufzufangen. Und es half auch zu nichts, als sie das Ohr an die Erde legten.

»Weißt du, Grete«, sagte Valtin, »ich werd' hier hinaufsteigen.

Das ist ein hoher Baum, da hab' ich Übersicht, und es kann keine tausend Schritt sein.« Und er schwang sich hinauf und kletterte von Ast zu Ast, und Grete stand unten, und ein Gefühl des Alleinseins durchzitterte sie. Nun aber war er hoch oben. »Siehst du was?« rief sie hinauf. »Nein. Es sind hohe Bäume rundum. Aber lass nur, die Sonne muss uns den Weg zeigen; wo sie niedergeht, ist Abend, und die Stadt liegt nach Mittag zu. So viel weiß ich gewiss. Also *da* hinaus müssen wir.« Und gleich darauf war er wieder unten bei der ihn bang Erwartenden.

Sie schlugen nun die Wegrichtung ein, die Valtin von oben her mit der Hand bezeichnet hatte. Aber so sehr sie spähten und suchten, die Waldwiese kam nicht, und Grete setzte sich müd und matt auf einen Baumstumpf und begann leise vor sich hin zu weinen.

»Meine süße Grete«, sagte Valtin, »sei doch nicht so bang.« Und er umarmte sie und küsste sie herzlich. Und sie litt es und schlug nicht mehr nach ihm, wie damals unter dem Kirschbaum; nein, ein Gefühl unendlichen Glückes überkam sie mitten in ihrer Angst, und sie sagte nur: »Ich will nicht mehr weinen, Valtin. Du bist so gut. Und wer gut ist, dem zuliebe geschehen Zeichen und Wunder. Und siehe, dessen bin ich gewiss, wenn wir zu Gott um seine Hülfe bitten, dann hilft er auch und führt uns aus dem Walde wieder ins Freie und wieder nach Haus. Gerade wie damals die Jungfer Lorenz. Denn wir sind ja hier im Lorenzwald.«

»Ja, Grete, da sind wir. Aber wenn der Hirsch käm' und es wirklich gut mit uns meinte, dann trüg' er uns an eine andre Stelle, denk' ich, und *nicht* nach Haus. Denn wir haben eigentlich kein Haus, Grete. Du nicht, und ich auch nicht. Emrentz ist eine gute Frau, viel besser als Trud, und ich danke Gott alle Tage dafür; aber so sie mir nichts zuleide tut, so tut sie mir auch nichts zuliebe. Sie putzt sich für sich und für den Vater, und das ist alles. Nein, Grete, *nicht* in die Stadt und *nicht* nach Haus, lieber weit, weit fort, in ein schönes Tal, von Bergen eingeschlossen, und oben weiß von Schnee und unten bunt von Blumen …«

»Wo ist das?«

»Ich weiß es nicht. Aber ich hab' einmal in einem alten Buche davon gelesen, und da wurde mir das Herz so weit. Zwischen hohen Felswänden liegt es, und der Sturm geht drüber hin und trifft es nie; und die Sonne scheint und die Wolken ziehen; und ist kein Krieg und keine Krankheit; und die Menschen, die dort leben, lieben einander und werden alt und sterben ohne Schmerz.«

»Das ist schön«, sagte Grete. »Und nun komm und lass uns sehn, ob wir's finden.«

Und dabei lachten sie beid' und schritten wieder rüstig vorwärts, denn die Schilderung von dem Tale hatte Greten erfrischt und ihr ihren Mut und ihre Kraft zurückgegeben. Und eine kleine Strecke noch, da lichtete sich's, und wie Dämmerung lag es vor ihnen. Aber statt der Waldwiese war es ein Uferstreifen, auf den sie jetzt hinaustraten, und dicht vor ihnen blitzte der breite Strom. »Ich will sehen, wohin er fließt«, sagte Valtin und warf einen Zweig hinein. »Nun weiß ich's. *Dorthin* müssen wir.« Und sie schritten flussaufwärts nebeneinander her. Die Sterne kamen und spiegelten sich, und nicht lange mehr, so hörten sie das Schlagen der Glocken, und die Turmspitze von Sankt Stephan stieg in dunklen Umrissen vor ihnen auf.

Es war neun Uhr, oder schon vorüber, als sie das Mindesche Haus erreichten. Valtin trat mit in das untre Zimmer, in dem sich um diese Stunde nur noch Trud und Gerdt befanden, und sagte: »Hier ist Grete. Wir hatten uns verirrt. Aber ich bin schuld.« Und damit ging er wieder, während Grete verlegen in der Nähe der Türe stehen blieb.

»Verirrt«, sagte jetzt Trud, und ihre Stimme zitterte. »Ja, verirrt. Ich denke, weil ihr's wolltet. Und wenn ihr's *nicht* wolltet, weil ihr ungehorsam war't und nicht Zucht und Sitte kennt. Ihr solltet zu den Kindern gehen. Aber das war euch zuwider. Und so ging es in den Wald. Ich werde mit Gigas sprechen und mit deinem Vater. Der soll mich hören. Denn ich will nicht üble Nachred' im Haus, ob er's gleich selber so gewollt hat. Gott sei's geklagt ...! Was bracht' er uns das fremde Blut ins Haus? Das fremde Blut und den fremden Glauben. Und arm wie das Heimchen unterm Herd.«

In diesem Augenblicke stand Grete vor Trud, und ihre bis dahin niedergeschlagenen Augen blitzten in einem unheimlichen Feuer auf: »Was sagst du da von fremd und arm? Arm! Ich habe mir's von Reginen erzählen lassen. Sie kam aus einem Land, wo sie glücklich war, und hier hat sie geweint und sich zurückgesehnt, und vor Sehnsucht ist sie gestorben. Arm! Wer war arm? Wer? Ich weiß es. *Du* warst arm. *Du!*«

»Schweig«, sagte Gerdt.

»Ich schweige nicht. Was wollt ihr? Ich bin nicht euer Kind. Gott sei Dank, dass ich's nicht bin. Ich bin eure Schwester. Und ich wollt', ich wär' auch *das* nicht. Auch *das* nicht. Verklagt mich. Geht hin und erzählt ihm, was ich gesagt hab': Ich werd' ihm erzählen, was ich gehört hab', heute draußen im Wald und hundertmal hier in diesem seinem Haus. Oh, ich hab' euch zischeln hören. Und ich weiß alles, alles. Ihr wartet auf seinen Tod. Streitet nicht. Aber noch lebt er, und solang er lebt, wird er mich schützen. Und ist er tot, so schütz' ich mich *selbst.* Ja, ich schütze mich selbst. Hörst du, Trud.« Und sie ballte ihre kleinen Hände.

Trud, in ihrem Gewissen getroffen, erkannte, dass sie zu weit gegangen, während Grete plötzlich aller Scheu los und ledig war, die sie bis dahin vor ihrer Schwieger gehabt hatte. Sie hatte das Gefühl eines vollkommenen Sieges und stieg, in der Freude darüber, in den zweiten Stock hinauf. Oben fand sie Reginen und erzählte ihr alles, was unten geschehen. »Kind, Kind, das tut nicht gut, das kann sie dir nicht vergessen.« Aber Grete war übermütig geworden und sagte: »Sie fürchtet sich vor mir. Lass sehn; ich habe nun bessere Tage.«

7
Jakob Mindes Tod

Und wirklich, es war, als ob Grete recht behalten sollte. Weder des Umherirrens im Walde, noch des heftigen Streites, der den Tag beschlossen, wurde von Trud irgend noch erwähnt; allem Anscheine nach auch gegen Gigas nicht, der sonst kaum ermangelt haben würde, von dem graden Pfade des Rechts und von dem »Irrpfad in der Wildnis« zu sprechen. Aber solche Predigt unterblieb, und die Sommermonate vergingen ruhiger als irgendeine Zeit vorher. Aller Groll schien vergessen, und Grete, die, nach Art leidenschaftlicher Naturen, ebenso rasch zu gewinnen als zu reizen war, gewöhnte sich daran, in den Stunden, wo Gerdt außerhalb des Hauses seinen Geschäften nachging, in Truds Schlafzimmer zu sitzen und ihr vorzuplaudern oder vorzulesen, was sie besonders liebte. Und wenn Regine den Kopf schüttelte, sagte sie nur: »Du bist eifersüchtig und kannst sie nicht leiden. Aber sie meint es gut, und es war auch nicht recht, dass wir in den Wald gingen.«

So kam der Einsegnungstag, Ende September, und den Sonntag darauf war Abendmahl, an dem alle Mitglieder des Hauses teilnahmen. Alle zeigten sich in gehobener Stimmung, der alte Jakob Minde aber, trotzdem er nur mit Mühe den Kirchgang gemacht hatte, war mitteilsamer denn seit lange, plauderte viel von seiner Jugend und seinem Alter, und sprach auch abwechselnd und ohne Scheu von Gerdts und von Gretens Mutter, als ob kein Unterschied wäre. Trud und Gerdt sahen dabei einander an, und was in ihren Blicken sich ausgesprochen hatte, das sollte sich andern Tags bestätigen. Denn in aller Frühe schon lief es durch die Stadt, dass der alte Ratsherr auf den Tod liege, und als um die sechste Stunde der Schein der niedergehenden Sonne drüben an den Häuserfronten glühte, bat er Reginen, dass sie die Vorhänge zurückschieben und die Kinder rufen solle. Und diese kamen, und Grete nahm seine Hand und küsste sie. Gleich danach aber winkte der Alte seine Schwieger zu sich heran und sagte: »Ich lege sie dir ans Herz, Trud. Erinnere dich allezeit an die Mahnung des Propheten: ›Lass die Waisen Gnade bei dir finden.‹ Erinnere dich daran und handle danach. Versprich es mir und vergiss nicht diese Stunde.« Trud antwortete nicht, Grete aber warf sich auf die Knie und schluchzte und betete, und ehe sie ihren Kopf wieder aufrichtete, war es still geworden in dem kleinen Raum.

Am dritten Tage danach stand der alte Minde hoch aufgebahrt in Sankt Stephan, der Tangermündischen Hauptkirche, die, nach Art mittelalterlicher Gotteshäuser, hart am Rande der Stadt gelegen war. Auf dem Altar brannten die großen Kerzen, und rings umher saßen die Ratmannen der Stadt, obenan der alte Peter Guntz, der nicht geglaubt hatte; seinen so viel jüngeren Freund überleben zu müssen. Keiner fehlte; denn die Mindes waren das älteste Geschlecht und das vornehmste, wirkliche Kaufherren, und seit Anbeginn im Rate der Stadt. In nächster Nähe des Sarges aber standen die Leidtragenden. Gerdt sah vor sich hin, stumpf wie gewöhnlich, während Trud und Grete, schwarz und in wollene Stoffe gekleidet, zum Zeichen ihrer tiefsten Trauer bis über Kinn und Mund hinauf hohe weiße Tücher trugen, die nur den Oberkopf frei ließen. Grete, kaum fünfzehn Jahr, sah um vieles älter aus, als sie war, und alles Kindliche, das ihre Erscheinung bis dahin gehabt hatte, schien mit diesem Tage von ihr gewichen.

Die Orgel spielte, die Gemeinde sang, und als beide schwiegen, trat Gigas aus der Sakristei und schritt auf die Altarstufen zu. Er schien noch ernster als gewöhnlich, und sein Kopf mit dem spärlichen weißen Haar sah unbeweglich über die hohe Radkrause hinweg. Und nun begann er. Erst hart und herbe, wie fast immer die Strenggläubigen, wenn sie von Tod und Sterben sprechen; als er aber das Allgemeine ließ und vom Tod überhaupt auf *diesen* Toten kam, wurd' er warm und vergaß aller Herbigkeit. Er, dessen stummes Antlitz hier spräche, so hob er mit immer eindringlicher werdender Stimme an, sei ein Mann gewesen wie wenige, denn er habe beides gehabt, den Glauben und die Liebe. Da sei keiner unter ihnen, an dem er seine Liebe nicht betätigt habe; der Arme habe seine Mildtätigkeit, der Freund seine Hülfe, die Bürgerschaft seinen Rat erfahren, und seine klugen und feinen Sitten seien es gewesen, die bis nach Lübeck und bis in die Niederlande hin das Ansehen der Stadt auf die jetzige Höhe gehoben hätten. Dies wüssten alle. Aber von seinem Glauben und seiner Glaubensfestigkeit wisse nur *er*. Und wenn schon jeder in Gefahr stehe, Unkraut unter seinem Weizen aufschießen zu sehen, so habe doch diese Gefahr keinem so nahe gestanden wie diesem Toten. Denn nicht nur, dass er eine Reihe von Jahren unter den Bekennern der alten Irrlehre gelebt, die bedrohlichste Stunde für das Heil seiner Seele sei die Stunde seiner zweiten Eheschließung gewesen. Denn die Liebe zum Weibe, das sei die größte Versuchung in unsrer Liebe zu Gott. Aber er hab' ihr widerstanden und habe nicht um irdischen Friedens willen den ewigen Frieden versäumt. In seinem Wandel ein Vorbild, werde sich die selige Verheißung, die Christus der Herr auf dem Berg am Galiläischen Meer gegeben, dreifach an ihm erfüllen. Sei er doch friedfertig und sanftmütig gewesen und reinen Herzens.

Und nun sangen sie wieder, während die Träger den Toten aufhoben und ihn das Mittelschiff entlang aus der Kirche hinaus auf den Kirchhof trugen. Denn ein Grab im Freien war sein letzter Wille gewesen. Draußen aber, unter alten Kastanienbäumen, deren Laub sich herbstlich zu färben anfing, setzten sie den Sarg nieder, und als er hinabgelassen und das letzte Wort gesprochen war, kehrten alle heim, und Trud und Gerdt schritten langsam die Lange Straße hinunter, bis an das Mindesche Haus, das nun *ihre* war. Nur Grete war geblieben und huschte heimlich in die Kirche zurück und setzte sich auf die Bahre, die noch an alter Stelle stand. Sie wollte beten, aber sie konnte nicht und sah immer nur Trud, so herb und streng, wie sie sie *früher* gesehen hatte, und fühlte deutlich, wie sich ihr das Herz dabei zusammenschnürte. Und eine Vorahnung überkam sie wie Gewissheit, dass Regine doch wohl recht gehabt haben könne. So saß sie und starrte vor sich hin und fröstelte. Und nun sah sie plötzlich auf und gewahrte, dass das Abendrot in den hohen Chorfenstern stand, und dass alles um sie her wie in lichtem Feuer glühte: Die Pfeiler, die Bilder und die hoch aufgemauerten Grabsteine. Da war es ihr, als stünde die Kirche rings in Flammen, und von rasender Angst erfasst, verließ sie den Platz, auf dem sie gesessen, und floh über den Kirchhof hin.

In den engen Gassen war es schon dunkel geworden, der rote Schein, der sie geängstigt, schwand vor ihren Augen, und ihr Herz begann wieder ruhiger zu klopfen. Als sie aber den Flur ihres Hauses erreicht hatte, stieg sie zu Reginen hinauf und umarmte sie und küsste sie und sagte: »Regine, nun bin ich ganz allein. Eine Waise!«

8

Eine Ritterkette

Eine Waise war sie, und sie sollt' es nur allzu bald empfinden. Anfangs ging es, auch noch um die Christzeit, als aber Ostern herankam, wurd' es anders im Haus, denn es geschah, was nicht mehr erwartet war: Trud genas eines Knäbleins. Da war nun die Freude groß, und auch Grete freute sich. Doch nicht lange. Bald musste sie wahrnehmen, dass das Neugeborene alles war und sie nichts; Regine kochte den Brei, und sie gab ihn. Dass sie selber ein Herz habe und ein Glück verlange, daran dachte niemand; sie war nur da um andrer Glückes willen. Und das verbitterte sie.

Ein Trost war, dass sie Valtin häufiger sah. Denn Trud hatte für nichts Sinn mehr als für das Kind, und nur selten, wenn sie sich aus Laune oder Zufall auf ihr Hüteramt besann, fiel sie vorübergehend in ihre frühere Strenge zurück.

So vergingen die Tage, meist ohne Streit, aber noch mehr ohne Lust und Freud, und als es jährig war, dass sie den alten Minde von seinem Platz vor dem Altar auf den Kirchhof hinausgetragen hatten, ging Grete gen Sankt Stephan, um seiner an seinem Grabe zu gedenken.

Es war ein schöner Oktobertag, und die Kastanien lagen ausgestreut umher. Grete setzte sich auf den Hügel, und das Bild des geliebten Toten stand wieder vor ihrer Seele, blass und freundlich, und sie hing ihm noch in süßer Trauer nach, als sie sich plötzlich bei Namen gerufen hörte. Sie sah auf und erkannte Valtin. Er hatte sie das Haus verlassen sehen und war ihr nachgegangen.

»Wie geht es?« fragte Grete.

Valtin antwortete nicht gleich. Endlich sagte er: »Ich mag nicht klagen, Grete, denn dein eigen Herz ist voll. Aber das muss wahr sein, Emrentz ist wie vertauscht, und hat was gegen mich. Und erst seit kurzem. Denn, wie du weißt, ich hatt' es nicht gut und hatt' es nicht schlecht. So hab' ich dir oft gesagt, und so war es. Aber seit ihr das Kleine habt, ist es anders. Und jeden Tag wird es schlimmer. Es ist ordentlich, als ob sie's der Trud nicht gönnte. Was meinst du?«

Grete schüttelte den Kopf. »Nein, das ist es nicht. Ich weiß aber, was es ist, und Trud ist wieder schuld. Sie verredet dich bei der Emrentz. *Das* ist es.«

»Verredet mich? Ei, da lass doch hören«, sagte Valtin.

»Ja, verredet dich. Ich weiß es von der Regine. Die war in der Hinterstub' oben und wiegte das Kind, als sie beid' am Fenster saßen. Und da hörte sie dein Lob aus der Emrentz Mund, und wie sie sagte: ›Du seist ein guter Jung' und machtest ihr das Leben nicht schwer, was du doch könntest, denn sie sei ja noch jung und deine Stief.‹ Aber das missfiel unsrer Trud, und sie nahm ihren spöttischen Ton an und fragte nur: Ob sie denn blind sei? Und ob sie nicht säh', wie dir der Schalk im Nacken säße. Du lachtest ja über sie.«

Valtins Augen waren immer größer geworden, aber Grete sah es nicht und fuhr unverändert fort: »Und das glaube nur, Regine hört alles und sieht alles. Und sie sah auch, wie sich Emrentz verfärbte, erst rot, und dann erdfahl im ganzen Gesicht. Und so bitterbös. Und dann hörte sie, wie sie der Trud zuflüsterte: ›Ich danke dir, Trud, und ich will nun ein Auge darauf haben.‹«

»Also daher!« sagte Valtin. »Aber gut, dass ich es weiß. Ich will sie zur Rede stellen, eure Trud, wenn ich ihr auf Flur oder Treppe begegne. Mich verreden. Das ist schlecht.«

»Und unwahr dazu.«

Valtin schwieg eine Weile. Dann nahm er Gretens Hand und sagte beinah kleinlaut: »Nein, unwahr eigentlich nicht. Es ist wahr, ich habe mich abgewandt und hab' auch gelacht. Aber ich tat's nicht in Bösem und wollt ihr nicht wehe tun. Und das weiß die Trud auch. Und sie weiß auch, dass ich der Emrentz nicht gram bin, nein, ganz und gar nicht, und dass ich mich eigentlich freue, dass er sie gern hat, wenn ich auch so manchmal meine Gedanken darüber habe. Denn er ist ein andrer Mann worden, und unser Haus ist ein ander Haus worden als vordem; und das alles dank' ich ihr. Eine Stief ist freilich eine Stief, gewiss, das bleibt, und wenn ich da bin, ist es gut, und wenn ich nicht da bin, ist es noch besser; ich weiß es wohl, und es geht ihr nichts zu Herzen, wenn's nicht eine neue Mod' oder ein Putz oder eine Gasterei ist; aber eigentlich hab' ich sie doch gern, und weißt du, Gret', ich werde mit *ihr* sprechen und nicht mit der Trud. Ich bin jetzt achtzehn, und mit achtzehn, da darf man's. Und ich wette, sie nimmt's gut auf und gibt mir einen Kuss und ruft den Vater und erzählt ihm alles und sagt ihm alles, und sagt ihm auch, dass er schuld sei, ja *er*, *er*, und dass sie *mich* heiraten wolle, nächstens schon, wenn er nicht anders würde, ganz anders. Und dann lacht er immer, weil er es gern hört. Aber sie sagt es noch lieber.«

Grete, die, während er sprach, eine Menge der umherliegenden Kastanien gesammelt und aufgezogen hatte, hing sie sich jetzt als Schnur um den Hals und sagte: »Wie kleidet es mir?«

»Ach, dir kleidet alles. Du weißt es ja, und alle Leute wissen's. Und sie sagen auch, es sei hart, dass du dein Leben so vertrauern müsst. Immer so mit dem Kind ...«

Grete seufzte. »Freilich, es ist nichts Fein's; aber bei Tag ist es ein Spielzeug, und dann sieh, dann gibt mir's auch zu lachen, wenn ich so seh', wie sie das Würmchen aufputzen und einen kleinen Prinzen aus ihm machen möchten. Denn du musst wissen, es ist ein hässlich Kind, und alles an ihm hat eine falsche Stell' und passt nicht recht zusamm', und ich seh' es in Gedanken schon groß, wie's dann auch so hin- und herschlenkert, grad wie der Gerdt, und sitzt immer krumm und eingesunken und streckt die Beine weit, weit von sich. Ach, es hat schon jetzt so lange dünne Beinchen. Wie die Spinn' an der Wand.«

»Und Trud?« fragte Valtin.

»*Die* sieht nur, dass es ein hübsches Kind ist, oder sie tut doch so. Und dann fragt sie mich: ›Nicht wahr, Gret', es sieht gut?‹ Und wenn ich dann schweig' oder verlegen seh', dann redet sie auf mich ein, und dann heißt es: ›Sieh doch nur den Mund; ist er nicht klein? Und hat auch nicht solchen Wulst. Und seine Augen stehen nicht so vor.‹ Aber es hilft ihr nichts, es ist und bleibt der Gerdt, und ist ihm wie aus dem Gesicht geschnitten.«

Valtin schüttelte den Kopf und sagte: »Und das ist alles, was du hast?!«

»Ja und nein. Und du musst mich nicht bedauern. Denn ich habe ja noch die Regine, die mir von alten Zeiten erzählt, und ich habe Gigas, der mir seine Blumen zeigt. Und dann hab' ich den Kirchhof. Und mitunter, wenn ich ein rechtes Glück hab', dann hab' ich *dich.*«

Er sah sie zärtlich an und sagte: »Du bist so gut, und trägst alles, und willst *nichts.*«

Sie schüttelte den Kopf. »Ich will eigentlich viel, Valtin.«

»Ich glaub's nicht.«

»Doch, doch. Denn sieh, Liebe will ich, und das ist viel. Und ich kann kein Unrecht sehn. Und wenn ich's seh', da gibt es mir einen Stich, hier gerad ins Herz, und ich möchte dann weinen und schrein.«

»Das ist es ja, Grete. Darum bist du ja so gut.« Und er nahm ihre Hand und drückte sie und sagte ihr, wie lieb er sie habe.

Und dann sprach er leiser und fragte sie, ob sie sich nicht öfter sehen könnten, so wie heut, und so ganz wie von ungefähr. Und dann nannt' er ihr die Plätze, wo's am ehesten ginge. Hier der Kirchhof sei gut, aber eigentlich die Kirche drin, die sei noch besser. Am besten aber sei die *Burg,* da sei niemand und sei alles so schön und so still und der Blick so weit.

Grete war es zufrieden, und sie sagten einander zu, dass sie, solange die schönen Herbstestage dauerten, sich allwöchentlich einmal oben auf der Burg treffen und miteinander plaudern wollten. Und als sie das beschlossen, hing ihm Grete die Kastanienkette um, die sie bis dahin getragen, und sagte ihm, er sei nun ihr Ritter, der zu ihr halten und für sie fechten und sterben müsse. Und dabei lachten sie. Gleich danach aber trennten sie sich und gingen auf verschiedenen Wegen, auf dass niemand sie zusammen sähe, wieder in ihre Wohnung zurück.

9

Auf der Burg

Sie hielten Wort, und eine Woche später, während welcher Grete mehr als seit lang unter Truds Launen und einem Rückfall in ihre frühere Strenge gelitten hatte, trafen sie sich nachmittags auf dem Kirchhof und gingen durch Tor und Vorstadt erst bis an die »Freiheit« und dann auf einem ansteigenden Schlängelwege bis zur Burg selbst hinauf. Hier, auf dem großen Außenhof, der zugleich als Wirtschaftshof diente, war ein buntes und bewegtes Leben: Im Taktschlag klang es von der Tenne her, die Scheunentore standen offen, und die Mädchen, die beim Flachsbrechen waren, sangen über den Hof hin:

»Es waren zwei Königskinder,
Die hatten einander so lieb,
Sie konnten zusammen nicht kommen,
Das Wasser war viel zu tief.
›Ach Liebster könntest du schwimmen,
So schwimme doch her zu mir …‹«

Es klang so traurig. Aber die Gesichter der Mädchen lachten dabei.

»Hörst du«, sagte Valtin, »das gilt uns. Sieh nur die Hübsche mit dem Flachskopf. Sieht sie nicht aus, als könnte sie sich ihr Brauthemd von ihrem eignen Wocken spinnen?« Grete schwieg. Ihr war so weh. Endlich sagte sie: »Lass uns gehen, Valtin. Ich weiß nicht, was es ist. Aber das fühl' ich, dass ich hier auch stehen und die Hände fleißig rühren und singen möcht'. Sieh nur, wie die Spreu von der Tenne fliegt. Es ist alles so frei und luftig hier, und wenn ich hier mitstünd', ich glaube, da verwehte manches, was mich quält und drückt.«

Valtin suchte nach einem Trosteswort, und sie schritten, als er sie wieder beruhigt, über einen wüsten Grasplatz, auf einen aufgemauerten und halb ausgetrockneten Graben zu, der den großen äußeren Burghof von dem kleinen inneren trennte. Eine schmale Zugbrücke führte hinüber, und sie passierten sie. Drinnen war alles still: Der Efeu wuchs hoch am Gemäuer auf, und in der Mitte stand ein alter Nussbaum, dessen weites Geäst den halben Hofraum überdachte. Und um den ausgehöhlten Stamm her war eine Bank. Grete wollte sich setzen; Valtin aber nahm ihre Hand und sagte: »Nicht hier, Grete; es ist zu stickig hier.« Und damit gingen sie weiter, bis an den Fuß eines steilen, in die Rasenbettung eingeschnittenen Treppchens, das oben auf einen breiten, von zwei Türmen flankierten Wallgang mündete. Zwischen diesen Türmen aber lief eine dicke, niedrige Feldsteinmauer, die nur um ein paar Fuß höher war als der Wallgang selbst. Und auf diese Mauer setzten sie sich und sahen in die Landschaft hinaus. Zu Füßen hatten sie den breiten Strom und die schmale

Tanger, die spitzwinklig in den Strom einmündete, drüben aber, am andern Ufer, dehnten sich die Wiesen, und dahinter lag ein Schattenstrich, aus dessen Lichtungen hier und dort eine vom Abendrot übergoldete Kirchturmspitze hervorblickte. Der Himmel blau, die Luft frisch; Sommerfäden zogen, und in das Geläut der ersten heimwärts ziehenden Herden mischte sich von weit her das Anschlagen der Abendglocke.

»Ach, wie schön«, sagte Grete. »Jahr und Tag, dass ich nicht hier oben war. Und mir ist fast, als hätt' ich es nie gesehen.«

»Das macht, dass wir einen so schönen Tag haben«, sagte Valtin.

»Nein, das macht, dass es hier so frisch und so weit ist, und zu Haus ist es so dumpf und so eng. Da bin ich wie gefangen und eingemauert, eingemauert wie die Stendalsche Nonne, von der mir Regine so oft erzählt hat.«

»Und du möchtest fort.«

»Lieber heut' als morgen. Entsinnst du dich noch, Maifest vorm Jahr, als wir uns verirrt hatten und auf den Hirsch warteten, der uns aus dem Walde hinaustragen sollte!«

Valtin nickte.

»Sieh, da sprachst du von einem Tal, das tief in Bergen läg', und der Sturm ginge drüber hin, und wäre kein Krieg und die Menschen liebten einander. Und ich weiß, dass ich das Tal in Wachen und in Träumen sah. Viele Wochen lang. Und ich sehnte mich danach und wollte hin. Aber heute will ich nur noch fort, nur noch weg aus unserm Haus. Wohin, ist gleich. Es schnürt mir die Brust zusammen, und ich habe keinen Atem mehr.«

»Aber du hast doch die Regine, Gret'. Und Gigas ist gut mit dir. Und dann sieh, Emrentz kann dich leiden. Ich weiß es; sie hat mir's selber gesagt, keine drei Tag' erst, als ich mein' Aussprach mit ihr hatt'. Und dann, Grete, du weißt ja, dann hast du *mich*.«

Sie blickte sich scheu-verlegen um. Und als sie sah, dass sie von niemand belauscht wurden, trat sie rasch auf ihn zu, strich ihm das Haar aus der Stirn und sagte: »Ja, *dich* hab' ich. Und ohne dich wär' ich schon tot.«

Valtin zitterte vor Bewegung. Er erkannte wohl, wie tief-unglücklich sie sei, und sagte nur: »Was ist es, Grete? Sag es. Vielleicht, dass ich es mit dir tragen kann. Was drückt dich?«

»Das Leben.«

»Das Leben?« Und er sah sie vorwurfsvoll an.

»Nein, nein. Vergiss es. Nicht das Leben. Aber der Tag drückt mich; jeder; heute, morgen, und der folgende wieder. Endlos, endlos. Und ist kein Trost und keine Hülfe.«

»Der Tag«, wiederholte Valtin vor sich hin, und es war, als überleg' er's und mustre die Reihe seiner eigenen Tage.

»Ja, der Tag«, fuhr Grete fort. »Und jede Stund' ist lang wie das Jahr. Kaum, dass ich den Morgenschlaf aus den Augen hab', so heißt es: ›Das Kind, das Kind.‹ Und nun spring ich auf und mache das Bad und mache den Brei. Und nun ist das Bad viel zu heiß und der Brei viel zu kalt. Und dann wieder: ›Das Kind und das Kind.‹ Und an mir sehen sie vorbei, als wär' ich der Schatten an der Wand. Ach, ich weiß, es ist eine Sünd', aber ich muss mir's heruntersprechen von der Seel', und wahr ist es und bleibt es, ich hass' es. Und so kommt Mittag, und wir sitzen an dem runden Tisch, und ich spreche das Gebet. Sprech' es, und niemand hört darauf. Und wenn ich das letzte Wort gesprochen, so heißt es: ›Grete, sieh, ich glaub', es schreit.‹ Und dann bring' ich es, und dann geht es reihum, und dann soll ich essen mit dem Kind im Arm. Und wenn es hübsch wär'. Aber es ist so hässlich und sieht mich an, als erriet' es all' meine Gedanken. Ach, Valtin, das ist mein Tag und mein' Nacht. Und so leb' ich. In meines Vaters Haus ohne Heimat! Unter Bruder und Schwester, und ohne Liebe! Es tötet mich, dass mich niemand liebt. Ach, wie's mich danach verlangt! Nur ein Wort, nur ein einzig Wort.« Und sie warf sich auf die Knie und legte den Kopf auf den Stein und weinte bitterlich.

»Es kommen andere Tage«, sagte Valtin. »Und wir wollen aushalten. Und wenn sie *nicht* kommen, eins musst du wissen, Gret', ich tu alles, was du willst. Sage, dass ich hier hinunterspringe, so spring' ich, und sage, dass du fort willst, so will ich auch fort. Und wenn es in den Tod ging'! Ich kann nicht leben ohne dich. Und ich will auch nicht.«

Grete war aufgesprungen und sagte: »*Das* hab' ich hören wollen. Das, das! Und nun kann ich wieder leben, weil ich dies Elend nicht mehr endlos seh. Ich weiß nun, dass ich's ändern kann, jeden Tag und jede Stunde. Sieh mich nicht so an. Erschrick nicht. Ich bin nicht so wild und unbändig, wie du denkst. Nein, ich will still und ruhig sein. Und wir wollen aushalten, wie du sagst, und wollen hoffen und harren, bis wir groß sind und unser Erbe haben. Denn wir haben doch eins, nicht wahr? Und haben wir *das,* Valtin, so haben wir uns, und dann haben wir die ganze Welt. Und dann sind wir glücklich. Ach, wie mir so leicht ums Herz geworden. Und nun komm und lass uns gehn. Die Sonn' ist unter, und die letzten Herden sind eben herein.«

Er war es zufrieden, und sie wandten sich und gingen heimwärts, erst unter dem Nussbaum hin und dann über die kleine Zugbrücke fort, die von dem inneren Burghof in den Außenhof führte. In dem Sumpfwasser unter ihnen stand das Rohr und wuchs hoch hinauf bis an das Brückengebälk. Ein paar blaue Dolden, blattlos und auf langen Stielen, blühten einsam dazwischen. Und nun waren sie wieder jenseits und sahen, dass alle Arbeit in Hof und Tenne schwieg. Die Mädchen, die beim Flachsbrechen gewesen waren, hatten sich mit den Knechten auf Bretter und Balken gesetzt, die hoch aufgeschichtet an einem Holunderzaune lagen, und sangen allerlei Lieder, Lustiges und Schelmisches, und neckten sich untereinander. Als sie aber des jungen Paares ansichtig wurden, brachen sie plötzlich ab und nahmen wie von selber die Weise wieder auf, die sie, eine Stunde vorher, bei beider Kommen gesungen hatten:

»Ach Tochter, herzliebste Tochter,
Allein sollst du nicht gehn,
Weck auf deine jüngste Schwester
Und lass sie mit dir gehn.«

»Ach Mutter, herzliebste Mutter,
Meine Schwester ist noch ein Kind,
Sie pflückt ja all' die Blumen,
Die auf grüner Heide sind.«

Valtin und Grete waren rascher zugeschritten, und die letzten Worte des Liedes verklangen ihnen unklar und halb gehört. Aber die Weise traf noch ihr Ohr, als sie das Burgtor schon lang im Rücken hatten.

10

Zu Weihnachten

»Ich kann nun wieder leben«, hatte Grete gesagt, und wirklich, das Leben wurd' ihr leichter seitdem. Ein beinah freudiger Trotz, dem sie sich, auch wenn sie gehorchte, hingeben konnte, half ihr über alle Kränkungen hinweg. Sie gehorchte ja nur noch, weil sie gehorchen wollte. Wollte sie *nicht* mehr, so konnte sie, wie sie zu Valtin gesagt hatte, jeden Tag »dem Spiel ein Ende machen«. Und wirklich, ein Spiel war es nur noch, oder sie wusst' es doch in diesem Lichte zu sehen. Das gab ihr eine wunderbare Kraft, und wenn sie dann spät abends in ihre Giebelstube hinaufstieg, die sie, seit das Kind unten aus der ersten Pflege war, wieder mit Reginen bewohnte, so gelang es ihr, mit dieser zu lachen und zu scherzen. Und wenn es dann hieß: »aber nun schlafe, Gret'«, dann wickelte sie sich freilich in ihre Decken und schwieg, aber nur, um sich in wachen Träumen eine Welt der Freiheit und des Glückes aufzubauen. Dabei sah sie sich am liebsten am Bug oder Steuer eines Schiffes stehen, und der Seewind ging, und es war Nachtzeit, und die Sterne funkelten. Und sie sah dann hinauf, und alles war groß und weit und frei. Und zuletzt überkam es sie wie Frieden inmitten aller Sehnsucht, ihr Trotz wurde Demut, und an Stelle des bösen Engels, der ihren Tag beherrscht hatte, saß nun ihr guter Engel an ihrem Bett. Und wenn sie dann andren Tags erwachte und hinuntersah auf den Garten und den Pfau auf seiner Stange kreischen hörte, dann fragte sie sich: »Bist du noch du selbst? Bist du noch unglücklich?« Und mitunter wusste sie's kaum. Aber freilich, auch andere Tage kamen, wo sie's wusste, nur allzu gut, und wo weder ihr guter noch ihr böser Engel, weder ihre Demut noch ihr Trotz sie vor einem immer bitterer und leidenschaftlicher aufgärenden Groll zu schützen wusste.

Ein solcher Tag, und der bittersten einer, war der Weihnachtstag, an dem auch diesmal ein Christbaum angezündet wurde. Aber nicht für Grete. Grete war ja groß, nein, nur für das Kleine, das denn auch nach den Lichtern haschte und vor allem nach dem Goldschaum, der reichlich in den Zweigen glitzerte. »'s ist Gerdts Kind«, sagte Grete, der ihres Bruders Geiz und Habsucht immer ein Abscheu war; und sie wandte sich ihren eigenen Geschenken zu. Es waren ihrer nicht allzu viele: Lebkuchen und Äpfel und Nüsse samt einem dicken Spangen-Gesangbuch (trotzdem sie schon zwei dergleichen hatte), auf dessen Titelblatt in großen Buchstaben und von Truds eigener Hand geschrieben war: Sprüche Salomonis, Kap. 16, Vers 18.

Sie kannte den Vers nicht, wusste aber, dass er ihr nichts Gutes bedeuten könne, und sobald sichs gab, war sie treppauf, um in der großen Bibel nachzuschlagen. Und nun las sie: »Wer zugrunde gehen soll, der wird stolz, und stolzer Mut kommt vor dem Fall.«

Es schien nicht, dass sie verwirrt oder irgendwie betroffen war, sie strich nur, schnell entschlossen, die von Trud eingeschriebene Zeile mit einer dicken Feder durch, blätterte hastig in dem Alten Testamente weiter, als ob sie nach einer bekannten, aber ihrem Gedächtnis wieder halb entfallenen Stelle suche, und schrieb dann ihrerseits die Prophetenstelle darunter, die des alten Jakob Minde letzte Mahnung an Trud enthalten hatte: »Lasse die Waisen Gnade bei dir finden.« Und nun flog sie wieder treppab und legte das Buch an seinen alten Platz. Trud aber hatte wohl bemerkt, was um sie her vorgegangen, und als sie mit Gerdt allein im Zimmer war, sah sie nach und sagte, während sie sich verfärbte: »Sieh und lies!« Und er nahm nun selber das Buch und las und lachte vor sich hin, wie wenn er sich ihrer Niederlage freue. Denn seine hämische Natur kannte nichts Lieb'res als den Ärger andrer Leute, seine Frau nicht ausgenommen. Zwischen dieser aber und Greten unterblieb jedes Wort, und als der Fasching kam, den die Stadt diesmal ausnahmsweise prächtig mit Aufzügen und allerlei Mummenschanz feierte, schien der Zwischenfall vergessen. Und auch um Ostern, als sich alles zu dem herkömmlichen großen Kirchgang rüstete, hütete sich Trud wohl, nach dem Buche zu fragen. Wusste sie doch, dass es Gret' unter dem Weißzeug ihrer Truhe versteckt hatte. Denn sie mocht' es nicht sehen.

11

Der Herr Kurfürst kommt

Und nun war Hochsommerzeit (der längste Tag schon um vier Wochen vorüber), und die Bürger, wenn sie spät abends aus dem Rathauskeller heimgingen, versicherten einander, was übrigens niemand bestritt, »dass die Tage schon wieder kürzer würden«. Da kam an einem Mittewochen plötzlich die Nachricht in die Stadt, dass der allergnädigste Herr Kurfürst einzutreffen und einen Tag und eine Nacht auf seiner Burg Tangermünde zuzubringen gedenke. Das gab ein großes Aufsehen, und noch mehr der Unruhe, weilen der Herr Kurfürst in eben jenen Tagen nicht bloß von seinem lutherischen Glauben zum reformierten übergetreten, sondern auch infolge dieses Übertritts die Veranlassung zu großer Missstimmung und der Gegenstand allerheftigster Angriffe vonseiten der tangermündischen Hitzköpfe geworden war.

Und nun kam er selbst, und während viele der nur zu begründeten Sorge lebten, um ihrer ungebührlichen und lästerlichen Rede willen zur Rechenschaft gezogen zu werden, waren andere, ihres Glaubens und Gewissens halber, in tiefer und ernster Bedrängnis. Unter ihnen Gigas. Und diese Bedrängnis wuchs noch, als ihm am Nachmittage vorerwähnten Mittewochens durch einen Herrn vom Hofe vermeldet wurde, dass Seine Kurfürstliche Durchlaucht um die siebente Morgenstunde zu Sankt Stephan vorzusprechen und daselbst eine Frühpredigt zu hören gedächten. Wie dem hohen Herren begegnen? Dem Abtrünnigen, der vielleicht alles in Stadt und Land zu Abfall und Untreue heranzwingen wollte! Und so mutig Gigas war, es kam ihm doch ein Bangen und eine Schwachheit an. Aber er betete sich durch, und als der andre Morgen da war, stieg er, ohne Menschenfurcht, die kleine Kanzeltreppe hinauf und predigte über das Wort des Heilands: »Gebet dem Kaiser, was des Kaisers, und Gott, was Gottes ist.« Und siehe da, die holzgeschnitzte Taube des Heiligen Geistes hatte nicht vergeblich über ihm geschwebt, und der Herr Kurfürst, nachdem er entblößten Hauptes und »mit absonderer Aufmerksamkeit« der Predigt gefolget war, hatte nach Schluss derselben ihm danken und ihn zu weiterer Besprechung auf seine Burg entbieten lassen. Und hier nun, wie die Chronisten melden, war Seine Kurfürstliche Durchlaucht dem festen und glaubenstreuen Manne nicht nur um einen Schritt oder zwei zu freundlicher Begrüßung entgegengegangen, sondern hatte demselben auch unter freiem Himmel und in Gegenwart vieler Herren vom Adel an Eidesstatt zugesichert: »dass er seine von Gott ihm anbefohlenen Untertanen bei dem Worte Lutheri Augsburgischer Konfession belassen, eines jeden Person auch in der Freiheit seines Glaubens und Gewissens schützen wolle, in eben jener Freiheit, um derentwillen er für *seine* Person das Bekenntnis der beständig hadernden Lutherischen abgetan und den reformierten Glauben angenommen habe«.

Und als diese zu größerem Teile trostreiche Rede, über deren schmerzlichen Ausklang Gigas klug hinwegzuhören verstand, an Burgemeister und Rat überbracht worden war, waren Peter Guntz und die Ratmannen, dazu die Geistlichen und Rektores aller fünf Kirchen auf der Burg erschienen, um nach abgestattetem Dank und wiederholter Versicherung unverbrüchlicher Treue den Herrn Kurfürsten um die Gunst anzugehen, ihm ein festlich Mahl herrichten zu dürfen. Aber in der Halle seiner *eigenen* Burg, dieweilen ihre Rathaushalle zu klein sei, um die reiche Zahl der Gäste zu fassen. Und alles war angenommen worden und hatte die Stadt umso mehr erfreut und beglückt, als bei gnädiger Entlassung der Sprecher, unter denen sich auch Gerdt in vorderster Reihe befunden, seitens Seiner Kurfürstlichen Durchlaucht der Hoffnung Ausdruck gegeben worden war, die sittigen und ehrbaren Frauen der Stadt auf seiner Burg mit erscheinen und an dem Festmahle teilnehmen zu sehn.

Und nun war dieses Mahl, unter freundlichem Beistand aller Dienerschaften des hohen Herrn, in kürzester Frist hergerichtet worden, und um die vierte Stunde bewegte sich der Zug der Geladenen, Männer und Frauen, die Lange Straße hinab, zur Burg hinauf. Die kleineren Bürgerfrauen aber, die von der Festlichkeit ausgeschlossen waren, sahen ihnen neidisch und spöttisch nach, und nicht zum wenigsten, als Trud und Emrentz an ihnen vorüberzogen. Denn beide waren absonderlich reich und prächtig gekleidet, in Ketten und hohen Krausen, und Emrentz, aller Julihitze zum Trotz, hatte sich ihr mit Hermelinpelz besetztes Mäntelchen nicht versagen können. Truds Kleid aber stand steif und feierlich um sie her und bewegte sich kaum, als sie, zur Rechten ihrer Muhme, die Straße hinunterschritt.

Und nun war alles oben, das Mahl begann, und die gotischen Fenster mit ihren kleinen, buntglasigen und vielhundertfältig in Blei gefassten Scheibchen standen nach Fluss und Hof hin weit offen, und die Gäste, solang es drin ein Schweigen gab, hörten von den Zweigen des draußen stehenden Nussbaums her das Jubilieren der Vögel. Aber nicht immer schwieg es drinnen, Trinkspruch reihte sich an Trinkspruch, und wenn dann von der großen Empore herab, die zu Häupten des Kurfürsten aufragte, die

Stadtpfeifer einfielen und die Paukenwirbel über den Fluss hin und bis weit hinaus in die Landschaft rollten, dann hielt der Fährmann sein Boot an, und die Koppelpferde horchten auf und sahen verwundert nach der sonst so stillen Burg hinüber.

12

Am Wendenstein

Um ebendiese Zeit saß Grete daheim in der Hinterstube des ersten Stocks. Truds letztes Wort an sie war gewesen: »Hüte das Kind.« Und nun hütete sie's. Es lag in einer Wiege von Rosenholz, ein Schleiertuch über dem Köpfchen, und durch Tür und Fenster, die beide geöffnet waren, zog die Luft. Herabgelassene Vorhänge gaben Schatten, und nur ein paar Fliegen tanzten um den Thymianbusch, der an der Decke des Zimmers hing. Es regte sich nichts in dem weiten Hause.

Und doch war jemand eingetreten: Valtin. Er hatte die Haustür vorsichtig geöffnet, so dass die Glocke keinen Ton gegeben, und sah sich nun auf dem halb im Dämmer liegenden Flure neugierig um. Es war alles wie sonst: An dem vordersten Querbalken saßen die zwei Schwalbennester, und in den Nischen standen die Schränke, erst die von Nussbaum, dann die von Kienenholz, bis dicht an die Hoftür hin. Die Hoftür selbst aber stand auf; ein breiter Lichtstreifen fiel ein, und auf dem sonnenbeschienenen Hofe saßen die Tauben und spielten im Sand oder schritten gurrend, und dabei stolz und zierlich ihre Köpfe drehend, an dem noch stolzeren Pfau vorüber. Und dahinter war das von Wein überwachsene Gitter, von dem aus die sechs Treppenstufen niederführten, und durch die offenen Stellen des Laubes hindurch sah man die Malvenkronen und die Strauchspitzen des tiefer gelegenen Gartens. Alles märchenhaft und wie verwunschen, und leiser noch, als er in das Haus eingetreten war, stieg er jetzt die Stiege hinauf, bis er an der Schwelle der Hinterstube hielt. Es schien, dass Grete schlief, und einen Augenblick war er in Zweifel, ob er bleiben oder wieder gehen solle. Aber zuletzt rief er ihren Namen, und sie sah lächelnd auf. »Komm nur«, sagte sie, »ich schlafe nicht. Ich hüte ja das Kind. Willst du's sehen?«

»Nein«, sagte er, »lass es. Sehen wir's an, so wecken wir's, und ist es wach, so schreit es. Und es soll nicht wach sein, und noch weniger soll es schreien, denn ich will dich abholen. Alle Welt ist draußen auf der Burg, und du bist hier allein, als wärst du die Magd im Haus oder die Kindermuhme. Komm, es sieht uns niemand. Wir gehen an den Gärten hin, und die Stadtmauer gibt uns Schatten. Und sind wir erst oben, da tun wir, als fänden wir uns. Sieh, ich bin so neugierig. Und du bist es auch, nicht wahr? Er ist ja doch eigentlich unser Landesherr. Und am End' ist es ein Unrecht, ihn nicht gesehen zu haben, wenn man ihn sehen *kann.* Ich glaube, wir *müssen* ihn sehen, Grete. Was meinst du?«

Grete lachte. »Wie gut du die Worte stellen kannst. Sonst heißt es immer, Eva sei schuld; aber heute nicht. Du beredst mich, und ich soll tun, was sie mir verboten.«

»Ach, wer?«

»Nun, du weißt es ja; Trud. Und da sitz' ich nun hier und gehorche. Und dann ist das Kleine …«

»Lass nur. Es schläft ja. Und Regine hütet es so gut wie du. Komm, und eh das Fest aus ist, sind wir wieder da. Und du setzest dich an deinen alten Platz, und niemand weiß es. Und die schlafenden Kinder haben ihren Engel.«

»Nun gut, ich komm'.« Und dabei rief sie nach der Regine, die neben dem Küchenherde saß, und ehe noch der Pfau draußen auf dem Hofe gekreischt und sein Rad geschlagen hatte, was er, wenn er Greten sah, immer zu tun pflegte, waren sie schon an ihm vorbei und zur Gartenpforte hinaus und gingen im Schatten der Stadtmauer, ganz wie Valtin es gewollt hatte, bis an das Wassertor und dann über die Tangerwiesen auf die Vorstadt zu. Niemand begegnete ihnen hier; alles war wie ausgestorben; und erst als sie die »Freiheit« passiert und den äußeren Burghof erreicht hatten, sahen sie, dass hier die kleinen Leute samt ihrem Gesinde zu vielen Hunderten standen und den Raum bis an die Zugbrücke hin so völlig füllten, dass an ein Hineinkommen in den inneren Burghof gar nicht zu denken war.

Und so schlug denn Valtin vor, wieder hügelabwärts zu steigen und drüben auf den Elbwiesen einen Spaziergang zu machen. Grete war es zufrieden, und erst als sie den Fährmann angerufen und den Fluss gekreuzt hatten, wandten sie sich wieder, um nun unbehindert auf die goldig im Scheine der Spätnachmittagssonne daliegende Burg zurückzusehen und in die von drüben her herüberklingenden Lebehochs mit einzustimmen.

Aber bald waren sie's müd', und sie gingen tiefer in die hoch in Gras stehende, mit Ranunkeln und rotem Ampfer übersäte Wiese hinein, bis sie zuletzt an einen niedrigen, mit Werft und Weiden besetzten Erdwall kamen, der sich quer durch die weite Wiesenlandschaft zog. Auf der Höhe dieses Walles lag ein Feldstein von absonderlicher Form und so dicht mit Flechten überwachsen, dass sich ein paar halb verwitterte Schriftzeichen daran nur mühsam erkennen ließen. Und auf diesen Feldstein setzten sie sich.

»Was bedeutet der Stein?« fragte Grete.

»Ich weiß es nicht. Vielleicht ein Wendengrab.«

»Wie denn?«

»Weißt du denn nicht? Dies ist ja das Feld, wo die große Tangerschlacht war. Heiden und Christen. Und die Heiden siegten. Und zu beiden Seiten des Erdwalls, auf dem wir hier sitzen, *vor* uns bis dicht an den Wald und *hinter* uns bis dicht an den Fluss, liegen sie zu vielen Tausenden.«

»Ich glaub' es nicht. Und wenn auch, ich mag nicht davon hören. Auch nicht, wenn die Christen gesiegt hätten ... Aber sieh, wie schön.« Und dabei zeigte sie mit der Hand auf die vor ihnen ausgebreitete Landschaft, die sie jetzt erst, von dem hoch gelegenen Stein aus, mit ihrem Blick umfassen konnten. Es war dasselbe Bild, das sie letzten Herbst schon von der Burg und dem Gemäuer aus vor Augen gehabt hatten, nur die Dörfer, die damals mit nichts andrem als ihren Kirchturmspitzen aus dem Schattenstriche des Waldes hervorgeblickt, lagen heute klar und deutlich vor ihnen, und die Strohdächer mit ihren Storchennestern ließen sich überall erkennen.

»Weißt du, wie die Dörfer heißen?« fragte Grete.

»Gewiss weiß ich's. Das hier rechts ist Buch, wo der Herr von Buch lebte, der einen Schatz in unsrer Tangermünder Kirche viele Jahre lang verborgen hielt, um ihn zuletzt als Lösegeld für seinen Herrn Markgrafen zu zahlen. Denn die Magdeburger hatten ihn gefangen genommen. Und er hieß Markgraf Otto. Otto mit dem Pfeil. Ein schöner Herr und sehr ritterlich, und war ein Dichter und liebte die Frauen. Weißt du davon?«

»Nein ... Aber hier das Dorf mit dem blanken Wetterhahn?«

»Das ist *Fischbeck.*«

»Ach, das kenn ich. Da wohnt ja der alte Pfarr ... aber nun hab' ich seinen Namen vergessen. Oh, von *dem* weiß ich. Der war eines Fischbecker Bauern Sohn und sollte seines Vaters Pferde hüten. Aber er wollt' es nicht und lief ihm fort, denn er wusst' es bestimmt in seinem Herzen, dass er ein Geistlicher und ein frommer Mann werden müsse. Und er wurd' es auch, und nun hütet er am selben Ort sein Amt und seine Gemeinde. Und sein Vater hat es noch erlebt.«

»Aber Grete, woher weißt du nur das alles? Die Geschichte von der großen Tangerschlacht und von dem Tangermünder Schatze, die weißt du *nicht,* und die von dem Fischbecker Pastor weißt du so genau!«

Grete lachte. »Und weißt du, wie lang ich sie weiß? Seit gestern. Und weißt du von wem? Von Gigas.«

»Das musst du mir erzählen.«

»Freilich. Das will ich auch. Aber da muss ich weit ausholen.«

»Tu's nur. Wir haben ja Zeit.«

»Nun sieh, Valtin, du weißt, ich bin immer weit fort; weit fort in meinen Gedanken. Und du weißt auch, um deshalb halt' ich's aus. Und immer abends, wenn ich mit der Regine bin, les' ich von Kindern oder schönen Prinzessinnen, die vor einem bösen König oder einer bösen Königin geflohen sind, und es gibt viele solche Geschichten, und nicht bloß in Märchenbüchern, viel, viel mehr als du dir denken kannst, und mitunter ist es mir, als wären alle Menschen irgend einmal ihrem Elend entlaufen.«

Valtin schüttelte den Kopf.

»Du schüttelst den Kopf. Und sieh, das tu ich auch. Oder doch von Zeit zu Zeit. Und so war es auch gestern, denn ich hatte wieder einen Traum gehabt, wieder von Flucht, und es war, als flög' ich, und mir war im Fliegen so wohl und so leicht. Aber als ich aufwachte, war ich bedrückt und unruhig in meinem Gemüt. Und da dacht' ich, das soll ein Ende haben: Du wirst Gigas fragen, der soll dir sagen, ob es etwas Böses ist zu fliehen. Und so ging ich zu ihm, gestern um die Mittagsstunde, trotzdem ich wohl gehört hatte, dass er selber in Sorg und Unruh sei.«

»Und wie fandest du ihn?«

»Ich fand ihn in seinem Garten zwischen den Beeten, und wir gingen auf und ab, wie er's gern tut, und sprachen vielerlei, und zuletzt auch von unserm Herrn Kurfürsten, der, wie wir ja schon wussten, eine Nacht und einen Tag auf seiner Tangermünder Burg zu verbleiben gedenke. Und als ich sah, dass er sich in seinem Gewissen sorgte, gerade so wie sich's Trud und Gerdt, als sie von ihm sprachen, in unsrem Hause schon zugeflüstert hatten, da fasst' ich mir ein Herz und fragt ihn: was er wohl mein'? Ob Flucht allemalen ein bös und unrecht Ding sei? Oder ob es nicht auch ein rechtmäßig und zuständig Beginnen sein könne?«

»Und was antwortete er dir?«

»Er schwieg eine ganze Weile. Als wir aber an die Bank kamen, die zu Ende des Mittelganges steht, sagte er: ›Setz dich, Gret'. Und nun sage mir, wie kommst du zu solcher Frag'?‹ Aber ich gab ihm keine Antwort und wiederholte nur alles und sah ihn fest dabei an. Und all das konnt' ich, ohne mich ihm zu verraten, denn ich hatte wohl bemerkt, dass er an nichts als an den gnädigen und gestrengen Herrn Kurfürsten dachte, der genferisch geworden, und dass er immer nur alles Fährliche vor Augen sah, was ihm selber noch bevorstehen könne. Und endlich nahm er meine Hand und sagte: ›Ja, Grete, das ist eine schwere Frag', und ich denke, wir müssen zum Ersten allemal beten, dass wir nicht in Versuchung fallen, und zum Zweiten, dass uns die Gnade Gottes überall, wo wir zweifelhaft und unsicher in unsrem Gemüte sind, den rechten Weg finden lasse. Denn die richtigen Wege sind oft wechselvolle Wege, und wenn es heut unsre Pflicht ist, zu gehorchen und auszuharren, so kann es morgen unsre Pflicht sein, *nicht* zu gehorchen und uns durch Flucht einem schlimmen Ansinnen zu entziehn. Aber eines gilt heut und immerdar: Wir müssen in unsrem Tun, ob wir nun fliehen oder ausharren, einem höheren Rufe Folge leisten.‹ Und nun erzählte er mir von dem Fischbeckschen Pastor und seiner Flucht.«

»Aber er muss dir doch noch mehr erzählt haben?«

»Nein. Vielleicht dass er's getan, aber der alte Peter Guntz kam und unterbrach uns. Und ich wusste ja nun auch, was ich wissen wollt', und dass auch eine Flucht das Rechte sein könne. Und als ich heimging, zählt' ich mir her, wer alles geflohen sei. Joseph und Maria floh. Und auch Petrus floh aus seinem Gefängnis.«

»Aber ein Engel des Herrn führte sie«, sagte Valtin. »Und sie flohen um Gott und Glaubens willen.«

Es schien, dass diese Worte Greten ins Gewissen trafen, denn sie schwieg. Endlich aber sagte sie: »Ja, um Gott und Glaubens willen. Aber auch um Lebens und Rechtes willen. Ich mag kein *Unrecht* sehen und auch keines leiden.«

»Du weißt aber, dass wir Geduld üben und unsere Feinde lieben sollen.«

»Ja, ich weiß es; aber ich kann es nicht.«

»Weil du nicht willst.«

»Nein, ich will es nicht.«

Und als sie so weit gesprochen, wandten sie sich wieder und sahen, dass der Sonnenball unter war und die Burgtürme bereits im Abendrote glühten. »Es ist Zeit, dass wir heimgehen«, sagte Valtin, »oder wir verpassen's, und Trud ist eher zu Haus als wir.«

»Lass sie«, sagte Grete leicht. »Ich mag nicht mehr nach Haus. Mir ist, als wäre dies mein letzter Tag, und als müsst' ich fort. Heute noch. Gleich. Willst du?«

Valtin sah sie bang und fragend an.

»Du willst nicht? Sag's nur. Du fürchtest dich.«

»Ich will, Grete. Ganz gewiss, ich will. Aber ich muss es einsehen, dass es nicht anders geht. Und hab ich dir's anders versprochen, damals auf der Burg, als die Mädchen sangen und die Sommerfäden zogen, so darfst du mich nicht beim Worte nehmen. Es war ein Unrecht.«

Sie warf den Kopf, aber sagte nichts und nahm seinen Arm. Und so schritten sie wieder auf die Fähre zu. Die Sterne waren bald herauf und spiegelten sich in dem stillen Strom, während Mückenschwärme wie Rauchsäulen über ihnen standen. Oben auf der Burg schimmerten noch die Lichter, sonst aber war alles still, und nur aus weiter Ferne her hörte man noch ein Singen, das mehr und mehr verklang. Es waren die kleinen Leute, die, samt ihrem Gesinde, vom Außenhofe her wieder in die Stadt zogen. Und dazu klatschten eintönig die Ruderschläge des Fährboots, und nun lief es auf, und Valtin und Grete sprangen ans Ufer.

Die Stadt gedachten sie so weit wie möglich zu meiden und nahmen ihren Weg an den Tangerwiesen hin, über die jetzt, mit ihnen zugleich, feuchte, weiße Nebel zogen. Die hohen Nachtkerzen ragten mit ihren Spitzen über die Nebelstreifen fort und mischten ihren Duft mit dem Dufte des Heues, das frisch gemäht zu beiden Seiten des Weges lag. Sie sprachen nicht, und Valtin suchte nur den Fledermäusen zu wehren, die, von dem alten Kirchengemäuer her, neben und über ihnen flatterten. So kamen sie bis an das Wassertor und bogen in denselben Zirkelgang ein, auf dem sie gekommen waren, immer zwischen den Gärten und der Stadtmauer hin. Und nun hielten sie vor der Mindeschen Gartenpforte.

»Gute Nacht, Valtin«, sagte Grete ruhig und beinah gleichgültig. Als dieser aber ging ohne sich umzusehen, rief sie noch einmal seinen Namen. Und er wandte sich wieder und lief auf sie zu. Und sie umarmten sich und küssten sich.

»Vergiss, Valtin, was ich gesagt hab'. Ich weiß, dass du dich nicht fürchtest. Denn du liebst mich. Und die sich lieben, die fürchten sich nicht. Und nun noch eines. Komm in einer halben Stund' in den Garten, in euren, und wart auf mich. Mir ist so wunderlich, und ich muss dich noch sehen. Denn sieh, ich weiß es, es geschieht etwas; ich fühl' es ganz deutlich *hier.*« Und dabei legte sie die Hand aufs Herz und zitterte.

Und er versprach es, und sie trennten sich.

13

Flucht

Die Pforte war nur angelehnt, und schon vom Garten aus ließ sich's erkennen, dass Trud inzwischen ins Haus zurückgekehrt sein müsse. Die Fenstervorhänge hingen noch herab, und das rasch wechselnde Schattenspiel zeigte deutlich, dass ein Licht dahinter hin und her getragen wurde. Grete stieg nun die Stufen hinauf, die von dem Garten in den Hof führten, drückte das Gitter ins Schloss und fühlte sich, über Flur und Treppe hin, bis an das Hinterzimmer des oberen Stocks. Die Türe stand noch offen, wohl der Schwüle halber, und Grete sah hinein. *Was* sie sah, war nur das Erwartete. Die Wiegendecke lag zurückgeschlagen, und Trud, in allem Putz und Staat, den sie bei der Festlichkeit getragen, mühte sich in gebückter Stellung um das Kind, das still dalag, und nur dann und wann in Krämpfen zusammenzuckte. Ihre hohe Krause war zerdrückt, ihr Haar halb herabgefallen; ihren silbernen Hakengürtel aber, der ihr beim Aufnehmen und Niederlegen des Kindes hinderlich gewesen sein mochte, hatte sie von sich getan und über das Fußbrettchen der Wiege gehängt. Und jetzt richtete sie sich auf und sah Greten vor sich stehen.

»Ei, Grete. Schon da!« sagte sie bitter, aber ersichtlich noch mit ihrer inneren Erregung kämpfend. »Wo warst du?«

»Fort.«

»Fort? Und ich hatt' es dir doch verboten.«

»Verboten?«

»Ja! Und nun sieh das Kind. Ein Wunder Gottes, wenn es uns am Leben bleibt. Und wenn es stirbt, so bist *du* schuld.«

»Das darfst du nicht sagen, Trud«, antwortete Grete ruhig, während es um ihren Mund zuckte. »Schilt mich. Schilt mich, dass ich ging, das darfst du, das magst du tun. Aber du darfst mich nicht schelten um des Kindes willen. An dem Kind ist nichts versäumt. Ich ließ es bei Reginen, und Regine, was sag' ich, ist dreißig Jahr' im Haus. Und war Kindermuhme bei Gerdt, und dann war sie's bei mir und hat mich großgezogen.«

»Ja, das hat sie. Aber wozu? *Du* weißt es und *ich* weiß es auch. Und die *Stadt* wird es bald genug erfahren … Armes Ding du! Aber 's ist Erbschaft.«

»Sage nicht *das,* Trud. Nichts von *ihr.* Ich will davon nicht hören.«

»Aber du *sollst* es. Undankbare Kreatur!«

Grete lachte.

»Lache nur, Bettelkind! Denn das bist du. Nichts weiter. Eine fahrende Frau war sie, und keiner weiß, woher sie kam. Aber jetzt kennen wir sie, denn wir kennen *dich.* Eine fremde Brut seid ihr, und der Teufel sieht euch aus euren schwarzen Augen.«

»Das lügst du.«

Trud aber, ihrer Sinne nicht mehr mächtig, erhob ihre Hand und schlug nach ihr.

Grete war einen Schritt zurückgetreten, und es flimmerte ihr vor den Augen. Dann, ohne zu wissen, was sie tat, griff sie nach dem über der Wiege hängenden Gürtel und schleuderte ihn der verhassten Schwieger ins Gesicht. Diese, vor Schmerz aufschreiend, wankte und hielt sich mühsam an einem hinter ihr stehenden Tischchen, und Grete sah nun, dass die scharfen Ecken des langen silbernen Gehänges Truds Stirn oder Schläfe schwer verletzt haben mussten, denn ein Blutstreifen rann über ihre linke Wange. Aber sie schrak vor diesem Anblick nicht zurück und hatte nichts als das doppelt selige Gefühl ihres befriedigten Hasses und ihrer errungenen Freiheit. Ja, Freiheit! Sie war dieses Haus nun los. Denn das stand fest in ihrer Seele, dass sie nicht länger bleiben könne. Fort. Gleich. Und sie flog die Treppe hinab und über Flur und Hof in den Garten.

Da wuchsen wieder die Himbeerbüsche wie damals, wo sie hier mit Valtin zwischen dem hohen Gezweig gestanden und über den Hänfling und sein Nest geplaudert hatte; aber ihre verwilderte Seele dachte jener Stunden stillen Glückes *nicht* mehr. Sie kletterte nur rasch hinauf und horchte gespannt, ob Valtin schon da sei. Er war es noch nicht. Und so sprang sie vom Zaun in den Zernitzschen Garten hinunter und versteckte sich in der Laube.

Denn dass er kommen würde, das wusste sie.

Eine Viertelstunde war vergangen, als Grete Schritte vom Hofe her hörte. Er war es, und sie lief ihm entgegen. »Valtin, mein einziger Valtin. Ach, dass du nun da bist! Es ist gekommen, wie's kommen musste.« Und nun erzählte sie, was geschehen. »Ich wusst' es. Alles, alles. Und ich muss nun fort. Diese Nacht noch. Willst du, Valtin?«

Sie waren, während Grete diese Worte sprach, vorsichtshalber, um nicht gesehen zu werden, von dem Mittelsteige her auf die Schattenseite des Garten getreten, und Valtin sagte nur: »Ja, Gret', ich will. Was es wird, ich weiß es nicht. Aber ich sehe nun, du musst fort. Und das hab' ich mir geschworen, so ich's nur einseh', dass du fort musst, so will ich's auch, und will mit dir. Und dann sieh, ich bin ja doch eigentlich schuld. Denn du wolltest nicht weg von dem Kind, und ich hab' dich überredet und dich trotzig gemacht und dich gefragt, wer dir's denn verbieten wolle?

Sage nicht nein«, fuhr er fort, als er sah, dass sie den Kopf schüttelte. »Es ist so. Und am Ende, was tut's? Du oder ich, es ist all eins, wer die Schuld hat. Es musste zuletzt doch so kommen, für dich und für mich. Auch für mich. Glaub es nur. Emrentz ist nicht wie Trud, und wir leben jetzt eigentlich gut miteinander. Aber auf wie lang? Es ist ein halber Frieden, und der Krieg steht immer vor der Tür. Eine Stief ist eine Stief, dabei bleibt's. Und so viel sie lacht, sie hat doch kein Herz für mich, und wo das Herz fehlt, da fehlt das Beste.«

»So willst du?«

»Ja, Grete.«

»So lass uns gehen. In einer Stunde schon. Um elf wart' ich draußen … Und nun eile dich; denn mir brennt der Boden unter den Füßen.«

Und damit trennten sie sich.

Als Grete gleich darauf wieder drüben in ihrem eigenen Garten war, huschte sie den Zaun entlang und an dem Weinspalier vorbei bis auf den Hof. Hier aber befiel es sie plötzlich, dass sie, beim Eintreten in das Haus, vielleicht ihrem Bruder Gerdt begegnen könne, der, wenn gereizt, nach Art schwacher und abgespannter Naturen, alle Müdigkeit abtun und in Wutausbrüche geraten konnte. Wenn er ihr jetzt in den Weg trat? Wenn er sie misshandelte? Sie zitterte bei dem Gedanken und schlich so geräuschlos wie möglich die Treppe hinauf. Als sie bei der nur angelehnten Türe des Hinterzimmers vorüberkam, hörte sie, dass Trud und Gerdt miteinander sprachen. »Sie muss aus dem Haus«, sagte Trud, »ich mag die Hexe nicht länger um mich haben.« »Aber wohin mit ihr?« fragte Gerdt. »Das findet sich; wo ein Will' ist, ist auch ein Weg – sagt das Sprüchwort. Ich hab' an die Nonnen von Arendsee gedacht, das ist nicht zu nah und nicht zu weit. Und da gehört sie hin. Denn sie hat ein katholisch Herz, trotz Gigas, und immer, wenn sie mit mir spricht, so sucht sie nach dem Kapselchen mit dem Splitter und hält es mit ihren beiden Händen fest. Und schweigt sie dann, so bewegen sich ihre Lippen, und ich wollte schwören, dass sie zur Heiligen Jungfrau betet.« Mehr konnte sie nicht erlauschen, denn das Kind, das bis dahin ruhig gelegen, begann wieder zu greinen, und Grete benutzte den Moment und fühlte sich vorsichtig weiter bis an das zweite Treppengeländer und in ihre Giebelstube hinauf.

Der Mond schien auf die Dächer gegenüber, und sein zurückfallender Schein gab gerade Licht genug, um alles deutlich erkennen zu lassen. Die Tür zu der Kammer nebenan stand offen, und Regine saß eingeschlafen am Fußende des Bettes. »'s ist gut so«, sagte Grete und öffnete Schrank und Truhe, nahm heraus, was ihr gut dünkte, band ein schwarzes Seidentuch um ihren Kopf und verbarg unter ihrem Mieder ein kleines Perlenhalsband, das ihr, an ihrem Einsegnungstage, vom alten Jakob Minde geschenkt worden war. Anderes hatte sie nicht. Und nun war sie fertig und hielt ihr Bündel in Händen. Aber sie konnte noch nicht fort. Nicht so. Und an der Schwelle der Kammertür kniete sie nieder und rief Gott um seinen Beistand an, auch um seine Verzeihung, wenn es ein Unrecht sei, was sie vorhabe. Und heiße Tränen begleiteten ihr Gebet. Dann erhob sie sich und küsste Reginen, die schlaftrunken auffuhr und den Namen ihres Lieblings nannte; aber ehe sie den Schlaf völlig abschütteln und sich wieder zurechtfinden konnte, war Grete fort und glitt, mit ihrer Rechten sich aufstützend, die steilen Stufen der Oberstiege hinunter. Und nun horchte sie wieder. Das Kind wimmerte noch leis, und die Wiege ging in heftiger Schaukelbewegung, während Trud, über das Kind gebeugt, rasch und ungeduldig ihre Wiegenlieder summte; Gerdt schwieg. Vielleicht, dass er schon schlief.

Und im nächsten Augenblicke war sie treppab, über Hof und Garten, und hielt draußen an der Pforte.

Valtin wartete schon. Er hatte sich zu dem Joppenrock, den er gewöhnlich trug, auch noch in eine dicke Friesjacke gekleidet, und in dem wuchernden Grase vor ihm lag eine schmale, hohe Leiter, wie man sie um die Kirschenzeit von außen her an die Bäume zu legen pflegt. Grete trat auf ihn zu und gab ihm die Hand. Der breite Schatten, der auf das Gras fiel, hinderte sie, die Leiter zu sehen, desto deutlicher aber sah sie seine winterliche Einkleidung. Und sie lachte. Denn der Sinn für das Komische war ihr geblieben. Und Valtin lachte gutmütig mit und sagte: »'s ist für *dich,* Grete, wenn du frierst. Die Nacht ist kalt, auch eine Sommernacht.« Und derweilen schlug es elf, und die Glockenschläge mahnten sie wieder an das, was sie vorhatten. Valtin legte die Leiter an die Mauer, und Grete stieg hinauf. Und im nächsten Augenblicke war er selber oben und zog die Leiter nach und stellte sie nach außen. Und nun waren sie frei. Sie sahen sich an und atmeten auf, und der Zauber des um sie her liegenden Bildes ließ sie minutenlang ihres Leids und ihrer Gefahr vergessen. Die Nebel waren fortgezogen, silbergrüne Wiesen dehnten sich hüben und drüben, und dazwischen flimmerte der Strom, über den der Mond eben seine Lichtbrücke baute. Nichts hörbar, als das Gemurmel des Wassers und die Glocken, die von einigen Stadtkirchen her verspätet nachschlugen.

Beide hatten sich angefasst und eilten raschen Schrittes auf den Fluss zu.

»Willst du hinüber?« fragte Grete.

»Nein, ich will nur einen Kahn losmachen. Sie glauben dann, wir seien drüben.«

Und als sie bald danach den losgebundenen Kahn inmitten des Stromes treiben sahen, hielten sie sich wieder seitwärts, über die tauglitzernden Tangerwiesen hin, bogen in weitem Zirkel um den Burghügel herum und mündeten endlich auf einen Feldweg ein, der, hart neben der großen Straße hin, auf den Lorenzwald zuführte.

Als sie seinen Rand beinah erreicht hatten, sagte Grete: »Ich fürchte mich.«

»Vor dem Wald?«

»Nein. Vor dir.«

Valtin lachte. »Ja, das ist nun zu spät, Grete. Du musst es nun nehmen, wie's fällt. Und wenn ich dir deinen kleinen Finger abschneide oder dich tot drücke vor Hass oder Liebe, du musst es nun leiden.«

Er wollt' ihr zärtlich das Haar streicheln, soweit es aus dem schwarzen Kopftuche hervorsah, aber sie machte sich los von ihm und sagte: »Lass. Ich weiß nicht, was es ist, aber solange wir in dem Wald sind, Valtin, darfst du mich nicht zärtlich ansehen und mich nicht küssen. Unter den Sternen hier, da sieht uns Gott, aber in dem Walde drin ist alles Nacht und Finsternis. Und die Finsternis ist das Böse. Ich weiß es wohl, dass es kindisch ist, denn wir gehören ja nun zusammen in Leben und in Sterben, aber ich fühl' es so, wie ich dir's sag', und du musst mir zu Willen sein. Versprich es.«

»Ich versprech' es. Alles, was du willst.«

»Und hältst es auch?«

»Und halt' es auch.«

Und nun nahm sie wieder seine Hand, und sie schlugen den Weg ein, der sie bis an die große Waldwiese führte. Hier war es taghell fast, und sie zeigten einander die Stelle, wo der Maibaum damals gestanden, und wo sie selber, am Schattenrande der Lichtung hin, auf den umgestülpten Körben gesessen und dem Taubenschießen und dem Tanz um die Linde her zugesehen hatten. Und dann gingen sie weiter waldeinwärts, immer einen breiten Fußpfad haltend, der sich nur mitunter im Gestrüpp zu verlieren schien.

Sie sprachen wenig. Endlich sagte Grete: »Wohin gehen wir?«

»Ins Lüneburgsche, denk' ich. Und dann weiter auf Lübeck zu. Da hab' ich Anhang.«

»Und weißt du den Weg?«

»Nein, Grete, den Weg nicht, aber die Richtung. Immer stromabwärts. Es kann nicht weiter sein als fünf Stunden; dann haben wir die Grenze, die bei Neumühlen läuft. Und die Tangermündschen Stadtreiter, auch wenn sie hinter uns her sind, haben das Nachsehen.«

»Glaubst du, dass sie sich eilen werden, uns wieder zurückzuholen?«

»Vielleicht.«

»Ja. Aber auch nichts weiter. Sie werden uns ziehen lassen und froh sein, dass wir fort sind. Und wenn dein Vater es anders will, so wird's ihm Emrentz ausreden. Und wenn nicht Emrentz, so doch Trud.« Und nun erzählte sie das Gespräch zwischen Trud und Gerdt, das sie von der nur angelehnten Türe des Hinterzimmers aus belauscht hatte.

So mochten sie zwei Stunden gegangen sein, und der Mond war eben unter, als Grete leise vor sich hin sagte: »Lass uns niedersitzen, Valtin. Meine Füße tragen mich nicht mehr.« Und es war alles wie damals, wo sie sich als Kinder im Walde verirrt hatten. Er aber bat sie, brav auszuhalten, bis sie wieder an eine hellere Stelle kämen. Und siehe, jetzt war es wirklich, als ob sich der Wald zu lichten begänne, die Stämme standen in größeren Zwischenräumen, und Valtin sagte: »Hier, Grete, hier wollen wir ruhn.« Und todmüde, wie sie war, warf sie sich nieder und streckte sich ins Moos. Und schon im nächsten Augenblicke schlossen sich ihre Wimpern. Er schob ihr ihr Reisebündel als Kissen unter und deckte sie leise mit seiner Winterjacke zu, von der er sich selber nur ein Zipfelchen gönnte.

Und dann schlief er an ihrer Seite ein.

14

Auf dem Floß

Als sie wieder erwachten, lag alles um sie her in hellem Sonnenschein. Sie hatten dicht am Rande des großen Lorenzwaldes geschlafen, der hier mit einer vorspringenden Ecke bis hart an den Strom trat, und der rote Fingerhut stand in hohen Stauden um sie her. Ein paar seiner Blüten hatte der Morgenwind auf Greten herabgeschüttelt, und diese nahm eine derselben und sagte: »Was bedeutet es mir? Es ist eine Märchenblume.«

»Ja, das ist es. Und es bedeutet dir, dass du eine verwunschene Prinzessin oder eine Hexe bist.«

»Das darfst du nicht sagen.«

»Und warum nicht?«

»Weil es Trud immer gesagt hat … Aber weißt du, Valtin, dass ich Hunger habe?«

Und damit erhoben sie sich von ihrer Lagerstatt und gingen plaudernd immer am Wasser hin, bis sie weiter flussabwärts, wo der Waldvorsprung wieder einbog, an ein Fähr- oder Forsthaus kamen. Oder vielleicht auch war es beides. Anfangs wollten sie gemeinschaftlich eintreten, aber Valtin besann sich eines andern und sagte: »Nein, bleib; es ist besser, ich geh' allein.« Und eine kleine Weile, so kam er mit Brot und Milch zurück und hielt, als er Gretens ansichtig wurde, die Hände schon von weitem in die Höh, um zu zeigen, was er bringe, und sie setzten sich ins hohe Gras, den Fluss zu Füßen und den Morgenhimmel über sich. »Wenn es uns immer so schmeckt …«, sagte Valtin. Und Grete sah ihn freundlich an und nickte.

Als sie so saßen und mehr träumten als sprachen, bemerkten sie, dass mitten auf dem Strom ein großes Floß geschwommen kam, lange, zusammengebolzte Stämme, auf denen sich vier Personen deutlich erkennen ließen: drei Männer und eine Frau. Zwei von den Männern standen vorn an der Spitze des Floßes, während der dritte, der seinen raschen und kräftigen Bewegungen nach der jüngste zu sein schien, das ungefüge Steuer führte. »Was meinst du«, sagte Valtin, »wenn wir mitführen? Du bist müde vom Gehen. Und mitten auf dem Strom, da sucht uns niemand.«

Grete schien zu schwanken; Valtin aber setzte hinzu: »Lass es uns versuchen; ich ruf hinüber, und halten sie still und machen ein Boot los, nun so nehmen wir's als ein Zeichen, dass es sein soll.« Und er sprang auf und rief: »Hoiho«, ein Mal über das andere.

Die Flößer verrieten anfänglich wenig Lust, auf diese Zurufe zu achten, als Valtin aber nicht abließ, machte der am Steuer Stehende den Kahn los, der hinter dem Floße herschwamm, und war im nächsten Augenblicke mit ein paar Ruderschlägen am diesseitigen Ufer.

»Hoiho! Was Hoiho?«

Valtin hörte nun wohl, dass es Wenden oder Böhmen waren, die bis Hamburg wollten, und trug sein Anliegen vor, so gut es ging. Der Böhmake verstand endlich und bedung sich einen Lohn aus, der so gering war, dass ihn Valtin gleich als Angeld zahlte.

Und nun fuhren sie nach dem Floß hinüber.

Als sie neben demselben anlegten, fanden sich auch die beiden Männer ein, zu denen nun der jüngere sprach und ihnen das Geldstück überreichte. Sie schienen's zufrieden, und der älteste, schon ein Mann über fünfzig, und allem Anscheine nach der Führer, lüpfte seine viereckige, mit Pelz besetzte Mütze und bot Greten und gleich darauf auch Valtin seine Hand, um ihnen beim Hinaufsteigen auf das Floß behülflich zu sein. Es war ziemlich an der Hinterseite, nicht weit von dem großen Drehbalken, der als Steuer diente, und unsere beiden Flüchtlinge nahmen in Nähe desselben Platz. Alles gefiel ihnen, und Grete freute sich, dass Valtin den Mut gehabt und die Flößer angerufen hatte; am besten aber gefiel ihnen der Mann am Steuer, der lebhaft und lustig war und sich beflissen zeigte, sie zu zerstreuen und ihnen den Aufenthalt angenehm zu machen. Er plauderte mit ihnen, so gut es ein paar Wörter zuließen, und war erfinderisch in immer neuen Aufmerksamkeiten.

Als die Sonne schon ziemlich hoch stand, sah er, dass die vom Wasser zurückgeworfenen Strahlen die jungen Leute blendeten, und kaum dass er es wahrgenommen, als er auch schon das Steuer in Valtins Hand legte und sich daranmachte, mit Benutzung umherliegender Bretter, aus einem großen Stück Segelleinwand ein Zelt für seine Schutzbefohlenen aufzurichten. Sie setzten sich unter das Dach und genossen nun erst der eigentümlichen Schönheit ihrer Fahrt. Am Ufer hin stand das hohe Schilf, und wenn dann das Floß den grünen Schilfgürtel streifte, flogen die Wasservögel in ganzen Völkern auf und fielen plätschernd und schreiend an weiter flussabwärts gelegenen Stellen wieder ein. Der Himmel wölbte sich immer blauer, und ein Mittagswind, der sich aufgemacht hatte, strich frisch an ihnen vorüber und kühlte die Tageshitze. Vorne, durch die ganze Länge des Floßes von ihnen getrennt, standen nach wie vor die beiden älteren Männer und angelten, ihre Haltung aber zeigte nur zu deutlich, dass sie mit dem Ertrag ihres Fanges wenig zufrieden waren. Waren es doch immer nur kleine Fische, die, sooft sie die Schnur zogen, in der Sonne hell aufblitzten. Jetzt aber gab es einen Freudenschrei, und ein Breitfisch, so groß und schwor, dass die Schnur am Reißen war, flog mit einem Ruck an Bord. Das war es, worauf sie gewartet hatten, und sie schütteten nun die neben ihnen stehende Kufe mitsamt ihrem Inhalt wieder aus, füllten sie frisch mit Wasser und trugen ihren großen Fang wie im Triumph auf die Mitte des Floßes, wo schon seit einiger Zeit ein hell aufwirbelnder Küchenrauch die Vorbereitungen zu einer Mahlzeit anzudeuten schien. Und in der Tat hantierte hier emsig und lärmend ein junges Frauenzimmer umher, das mit seinen stechenden kohlschwarzen Augen wohl dann und wann zu den neuen Ankömmlingen flüchtig herübergesehen, im Übrigen aber durch seine ganze Haltung weder Freude noch Teilnahme bezeigt hatte.

Und immer weiter ging die Fahrt, und immer stiller wurde der Tag. Auch der Mann am Steuer schwieg jetzt, und Valtin und Grete hörten nichts mehr als das Gurgeln des Wassers und das Gezirp im Rohr und dazwischen den Küchenlärm, in dem sich das junge Frauenzimmer, je näher die Mahlzeit rückte, desto mehr zu gefallen schien. Und jetzt nahm sie einen blanken Teller, hielt ihn hoch und schlug mit einem Quirl an die Außenseite. Das war das Zeichen, und alle versammelten sich um die Feuerstelle her. Nur Valtin und Grete waren zurückgeblieben; aber der Alte kam alsbald auf sie zu, und nach kurzer Ansprache, von der sie nichts verstehen konnten, nahm er Greten an der Hand und führte sie, während er die gangbarsten und trockensten Stellen aussuchte, bis auf die Mitte des Floßes.

Und jetzt erst erkannten unsre Flüchtlinge, wie sonderbar, aber auch wie zweckentsprechend die hier befindliche Kochgelegenheit aufgebaut und eingerichtet war. Das ganze Floß, auf mehr als zehn Schritt im Quadrat, war wie mit einem dicken

Rasen überdeckt, auf dem sich wiederum, ebenfalls aus Rasenstücken aufgeschichtet, ein wohl drei Fuß hoher und unverhältnismäßig breiter und geräumiger Herd erhob. In diesen waren Löcher eingeschnitten, und in den Löchern standen Töpfe, um die mehrere kleine Feuer lustig flackerten. Und nun setzten sich die Männer in Front des Herdes, so dass sie den Fluss hinuntersehen konnten, und nahmen ihr Mahl ein, das zunächst aus einer Brühe mit Huhn und Hirse, dann aber aus dem Breitfisch, dem letzten Ertrag ihres Fanges, bestand. Alle ließen sich's schmecken; und als Valtin, gegen den Schluss des Mahles hin, sich über ihr Wohlleben verwunderte, lachte der Alte und beschrieb einen Kreis mit seiner Rechten, als ob er andeuten wolle, dass ihm Ufer und Landschaft, mit allem was darauf fleucht und kreucht, tributpflichtig seien.

Und nun war das Mahl beendet, und Valtin und Grete, nachdem sie gedankt, erhoben sich und suchten wieder ihr Zelt in Nähe des Steuers auf.

Sie mussten, an Neumühlen vorüber, schon meilenweit gefahren sein und hätten sich zu jeglichem um sie her beglückwünschen können, wenn nicht das junge Frauenzimmer mit den blanken Flechten und den schwarzen Stechaugen gewesen wäre. Valtin hatte nichts bemerkt, aber der schärfer sehenden Grete war es nicht entgangen, dass sie seit Mittag kein Auge von ihnen ließ und ersichtlich etwas gegen sie vorhatte. Ob aus Eifersucht oder Habsucht, ließ sich nicht erkennen, aber etwas Gutes konnt' es nicht sein, und als der Tag sich neigte, rückte Grete näher und teilte Valtin ihre Besorgnisse mit. Dieser schüttelte den Kopf und wollte davon nichts wissen, und siehe da, auch Grete vergaß es wieder, als sich, gleich nach Sonnenuntergang, ein neues Leben auf dem Floße zu regen begann. Der Alte nahm eine Fiedel, und die Frauensperson, die sich mittlerweile geputzt und eine rote Schürze angelegt hatte, führte mit dem jungen Burschen einen böhmischen Tanz auf. Danach setzten sie sich an den Herd und sangen Lieder, die der Alte mit ein paar Strichen auf der Fiedel begleitete.

Und nun kam die Dämmerung, und die Sterne begannen matt zu flimmern. Das Floß selbst hatte sich hart ans Ufer gelegt, das hier, anfänglich flach, dreißig Schritte weiter landeinwärts eine hohe, steile Wandung zeigte. Es war noch hell genug, um die rotgelben Töne des fetten Lehmbodens erkennen zu können. Alles schwieg, und nur Grete, der ihr Verdacht wiedergekommen war, sagte leise: »Valtin, ich habe doch recht. Ich fürchte mich.«

»Glaubst du wirklich, dass es böse Leute sind?«

»Nicht eigentlich böse Leute, aber sie werden der Versuchung nicht widerstehen können. Du hast ihnen Geld gezeigt, und die Frau hat gesehen, dass ich Schmuck trage. Sie werden uns berauben wollen. Und setzest du dich zur Wehr, so ist es unser letzter Tag.«

Valtin überlegte hin und her, und sagte dann: »Ich fürcht', es ist, wie du sagst. Und so müssen wir wieder fliehen. Ach, immer fliehen! Auch noch auf der Flucht eine Flucht.« Und er seufzte leise.

Grete hörte die Klage wohl heraus, aber sie hörte zugleich auch, dass es kein Vorwurf war, und so nahm sie seine Hand und sah ihn bittend an. Kannte sie doch ihre Macht über ihn. Und diese Macht blieb ihr auch diesmal treu, und alles war wieder gut.

Es traf sich glücklich, dass das Floß mit eben dem Hintereck, auf dem ihr Zelt stand, auf den Ufersand gefahren war. Sie teilten sich's mit und kamen überein, auf das Segeltuch, das sie den Tag über zu Häupten gehabt hatten, eine Silbermünze zu legen, und sobald alles schliefe, mit einem einzigen Satz ans Ufer zu springen. Wären sie dann erst die steile Lehmwand hinauf, so würde sie niemand mehr verfolgen. Und wenn es geschäh', so wär' es ohne Not und Gefahr, denn Schiffsleute hätten einen schweren Gang und wären langsam zu Fuß.

Und während sie so sprachen, war der Mond aufgegangen. Das erschreckte sie vorübergehend. Aber es standen auch Wolken am Himmel, und so warteten sie, dass diese heraufziehen und den Mond überdecken möchten.

Und nun war es geschehen. »Jetzt«, sagte Valtin, und den Beistand des Himmels anrufend, sprangen sie vom Floß ans Ufer. Das seichte Wasser, das hier um ein paar Binsen her stand, klatschte hoch auf; aber sie hatten dessen nicht acht, und im nächsten Augenblicke die steile Lehmwand erkletternd, schritten sie rasch über das Feld hin und in die Nacht hinein.

Niemand folgte.

15

Drei Jahre später

Drei Jahre waren seitdem vergangen, und wieder färbte der Herbst die Blätter rot; allüberall in der Altmark, und nicht zum wenigsten in dem Städtchen Arendsee, dessen endlos lange Straße, zugleich seine einzige, nach links hin aus Häusern und Gärten, nach rechts hin aus Klostergebäuden und zwischenliegenden Heckenzäunen bestand. Hinter einem dieser Heckenzäune, der abwechselnd von Dorn und Liguster gebildet wurde, ließ sich ein auf Säulen ruhender Kreuzgang erkennen, in dessen quadratischer Mitte der Klosterkirchhof lag, wild und verwahrlost, aber in seiner Verwahrlosung nur um so schöner. Einige hoch aufgemauerte Grabsteine schimmerten aus allerlei Herbstesblumen und dichtem Grase hervor, die meisten aber versteckten sich im Schatten alter Birnbäume, deren ungestützte Zweige mit ihrer Last bis tief zu Boden hingen. Vorüberziehende Fremde würden sich des Bildes gefreut haben, das eben jetzt, bei niedergehender Sonne, von absonderer Schönheit war; ein paar Arendseesche Bürger aber, Handwerker und Ackersleute zugleich, die mit ihrem Gespann vom Felde hereinkamen, achteten des wohl bekannten Anblicks nicht und hielten erst, als sie schon dreißig Schritt über den Heckenzaun hinaus waren und an der andern Seite der Straße dreier hoch bepackter Wagen ansichtig wurden, die hier, vor einer alten Ausspannung mit tiefer Einfahrt, den ohnehin schmalen Weg beinah versperrten.

»Süh, Kersten, doa sinn se all. Awers hüt wahrd et nix mihr.«

»Nei, hüt nich. Und weet'st all, Hanne, se speelen joa nicht blot mihr mit Zocken un Puppen. Se kümmen joa nu sülwer rut.«

»Joa; so hebb ick't ook hürt. Richt'ge Minschen ... Jott, wat man nich allens erlewen deiht!«

Und damit gingen sie vorüber, weiter in die Stadt hinein.

Und es war so, wie die beiden Ackerbürger gesagt hatten. Puppenspieler, die, wie's dazumalen aufkam, ihre Puppen zeitweilig im Kasten ließen und an Stelle derselben in eigener Person auftraten, waren an eben jenem Nachmittag in das Städtchen gekommen und hatten sich's in der Ausspannung, vor der ihre Wagen hielten, bequem gemacht. Da saßen sie jetzt zu vier um den Tisch der großen Schenkstube herum, ihrem Aufputz und ihrer Redeweise nach oberdeutsches Volk, und vertaten das Geld, das ihnen der Salzwedelsche Michaelismarkt eingebracht hatte. Denn von daher kamen sie. Zwei derselben alte Bekannte von uns. Der Schwarzhaarige, mit einer Narbe quer über der Stirn, war derselbe, den wir an jenem hellen Julivormittag, an dem unsere Geschichte begann, an der Emrentz Fenster vorüber seinen Umritt hatten machen sehen, und der neben ihm, ja, das musste, wenn nicht alles täuschte, der Hagre, Schlackerbeinige mit dem weißen Hemd und der hohen Filzmütze sein, der bei Tage die Pauke gerührt und am Abend in seinem hölzernen Abbild wenigstens, den Polizeischergen des »Jüngsten Gerichtes« gemacht hatte. Ja, sie waren es wirklich, dieselben fahrenden Leute, denn eben erschien auch die große stattliche Frau, die damals, in halb spanisch, halb türkischem Aufzug, als dritte zwischen ihnen zu Pferde gesessen. Auch heute war sie verwunderlich genug gekleidet, trug aber, statt des langen schwarzen Schleiers mit den Goldsternchen, ein scharlachrotes Manteltuch, das sie, voll Majestät und nach Art eines Krönungsmantels, um ihre Schultern gelegt hatte. »Ach, Zenobia«, riefen alle, und rückten zusammen, um ihr am Tische Platz zu machen. Mit ihr zugleich war der Wirt eingetreten, ein paar Kannen im Arm, und überbot sich alsbald in Raschheit und Dienstbeflissenheit gegen seine Gäste. Wusst' er doch, dass sie mit vollem Beutel kamen und außerdem Freibrief und gutes Zeugnis von aller Welt Obrigkeit aufzuweisen hatten. Und was wollt' er mehr?

»Wirt«, rief der Schwarzhaarige, der auch heute wieder die Herrenrolle spielte, »die Salzwedelschen haben mir gefallen. Die drehen den Schilling nicht erst ängstlich um. Zweimal gespielt jeden Tag, erst die Puppen und dann wir selber. Und immer voll und kein Apfel zur Erde. Ein lustiges Volk; nicht wahr, Wirt? Und wie heißt doch der Spruch von den Salzwedelschen? Ihr kennt ihn?«

»Ei, freilich; welcher Altmärksche wird *den* nicht kennen. Ein guter Spruch, und er geht so:

›De *Stendalschen* drinken gerne Wien,
De *Gardeleger* wüll'n Junker sien,
De *Tangermündschen* hebben Mot,
De *Soltwedler* awers, de hebben dat Got.‹«

»Ja, das haben sie, das haben sie«, schrien alle durcheinander, und der Wirt wiederholte seinerseits: »Ein guter Spruch, ihr Herren. Bloß dass die Arendseeschen drin vergessen sind.«

»Ei, warum vergessen! Solch Sprüchel ist ja nicht wie's Vaterunser, wo nichts zukann und nichts weg. Was ihm fehlt, das machen wir dazu. Könnt ihr nicht einen Reim machen, Wirt? Ein Wirt muss alles können, reimen und rechnen.«

»Ja, rechnen!« fiel der Chorus ein.

»Ärgert ihn nicht, sonst bringt er's nicht zustand. Und ich seh's ihm an, dass er dran haspelt. Habt Ihr's?«

»Ja ... De Stendalschen drinken gerne Wien ...«

»Nein, nein, das nicht. Das ist ja die alte Leier. Wir wollen den neuen Reim hören, den Arendseeschen.« Und so ging es unter Lärmen und Schreien weiter, bis der Wirt eine Pause wahrnahm und in schelmischem Ernst über den Tisch hin deklamierte:

»Un di *Arendseeschen,* di hebben dat Stroh,
Awers hebben *fifteign* Nonnen dato.«

»Funfzehn Nonnen! Habt ihr gehört? Aber woher denn Nonnen? Es gibt ja keine Nonnen mehr. Ich meine hierzuland. Unten im Reich, da hat's ihrer noch genug. Nicht wahr, Zenobia? Aber hier! Alles aufgehoben, was sie ›säkularisieren‹ nennen. Habe mir's wohl gemerkt. Und das hat euer vorvoriger Herr Kurfürst getan, der Herr Joachim, den ich noch habe begraben sehn. War das erste Mal, dass mein Vater selig bis hier hinauf ins Wittenbergsche kam. Anno 71, und ich war noch ein Kind.«

»Ja, sie sind aufgehoben. Aber 's gibt ihrer doch noch, hier und überall im Land. Und obwohlen unser alter Roggenstroh alle Sonntage gegen sie predigt, es hilft ihm nichts, sie bleiben doch. Und warum bleiben sie? Weil sie den adligen Anhang haben. Und oben in Cölln an der Spree, na, das weiß man, da sitzen auch die Junkerchen zu Rat und drücken ein Auge zu.«

»Gut, gut. Meinetwegen. Lassen wir die Junker und die Nonnen. Es muss auch Nonnen geben. Nicht wahr, Zenobia?«

Diese zog ihre rote Drapierung nur noch fester um ihre Schultern und schwieg in königlicher Würde weiter.

»Un hebben fifteign Nonnen dato! Wahrhaftig, Wirt, das habt ihr gut gemacht, sehr gut. Ihr könnt't uns die Stücke schreiben. Was meinst, Nazerl, wir haben schon schlechtre gehabt! Aber singen wir; du singst vor, Matthes.«

Und der Angeredete, der seinem starr und aufrecht stehenden roten Haare, vor allem aber seinen linsengroßen Sommersprossen nach der einzig Plattdeutsche von der Gesellschaft zu sein schien, intonierte mit heiserer Stimme: »Kaiser Karolus sien bestet Peerd.«

»Nicht doch, nicht doch«, fuhr der mit der Narbe dazwischen, »das kann Zenobia nicht hören; das singen ja die Knechte. Sing du, Hinterlachr. Aber was Fein's und Zierlich's.« Und Hinterlachr sang:

»Zu Bacharach am Rheine,
Da hat mir's wohlgetan,
Die Wirtin war so feine,
So feine,
Und als wir ganz alleine …«

»Ach, dummes Zeug. Immer Weiber und Weiber. Aber sie denken nicht dran; und am wenigsten, was eine richtige Wirtin ist. Sie lachen dich aus. Nazerl, mach du dein Sach. Aber nichts von den Weibern; hörst du. Halt dich an *das*!« Und dabei schob er ihm eine frische Kanne zu, die der Wirt eben hereingebracht hatte.

Und Nazerl hob an:

»Der liebste Buhle, den ich hab',
Der liegt beim Wirt im Keller,
Er hat ein hölzins Röcklein an
Und heißet Muskateller:
Hab' manche Nacht mit ihm verbracht,
Er hat mich immer glücklich 'macht, glücklich 'macht
Und lehrt mich lustig singen.«

»Das ist recht. Der liebste Buhle, den ich hab' … *das* gefällt mir. Der Natzi hat's getroffen. Was meinst, Zenobia?« Und alle wiederholten den Vers und stießen mit ihren Kannen und Bechern zusammen.

»Ihr müsst nicht so lärmen«, sagte jetzt der, der mit »Bacharach am Rheine« so wenig durchgedrungen war. »Er liegt grad über uns, und ich glaub', er macht es nicht lange mehr.«

Zenobia nickte.

So ging's unten her. Über ihnen aber, auf einer Schütte Stroh, drüber ein Laken gebreitet war, lag ein Kranker, ein Kissen unterm Kopf und mit ein paar Kleidungsstücken zugedeckt. Neben ihm, auf einem Fußschemel, saß eine junge Frau, blass und fremd, und hielt mit ihrer Rechten den Henkel eines als Wiege dienenden Korbes, mit ihrer Linken die Hand des Kranken. Dieser schien einen Augenblick geschlafen zu haben, und als er jetzt die Augen wieder öffnete, beugte sie sich zu ihm nieder und fragte leise: »Wie ist dir?«

»Gut.«

»Ach, sage nicht gut. Deine Stirn brennt, und ich seh', wie deine Brust fliegt. Mein einzig lieber Valtin, vergib mir, sage mir, dass du mir vergibst.«

»Was, Grete? Was soll ich dir vergeben?«

»Was, was? Alles, alles! Ich bin schuld an deinem Elend, und nun bin ich schuld an deinem Tod. Aber ich wusst' es nicht anders, und ich wollt' es nicht. Ich war ein Kind noch, und sieh, ich liebte dich so sehr. Aber nicht genug, nicht genug, und es war nicht die rechte Liebe. Sonst wär' es anders gekommen, alles anders.«

»Lass es, Grete.«

»Nein, ich lass es nicht. Ich will mein Herz ausschütten vor dir. Ach, sonst beichten die Sterbenden, ich aber will *dir* beichten, dir.«

Er lächelte. »Du hast mir nichts zu beichten.«

»Doch, doch. Viel, viel mehr, als du glaubst. Denn sieh, ich habe nur an *mich* gedacht; das war es; da liegt meine Schuld. Es kommt alles von Gott, auch das Unrecht, das man uns antut, und wir müssen es tragen lernen. Das hat mir Gigas oft gesagt, so oft; aber ich *wollt'* es nicht tragen und hab' aufgebäumt in Hass und in Ungeduld. Und in meinem Hass und meiner Ungeduld hab' ich dich mit fortgezwungen und habe dich um Glück und Leben gebracht.«

Er schüttelte den Kopf und wiederholte nur leise: »Lass es, Grete. Du hast mich nicht um das Glück gebracht. Es war nur anders als andrer Leute Glück. Weißt du noch, als wir auf dem Floß fuhren und das Schilf streiften und die Wasservögel aufflogen, ach, wie stand da der Himmel so blau und golden über uns, und wie hell schien uns die Sonne! Ja, da waren wir glücklich. Und als wir dann auf Lübeck zogen und das Holstentor vor uns hatten, das uns mit seinen grünen und roten Ziegeln ansah, und dann Musik und Fahnenschwenker auf uns zukamen, als ob man uns einen Einzug machen wolle, da lachten wir und waren froh in unserem Herzen, denn wir nahmen es als ein gutes Zeichen und wussten nun, dass wir gute Tage haben würden. Und wir *hatten* sie auch, und hätten sie noch, denn fleißige Tage sind gute Tage, wenn nicht der Streit gekommen wär', der Streit um viel und nichts ... Er dacht' eben, er dürf' es dir ansinnen, weil wir arm waren und er reich und eines Ratsherrn Sohn. Und da war es denn freilich aus ... Aber lass, Grete. Was wir gehabt haben, das haben wir gehabt. Und nun gib mir das Kind, dass ich mich seiner freue.«

Grete war aufgestanden, um ihm das Kind zu geben; eh sie's jedoch aufnehmen konnte, befiel ihn ein Stickhusten, wohl von der Anstrengung des Sprechens, und als der Anfall endlich vorüber war, lag er schweißgebadet da, matt und halb geschlossenen Auges, wie ein Sterbender.

So vergingen Minuten, bis er sich wieder erholt hatte und trinken zu wollen schien. Wenigstens sah er sich um, als such' er etwas. Und wirklich, neben seinem Lager stand ein Hafenglas, drin ihm aus Brotrinden und dünnem Essig ein Getränk gemacht worden war. Aber der Geschmack widerstand ihm, und er wies es zurück und sagte: »Wasser.« Und Grete holte den Wasserkrug herbei, der groß und unhandlich und viel zu schwer war, um draus zu trinken, und als sie noch unschlüssig dastand und überlegte, wie sie den Trunk ihm reichen solle, hob er sich mühsam auf und sagte lächelnd: »Aus deiner Hand, Gret'; ein paar Tropfen bloß. Ich brauche nicht viel.« Und sie tat's und gab ihm. Als er aber getrunken, hielt sie sich nicht länger mehr und rief, während sie halb im Gebet und halb in Verzweiflung ihre Hände gen Himmel streckte: »Ach, dass ich leben muss! Valtin, mein einzig Geliebter, nimm mich mit dir, mich und unser Kind. Was hier noch war, warst du. Nun gehst du. Und wir sind unnütz auf dieser Welt.«

»Nein, Grete, nicht unnütz. Und du musst leben, leben um des Kindes willen. Auch wenn es dir schwer wird. Und du wirst es, denn du hattest immer einen tapfern und guten Mut. Ich weiß davon. Und nun hör mich und tu, wie ich dir sage. Aber bücke dich; bitt', denn es wird mir schwer.«

Und sie rückte näher an sein Kissen.

»Es muss etwas geschehen«, fuhr er fort, »und du kannst nicht mehr bleiben mit den fahrenden Leuten unten. Ich mag sie nicht schelten, denn sie waren gut mit uns, aber sie sind doch anders als wir. Und du musst wieder eine Heimstätt' haben und Herd und Haus, und Sitt' und Glauben. Und so versprich mir denn, mache dich los hier, in Frieden und guten Worten, und zieh wieder heim und sage ... und sage ... dass ich schuld gewesen.«

Grete schüttelte heftig den Kopf. *Ihm* die Schuld zuzuschieben, das erschien ihr schwerer als alles. Er aber legte still seine Hand auf ihren Mund und wiederholte nur: »... dass ich schuld gewesen. Und wenn du das gesagt hast, Grete, dann sag auch, du kämest, um wiedergutzumachen, was du getan, und sie sollten dich halten als ihre Magd. Und du wolltest kein Glück mehr, nein, nur Ruh und Rast. Und dann musst du niederknien, nicht vor *ihr,* aber vor deinem Bruder Gerdt. Und er wird dich aufrichten ...«

»Ach, dass es käme, wie du sagst! Aber ich kenn' ihn besser. Er wird mir drohn und mich von seiner Schwelle weisen, mich und das Kind, und wird uns böse Namen geben.«

»Ich fürcht' es nicht. Aber wenn er härter ist, als ich ihn schätze, dann geh ihn an um dein Erbe, das wird er dir nicht weigern können. Und dann suche dir einen stillen Platz und gründe dir ein neues Heim und einen eigenen Herd. Tu's, Gret'. Ich weiß, du hast ein trotzig Gemüt; aber bezwinge dich um des Kindes willen. Versprich mir's. Willst du?«

»Ich will.«

Es schien, dass sie noch weiter sprechen wollt', aber in diesem Augenblicke trat Zenobia ein und sagte: »Denk, Gret', 's gibt noch a Spiel heut'. Den ›Sündfall‹ wollen's. Das Leutvolk lasst uns ka Ruh nit. Aber a ›Sündfall‹ ohn a Engel? Das geht halt nit. Und drum komm' i. Was meinst, Gret'?«

Diese starrte vor sich hin.

»Geh«, sagte Valtin. »Rücke den Korb dicht her zu mir und spiele den Engel. Und wenn die Stelle kommt, wo du die Palme hebst, dann denk an mich.«

Und sie rückte den Korb näher an sein Lager und beugte sich über ihn. Er aber nahm noch einmal ihre Hand und sagte: »Und nun leb wohl, Gret', und vergiss es nicht. Ich höre jedes Wort. Geh. Ich wart' auf dich.«

Und Grete ging und barg ihr Gesicht in beide Hände.

16

Die Nonnen von Arendsee

Am andern Morgen ging es in Arendsee von Mund zu Mund, dass einer von den Puppenspielern über Nacht gestorben sei. An allen Ecken sprach man davon, und alles war in Aufregung. Was mit ihm tun? Ein Sarg war beschafft worden, das war in der Ordnung; aber *wo* ihn begraben, das blieb die Frage. War ihr Kirchhof ein Begräbnisplatz für fahrende Leute, von denen keiner wusste, wes Glaubens sie seien, Christen oder Heiden! Oder vielleicht gar Türken. Und dabei dachte jeder an die Frau, die gestern, vor Beginn des Spiels, ein langes rotes Tuch um die Schulter, am Eingange gesessen hatte.

Es war klar, dass nur der alte Prediger Roggenstroh den Fall entscheiden konnte; und ehe Mittag heran war, wusste jeder, *dass* er ihn entschieden habe und *wie.* Grete selber hatte, neben einer eindringlichen Ermahnung, das Nein aus seinem Munde hören müssen.

Da war nun große Not und Trübsal, und es wurd' erst wieder lichter um Gretens Herz, als sich die Wirtin ihrer erbarmte und ihr anriet, drüben ins Kloster zu den Nonnen zu gehen, die würden schon Rat schaffen und ihr zu helfen wissen, wär' es auch nur, weil sie den alten Roggenstroh nicht leiden könnten. Sie solle nur Mut haben und nach der Domina fragen oder, wenn die Domina krank sei (denn sie sei sehr alt), nach der Ilse Schulenburg. *Die* habe das Herz auf dem rechten Fleck und sei der Domina rechte Hand. Und wenn diese stürbe, dann würde *sie's.*

Das waren rechte Trostesworte, und als Grete der Wirtin dafür gedankt, machte sie sich auf, um drüben im Kloster das ihr bezeichnete Haus aufzusuchen. Ein paar halbwachsene Kinder, die vor dem Tor der Ausspannung spielten, wollten ihr den Weg zeigen, aber sie zog es vor, allein zu sein, und ging auf die Stelle zu, wo der Heckenzaun und dahinter der Kreuzgang war. Als sie hier, trotz allem Suchen, keinen Eingang finden konnte, presste sie sich durch die Hecke hindurch und stand nun unmittelbar vor einer langen offenen Rundbogenreihe, zu der ein paar flache Sandsteinstufen von der Seite her hinaufführten. Drinnen an den Gewölbekappen befanden sich halb verblasste Bilder, von denen eines sie fesselte: Engelsgestalten, die schwebend einen Toten trugen. Und sie sah lange hinauf, und ihre Lippen bewegten sich. Dann aber stieg sie, nach der andern Seite hin, die gleiche Zahl von Stufen wieder hinab und sah sich alsbald inmitten des Klosterkirchhofes, der fast noch wirrer um sie her lag, als sie beim ersten Anblick erwartet. Wo nicht die Birnbäume mit ihren tief herabhängenden Zweigen alles überdeckten, standen Dill- und Fencheldolden, hoch in Samen geschossen; dazwischen aber allerhand verspätete Kräuter, Thymian und Rosmarin, und füllten die Luft mit ihrem würzigen Duft. Und sie blieb stehen, duckte sich und hob sich wieder, und es war ihr, als ob diese wuchernde Gräberwildnis, diese Pfadlosigkeit unter Blumen, sie mit einem geheimnisvollen Zauber umspinne. Endlich hatte sie das Ende des Kirchhofes erreicht, und sie sah zwischen den Bogen hindurch, die das Viereck auch nach dieser Seite hin abschlossen, auf den in der Tiefe liegenden Klostersee, den nach links hin, ein paar hundert Schritt weiter abwärts, einige Häuser umstanden. Eines davon, das vorderste, steckte ganz in Efeu und war bis in Mittelhöhe des Daches von fleischblättrigem und rot blühendem

Hauslaub überdeckt. All das ließ sich deutlich erkennen, und als Grete bis dicht heran war, sah sie, dass eine Magd auf dem Schwellsteine stand und den großen Messingklopfer putzte.

»Wer wohnt hier?« fragte Grete.

»Das Fräulein von Jagow.«

»Ist es eine von den Nonnen?«

Das Mädchen lachte. »Von den Nonnen? Wir haben keine Nonnen mehr. Es ist die Domina.«

»Das ist gut. Die such' ich.«

Und das Mädchen, ohne weiter eine Frage zu tun, trat in den Flur zurück, um ihr den Weg freizumachen, und wies auf eine Tür zur Linken. »Da.«

Und Grete öffnete.

Es war ein hohes, gotisches, auf einem einzigen Mittelpfeiler ruhendes Zimmer, drin es schwer hielt, sich auf den ersten Blick zurechtzufinden, denn nur wenig Sonne fiel ein, und alles Licht, das herrschte, schien von dem Feuer herzukommen, das in dem tiefen und völlig schmucklosen Kamine brannte. Neben diesem, einander gegenüber, saßen zwei Frauen, sehr verschieden an Jahren und Erscheinung, zwischen ihnen aber lag ein großer, gelb und schwarz gefleckter Wolfshund, mit spitzem Kopf und langer Rute, der der jüngeren nach den Augen sah und wedelnd auf die Bissen wartete, die diese ihm zuwarf. Er ließ sich auch durch Gretens Eintreten nicht stören und gab seine Herrin erst frei, als diese sich nach der Tür hin wandte und in halblautem Tone fragte: »Wen suchst du, Kind?«

»Ich suche die Domina.«

»Das ist sie.« Und dabei zeigte sie nach dem Stuhl gegenüber.

Die Gestalt, die hier bis dahin zusammengekauert gesessen hatte, richtete sich jetzt auf, und Grete sah nun, dass es eine sehr alte Dame war, aber mit scharfen Augen, aus denen noch Geist und Leben blitzte. Zugleich erhob sich auch der Hund und legte seinen Kopf zutraulich an Gretens Hand, was ein gutes Vorurteil für diese weckte. Denn »er kennt die Menschen«, sagte die Domina.

Diese hatte mittlerweile Greten an ihren Stuhl herangewinkt.

»Wie heißt du, Kind? Und was führt dich her? Aber stelle dich hier ins Licht, denn mein Ohr ist mir nicht mehr zu Willen, und ich muss dir's von den Lippen lesen.«

Und nun erzählte Grete, dass sie zu den fahrenden Leuten gehöre, die gestern in die Stadt gekommen seien, und dass einer von ihnen, der ihr nahegestanden, in dieser Nacht gestorben sei. Und nun wüssten sie nicht, wohin ihn begraben. Einen Sarg hätten sie machen lassen, aber sie hätten kein Grab für ihn, kein Fleckchen Erde. Wohl sei sie bei dem alten Prediger gewesen und hab' ihn gebeten, aber der habe sie hart angelassen und ihr den Kirchhof versagt. Den Kirchhof und ein christlich Begräbnis.

»Bist du christlich?«

»Ja.«

»Aber du siehst so fremd.«

»Das macht, weil meine Mutter eine Span'sche war.«

»Eine Span'sche? ... Und im alten Glauben?«

»Ja, Domina.«

Die beiden Damen sahen einander an, und die Domina sagte: »Sieh, Ilse, das hat ihr der Roggenstroh von der Stirn gelesen. Er sieht doch schärfer, als wir denken. Aber es hilft ihm nichts, und wir wollen ihm einen Strich durch die Rechnung machen. Er hat *seinen* Kirchhof und wir haben den *unsren.* Und auf unsrem, denk' ich, schläft sich's besser.«

»Ja, Domina.«

»Sieh, Kind, das sag' ich auch. Und ich warte nun schon manches Jahr und manchen Tag darauf. Aber der Tag will nicht kommen. Denn du musst wissen, ich werde fünfundneunzig und war schon geboren und getauft, als der Wittenbergsche Doktor gen Worms ging und vor Kaiser Carolus Quintus stand. Ja, Kind, ich habe viele Zeiten gesehen, und sie waren nicht schlechter als unsre Zeiten sind. Und morgen um die neunte Stunde, da komm' nur herauf mit deinem Toten, und da soll er sein Grab haben. Ein Grab bei *uns.* Und nicht an schlechter Stell' und unter Unkraut; nein, wir wollen ihn unter einem Birnbaum begraben, oder, so du's lieber hast, unter einem Fliederbusch. Hörst du. Verlass dich auf mich und auf *diese* hier. Denn *die* hier und ich, wir verstehen einander, nicht wahr, Ilse? Und wir wollen die Klosterglocke läuten lassen, dass es der Roggenstroh bis in seine Stube hört und nächsten Sonntag wieder gegen uns predigt, gegen uns und gegen den Antichrist. Das tut er am liebsten, und wir hören es am liebsten. Und nun geh, Kind. Ich hasse den Hochmut und weiß nur das eine, dass unser Allerbarmer für unsre Sünden gestorben ist und nicht für unsre Gerechtigkeit.«

Und danach ging Grete, und der Hund begleitete sie bis an die Tür.

Als die beiden Frauen wieder allein waren, sagte die Domina: »Unglücklich' Kind. Sie hat das Zeichen.«

»Nicht doch; sie hat schwarze Augen. Und die hab' ich auch.«

»Ja, Ilse. Aber deine lachen und ihre brennen.«

»Du siehst zu viel, Domina.«

»Und du zu wenig. Alte Augen sehen am besten im Dunkeln. Und das Dunkelste ist die Zukunft.«

Und so kam der andre Morgen.

Die neunte Stunde war noch nicht heran, als ganz Arendsee die Klosterglocke läuten hörte. Und auch Roggenstroh hörte sie; das verdross ihn. Aber, ob es ihn verdross oder nicht, von der tiefen Einfahrt des Gasthofes her setzte sich ein seltsamer Zug in Bewegung, ein Begräbnis, wie die Stadt noch keines gesehen; denn die vier Puppenspieler trugen den Sarg, der auf eine Leiter gestellt worden war, und hinter ihnen her ging Grete, nur auf Zenobia gestützt, die sich heute von allem Rot entkleidet und stattdessen an ihren Spitzhut wieder ihren langen schwarzen Schleier mit den Goldsternchen befestigt hatte. Und dann kamen Kinder aus der Stadt, die vordersten ernst und traurig, die letzten spielend und lachend, und so ging es die Straße hinunter, in weitem Bogen um den Kirchhof herum, bis an die Seeseite, wo, von alter Zeit her, der Eingang war.

In Nähe dieses Einganges, unter einem hohen Fliederbusch,

der mit seinen Zweigen bis in den Kreuzgang hineinwuchs, hatte der Klostergärtner das Grab gegraben. Und um das Grab her standen die Nonnen von Arendsee: Barbara von Rundstedt, Adelheid von Rademin, Mette von Bülow und viele andere noch, alle mit Spitzhauben und langen Chormänteln, und in ihrer Mitte die Domina, klein und gebückt, und neben ihr Ilse von Schulenburg, groß und stattlich. Und als nun der Zug heran war, öffnete sich der Kreis, und mit Hülfe von Seilen und Bändern, die zur Hand waren, wurde der Sarg hinabgelassen. Und nun schwieg die Glocke, und die Domina sagte: »Sprich den Spruch, Ilse.« Und Ilse trat bis dicht an das Grab und betete: »Unsre Schuld ist groß, unser Recht ist klein, die Gnade Gottes tut es allein.« Und alle Nonnen wiederholten leise vor sich hin: »Und die Gnade Gottes tut es allein.« Danach warfen die Zunächststehenden eine Handvoll Erde dem Toten nach, und als ihr Kreis sich gelichtet, drängten sich die Kinder von außen her bis an den Rand des Grabes und streuten Blumen über den unten stehenden Sarg: Astern aller Farben und Arten, die sie während der kurzen Zeremonie von den verwilderten Beeten gepflückt hatten.

Bald danach war nur noch Grete da und sah auf den Fliederbusch, der bestimmt schien, das Grab zu schützen. Ein Vogel flog auf und über sie hin und setzte sich dann auf eine Hanfstaude und wiegte sich. »Ein Hänfling!« sagte sie. Und die Bilder vergangener Tage stiegen vor ihr auf; ihr Schmerz löste sich, und sie warf sich nieder und weinte bitterlich.

Als sie sich erhob, sah sie, dass Ilse, die mit den andern gegangen war, zwischen den Rundbögen wieder herauf und auf sie zu kam, allem Anscheine nach, um ihr eine Botschaft zu bringen. Und so war es. »Komm, Grete«, sagte sie, »die Domina will dich sprechen«; und beide gingen nun, außerhalb des Kreuzganges, zwischen diesem und dem Seeufer hin und auf das efeuumsponnene Haus mit dem hohen Dach und den rot blühenden Laubstauden zu.

Es war schwül, trotzdem schon Oktobertage waren, und die

Domina, die nach Art alter Leute die Sonnenwärme liebte, hatte Tisch und Stühle in Front ihres Hauses bringen lassen. Hier saß sie vor dem dichten, dunklen Gerank, durch das von innen her der Widerschein des Kaminfeuers blitzte, und auf das Tischchen neben ihr waren Obst und Lebkuchen gestellt, Ulmer und Basler, und eine zierliche Deckelphiole mit Syrakuser Wein.

Grete verneigte sich.

»Ich habe dich rufen lassen«, sagte die Domina, »weil ich dir helfen möchte, so gut ich kann. Es soll keiner ungetröstet von unsrer Schwelle gehen. So haben es die Arendseeschen von Anfang an gehalten, und so halten sie's noch. Und auch Ilse wird es so halten. Nicht wahr, Ilse? ... Und nun sage mir, Kind, woher du kommst und wohin du gehst? Ich frag' es um *deinetwillen.* Sage mir, was du mir sagen kannst und sagen willst.«

Und Grete sagte nun alles, und sagte zuletzt auch, dass sie zurück zu den Ihren wolle, zu Bruder und Schwester, um an ihrer Schwelle Verzeihung und Versöhnung zu finden.

»Das ist ein schwerer Gang.«

Grete schwieg und sah vor sich hin. Endlich sagte sie: »Das ist es. Aber ich hab' es ihm versprochen. Und ich will es halten.«

»Und wann willst du gehen?«

»Gleich.«

»Das ist gut. Ein guter Wille kann schwach werden, und wir müssen das Gute tun, solange wir noch Kraft haben und die Lust dazu lebendig in uns ist. Sonst zwingen wir's nicht. Und nun gib ihr einen Imbiss, Ilse, und eine Zehrung für den Weg. Und noch eins, Grete: Halt an dich, auch wenn es fehlschlägt, und wisse, dass du hier eine Freistatt hast. Und eine Freistatt ist fast so gut wie eine Heimstatt. Und nun knie nieder und höre mein Letztes und mein Bestes: ›Der Herr segne dich und behüte dich, und gebe dir seinen Frieden.‹ Ja, seinen Frieden; den brauchen wir alle, aber du Arme, du brauchst ihn doppelt. Und nun geh und eile dich und lass von dir hören.«

Grete küsste der Alten die Hand und ging. Ilse mit ihr. Als diese zurückkam und ihren vorigen Platz an der Efeuwand eingenommen hatte, sagte die Domina: »Wir sehen sie nicht wieder.«

»Und hast ihr doch eine Freistatt geboten.«

»Weil wir das Unsre tun sollen … Und die Wege Gottes sind wunderbar … Aber ich sah den Tod auf ihrer Stirn. Und hab acht, Ilse, sie lebt keinen dritten Tag mehr!«

17

Wieder gen Tangermünde

Grete war in weitem Umkreise bis an das Gasthaus zurückgegangen, um hier von den Leuten, die's gut mir ihr und ihrem Toten gemeint hatten, Abschied zu nehmen. Vor allem von Zenobia. Dann wickelte sie das Kind, das diese bis dahin gewartet hatte, in den Kragen ihres Mantels und schritt aus der Stadt hinaus, auf die große Straße zu, die von Arendsee nach Tangermünde führte. Hielt sie sich zu, das waren der Wirtin letzte Worte gewesen, so musste sie gegen die vierte Stund' an Ort und Stelle sein.

Der Weg ging anfänglich über Wiesen. Es war schon alles herbstlich; der rote Ampfer, der sonst in breiten Streifen an dieser Stelle blühte, stand längst in Samen, und die Vögel sangen nicht mehr; aber der Himmel wölbte sich blau, und die Sommerfäden zogen, und mitunter war es ihr, als vergäße sie alles Leids, das sie drückte. Ein tiefer Frieden lag über der Natur. »Ach, stille Tage!« sagte sie leise vor sich hin.

Nach den Wiesen kam Wald. Junge Tannen wechselten mit alten Eichen, und überall da, wo diese standen, war eine kräftigere Luft, die Grete begierig einsog. Denn es war immer schwüler geworden, und die Sonne brannte.

Mittag mochte heran sein, als sie Rast machte, weniger um ihret- als um des Kindes willen. Und sie gab ihm zu trinken. Das war dicht am Rande des Waldes, wo zwischen anderem Laubholz auch ein paar alte Kastanien ihre Zweige weit vorstreckten. Die Straße verbreiterte sich hier auf eine kurze Strecke hin und schuf einen sichelförmigen Platz, an dessen zurückgebogenster Stelle halb geschälte Birkenstämme lagen, hinter denen wieder ein Quell aus Moos und Stein hervorplätscherte. Hier saß sie jetzt, und um sie her lagen abgefallene Kastanien, einzelne noch in ihren Stachelschalen, die meisten aber aus ihrer Hülle heraus und braun und glänzend. Und sie bückte sich, um einige von ihnen aufzuheben. Und als sie so tat, und ihrer immer mehr in den Schoß sammelte, da sah sie sich wieder auf ihres Vaters Grab und Valtin neben sich, und sie hing ihm die Kette um den Hals und nannt' ihn ihren Ritter. War es doch, als ob jede Stunde dieses Tages Erinnerungen in ihr wecken sollte, süß und schmerzlich zugleich. »Alles dahin«, sagte sie. Und sie stand auf und schüttete die Kastanien wieder in das Gras zu ihren Füßen.

Sie hing ihren Erinnerungen noch nach, als sie das Klirren einer Kummetkette hörte und gleich darauf eines Gefährtes ansichtig wurde, das, von derselben Seite her, von der auch sie gekommen, um die Waldecke bog. Es war eine Schleife mit zwei kleinen Pferden davor, und ein Bauer vorn auf dem Häckselsack. Auch hinter ihm lagen Säcke, mutmaßlich Korn, das er zu Markt oder in die Mühle fuhr. Grete trat an ihn heran und frug, ob er sie mitnehmen wolle? »Eine kleine Strecke nur!«

»Dat will ick jiern. Stejg man upp, Deern.«

Und Grete tat's und setzte sich neben ihn, und sie fuhren still in den Wald hinein. Endlich sagte der Bauer: »Kümmst vun Arendsee?«

»Ja«, sagte Grete.

»Denn wihrst ook in't Kloster? Jott, de oll Domina! Fiefunneijentig. Na, lang kann't joa nich mihr woahren. Un denn kümmt uns' Ils' ran. De wahrd et.«

»Kennt ihr sie?«

»J, wat wihr ick se nich kenn'? Ick bin joa vun Arnsdörp, wo se bührtig is. Un wat mien Voaders-Schwester is, de wihr joa ehr

Amm. Un achters hett se se uppäppelt. Un de seggt ümmer: ›Ils' is de best! Un so groot se is, so good is se. Und doaför wahrd se ook Domina.‹«

Und danach schwiegen sie wieder, und nichts als ein Paar blaue Fliegen summten um sie her, und die Schleife malte weiter durch den Sand. Nur wenn dann und wann eine festere Stelle kam, wo Moos über den Weg gewachsen war, oder wo viel Kiefernadeln lagen, über die die Fuhre glatter hingleiten konnte, gab der Bauer einen Schlag mit seiner Leine und ließ die mageren Braunen etwas schneller gehn. Und man hörte dann sein Hü und Hott und das Klappern der Kette.

»Wo wisten hen?« nahm er endlich das Gespräch wieder auf.

»Nach Tangermünd.«

»Na'h Tangermünd. Oh, doa wihr ick ook. Awers dat geiht nu all int dritt' o'r vörte Joahr, as uns' Herr Kurförst doa wihr un dat grote Foahnenschwenken wihr, mit Äten un Jublieren. Un allens boaben up de Burg. Joa, doa wihr ick ook, un ümmer mit damang. Awers man buten.«

Grete nickte, denn wie hätte sie *des* Tages vergessen können! Und so plauderten sie weiter und schwiegen noch öfter, bis eine Stelle kam, wo der Weg gabelte. »Hier möt ick rechts aff«, sagte der Bauer.

Und Grete stieg ab und wollt' ihm eine kleine Münze geben. »Nei, nei, Deern, dat geiht nich. O'r bist ne Fru?«

Sie wurde rot, aber er hatt' es nicht acht und bog nach rechts hin in den Feldweg ein.

Es war noch zwei Stunden Wegs, und Grete, die sich von der Anstrengung des Marsches erholt hatte, schritt wieder rüstiger vorwärts. Auch die Schwüle ließ nach; ein Wind ging und kühlte die Luft und ihr die Stirn. Und sie hatte wieder guten Mut und gefiel sich darin, sich ihr künftiges Leben auszumalen. Aber sonderbar, sie begann es immer vom andern Ende her, und je weiter es ab und in allerfernste Zukunft hinein lag, desto heller und lichter erschien es ihr. Als aber zuletzt ihre Gedanken und Vorstellungen auch auf das Nah- und Nächstliegende kamen und sie sich in Gerdts Haus eintreten und die Knie vor ihm beugen sah, da wurd' ihr wieder so bang ums Herz, und sie hatte Mühe, sich zu halten. Und sie nahm das Kind und küsste es. »Es muss sein«, sagte sie, »und es *soll* sein. Ich hab' es ihm versprochen, und ich will es halten und will Demut lernen. Ja, ich will um einen Platz an seinem Herde bitten, und will seine Magd sein, und will mich vor ihm niederwerfen. Aber – und ihre Stimme zitterte – *wenn* ich mich niedergeworfen habe, so soll er mich auch wieder aufrichten. Weh ihm und mir, wenn er mich am Boden liegen lässt.« Und bei der bloßen Vorstellung war es ihr, als drehe sich ihr alles im Kopf und als schwänden ihr die Sinne.

Endlich hatte sie sich wiedergefunden und ging rascheren Schrittes weiter, abwechselnd in Furcht und Hoffnung, bis sie plötzlich, aus dem Walde heraustretend, der Dächer und Türme Tangermündens ansichtig wurde. Da ging alles in ihr in alter Lieb' und Sehnsucht unter, und sie grüßte mit der Hand hinüber. Das war Sankt Stephan, und die hohen Linden daneben, das waren die Kirchhofslinden. Lebte Gigas noch? Blühten noch die Rosen in seinem Garten? Und sie legte die Hand auf ihre Brust und schluchzte und ward erst wieder ruhiger, als sie die Goldkapsel fühlte, das Einzige, was ihr aus alten Tagen her geblieben war. Und sie öffnete sie, und schloss sie wieder, und presste sie voll Inbrunst an ihre Lippen.

18

Grete bei Gerdt

Unwillkürlich beschleunigte sich ihr Schritt, und binnen kurzem hatte sie die nur aus wenig Häusern bestehende Vorstadt erreicht. Eins dieser Häuser, das sich nach seinem bemalten und vergoldeten Schilde leicht als ein Herbergshaus erkennen ließ, lag in Nähe des Tores, und sie trat hier ein, um eine Weile zu ruhen und ein paar Fragen zu stellen. Die Leute zeigten sich ihr in allem zu Willen, und eh eine Stunde vergangen war, war sie fertig und stand gerüstet da: Die Kleider ausgestäubt und geglättet und das während des langen Marsches wirr gewordene Haar wieder geordnet.

Es schlug eben fünf, als sie, das Kind unterm Mantel, aus der Herbergstüre trat. Draußen im Sande scharrten die Hühner ruhig weiter, und nur der Hahn trat respektvoll beiseit und krähte dreimal, als sie vorüberging. Ihr Schritt war leicht, leichter als ihr Herz, und wer ihr ins Auge gesehen hätte, hätte sehen müssen, wie der Ausdruck darin beständig wechselte. So passierte sie das Tor, auch den Torplatz dahinter, und als sie jenseits desselben den inneren Bann der Stadt erreicht hatte, war es ihr, als wäre sie gefangen und könne nicht mehr heraus. Aber sie war nicht im Bann der Stadt, sondern nur im Bann ihrer selbst. Und nun ging sie die große Mittelstraße hinauf, an dem Rathause vorüber, hinter dessen durchbrochenen Giebelrosetten der Himmel wieder glühte, so rot und prächtig wie jenen Abend, wo Valtin sie die Treppe hinunter ins Freie getragen und von jähem Tod errettet hatte. Errettet? Ach, dass sie damals zerdrückt und zertreten worden wäre. Nun zertrat sie diese Stunde! Aber sie redete sich zu, und schritt weiter in die Stadt hinein, bis sie dem Mindeschen Hause gegenüber hielt. Es war nichts da, was sie hätte stören oder überraschen können. In allem derselbe Anblick wie früher. Da waren noch die Nischen, auf deren Steinplatten sie, lang, lang eh Trud ins Haus kam, mit Valtin gesessen und geplaudert hatte, und dort oben die Giebelfenster, die jetzt aufstanden, um die Frische des Abends einzulassen, das waren *ihre* Fenster. Dahinter hatte sie geträumt, geträumt so vieles, so Wunderbares. Aber doch nicht *das*!

In diesem Augenblicke ging drüben die Tür, und ein Knabe, drei- oder vierjährig, lief auf die Stelle zu, wo Grete stand. Sie sah wohl, wer es war, und wollt' ihn bei der Hand nehmen; aber er riss sich los und huschte bang und ängstlich in eines der Nachbarhäuser hinein. »So beginnt es«, sagte sie, und schritt quer über den Damm und auf das Haus zu, dessen Tür offen geblieben war. In dem Flure, trotzdem es schon dämmerte, ließ sich alles deutlich erkennen: An den Wänden hin standen die braunen Schränke, dahinter die weißen, und nur die Schwalbennester, die links und rechts an dem großen Querbalken geklebt hatten, waren abgestoßen. Man sah nur noch die Rundung, wo sie vordem gesessen. Das erschreckte sie mehr als alles andre. »Die Schwalben sind nicht mehr heimisch hier«, sagte sie, »das Haus ist ungastlich geworden.« Und nun klopfte sie und trat ein.

Ihr Auge glitt unwillkürlich über die Wände hin, an denen ein paar von den Familienbildern fehlten, die früher da gewesen waren, auch das ihrer Mutter; aber der große Nussbaumtisch stand noch am alten Platz, und an der einen Schmalseite des Tisches, den Kopf zurück, die Füße weit vor, saß Gerdt und las. Es schien ein Aktenstück, dessen Durchsicht ihm in seiner Ratsherren-Eigenschaft obliegen mochte. Denn einer von den Mindes saß immer im Rate der Stadt. Das war so seit hundert Jahren oder mehr.

Grete war an der Schwelle stehen geblieben, und erst als sie wahrnahm, dass Gerdt aufsah und die wenigen Bogen, die das Aktenstück bildeten, zur Seite legte, sagte sie: »Grüß dich Gott, Gerdt. Ich bin deine Schwester Grete.«

»Ei, Grete«, sagte der Angeredete, »bist du da! Wir haben uns lange nicht gesehen. Was machst du? Was führt dich her?«

»Valtin ist tot …«

»Ist er? So!«

»Valtin ist tot, und ich bin allein. Ich hab' ihm auf seinem Sterbebette versprechen müssen, euch um Verzeihung zu bitten. Und da bin ich nun und tu's, und bitte dich um eine Heimstatt und um einen Platz an deinem Herd. Ich bin müde des Umherfahrens und will still und ruhig werden. Ganz still. Und ich will euch dienen; das soll meine Buße sein.« Und sie warf sich, als sie so gesprochen, mit einem heftigen Entschlusse vor ihm nieder, mehr rasch als reuig, und sah ihn fragend und mit sonderbarem Ausdruck an. Das Kind aber hielt sie mit der Linken unter ihrem Mantel.

Gerdt war in seiner bequemen Lage geblieben und sah an die Zimmerdecke hinauf. Endlich sagte er: »Buße! Nein, Grete, du bist *nicht* bußfertig geworden. Ich kenne dich besser, dich und deinen stolzen Sinn. Und in deiner Stimme klingt nichts von Demut. Aber auch wenn du Demut gelernt hättest, unsere Schwester kann nicht unsre Magd sein. Das verbietet uns das Herkommen und das Gerede der Leute.«

Grete war in ihrer knienden Stellung verblieben und sagte:

»Ich dacht' es wohl. Aber wenn *ich* es nicht sein kann, so sei es das Kind. Ich lieb' es, und *weil* ich es so liebe, mehr als mein Leben, will ich mich von ihm trennen, und will's in andere Hände geben. In eure Hände. Es wird nicht gut' und glückliche Tage haben, ich weiß ja welche, aber wenn es nicht in Glück aufwächst, so wird es doch in Sitt' und Ehren aufwachsen. Und das soll es. Und so ihr euch seiner schämt, so tut es zu guten Leuten in Pfleg' und Zucht, dass es *ihr* Kind wird und mich vergisst, und nichts an ihm bleibt von Sünd und Makel und von dem Flecken seiner Geburt. Erhöre mich, Gerdt; sage ja, und ihr sollt mich nicht wiedersehen. Ich will fort, weit fort, und mir eine Stelle suchen, zum Leben und zum Sterben. Tu's! Ach, Lieb' und Hass haben mir die Sinne verwirrt, und vieles ist geschehen, das besser nicht geschehen wäre. Aber es ist nichts Böses an dieser meiner Hand. Hier lieg' ich; ich habe mich vor dir niedergeworfen, nimm mich wieder auf! Hilf mir, und wenn nicht mir, so hilf dem Kind.«

Gerdt sah auf die kniende Frau, gleichgültig und mitleidslos, und sagte, während er den Kopf hin und her wiegte:

»Ich mag ihm nicht Vater sein und nicht Vormund und Berater. Du hast es so gewollt, nun hab es. Es schickt sich gut, dass du's unterm Mantel trägst, denn ein Mantelkind ist es. Bei seinem *vollen* Namen will ich's nicht nennen.«

Und er ließ sie liegen und griff nach dem Aktenbündel, als ob er der Störung müde sei und wieder lesen wolle.

Grete war jetzt aufgesprungen und ein Blick unendlichen Hasses schoss aus ihren Augen. Aber sie bezwang sich noch und sagte mit einer Stimme, die plötzlich tonlos und heiser geworden war: »Es ist gut so, Gerdt. Aber noch ein Wort. Du hast mich nicht erhören wollen in meiner Not, so höre mich denn in meinem Recht. Ich bin als eine Bittende gekommen, nicht als eine Bettlerin. Denn ich *bin* keine Bettlerin. Ich bin des reichen Jakob Minde Tochter. Und so will ich denn mein *Erbe.* Hörst du, Gerdt, mein Erbe.«

Gerdt faltete die Bogen des Aktenstücks zusammen, schlug damit in seine linke Hand und lachte: »Erbe! Woher Erbe, Grete? Was brachte deine Mutter ein? Kennst du das Lied vom Sperling und der Haselnuss? Erbe! Du hast keins. Du hast dein Kind, das ist alles. Versuch es bei den Zernitzens, sprich bei dem Alten vor. Der *Valtin* hat ein Erbe. Und Emrentz, denk' ich, wird sich freuen, dich zu sehn.«

»Ist das dein letztes Wort?«

»Ja, Grete.«

»So gehab dich wohl, und dein Lohn sei wie dein Erbarmen.« Und damit wandte sie sich und schritt auf die Tür und den Flur zu. Als sie draußen an dem Fenster vorüberkam, sah sie noch einmal hinein, aber Gerdt, der abgewandt und in Gedanken dasaß, bemerkte nichts.

Er sah auch noch starr vor sich hin, als Trud eintrat und einen Doppelleuchter vor ihn auf den Tisch stellte. Denn es dunkelte schon. Sie waren kein plaudrig Ehepaar, und die stummen Abende waren in ihrem Hause zu Hause; heut' aber stellte Trud allerlei Fragen, und Gerdt, dem es unbehaglich war, erzählte schließlich von dem, was die letzte Stunde gebracht hatte. Über alles ging er rasch hinweg; nur als er an das Wort »Erbe« kam, konnt' er davon nicht los und wiederholte sich's zweimal, dreimal, und zwang sich zu lachen.

Trud aber, als er so sprach, war an das Fenster getreten und klopfte mit ihren Nägeln an die Scheiben, wie sie zu tun pflegte, wenn sie zornig war. Endlich wandte sie sich wieder und sagte: »Und was glaubst du, was nun geschieht?«

»Was geschieht? Ich weiß es nicht.«

»Aber *ich* weiß es. Meinst du, dass diese Hexe sich an die Landstraße setzen und dir zuliebe sterben und verderben wird?! Oh, Gerdt, Gerdt, es kann nicht gut tun. Ich hätt's gedurft, *vielleicht* gedurft, denn wir waren uns fremd und Feind von Anfang an. Aber *du*! Du durftest es *nicht*. Ein Unheil gibt's! Und *du* selber hast es heraufbeschworen. Um guten Namens willen, sagst du? Geh; ich kenn' dich besser. Aus Geiz und Habsucht und um Besitz und Goldes willen! Nichts weiter.«

Er sprang auf und wollte heftig antworten, denn so stumpf und gefügig er war, so zornmütig war er, wenn an seinem Besitz gerüttelt wurde. Trud aber, uneingeschüchtert, schnitt ihm das Wort ab und sagte: »Sprich nicht, Gerdt; ich lese dir das schlechte Gewissen von der Stirn herunter. Deine Mutter hat's eingebracht, ich weiß es. Aber als die Span'sche, Gott sei's geklagt, in unser Haus kam, da hatte sich's verdoppelt, und aus eins war zwei geworden. Und so du's anders sagst, so lügst du. Sie *hat* ein Erbe. Sieh nicht so täppisch drein. Ich weiß es, und so sie's nicht empfängt, so wollen wir sehen, was von deinem und ihrem übrig bleibt. Lehre mich sie kennen. Ich hab' ihr in die schwarzen Augen gesehen, öfter als du. Gezähmt, sagst du? Nie, nie.« Und sie zog ihren Knaben an sich, der, während sie sprach, ins Zimmer getreten war.

»Ihr sprecht von der Frau«, sagte das Kind. »Ich weiß. Sie hat mich bei der Hand nehmen wollen. Drüben. Aber ich habe mich vor ihr gefürchtet und von ihr losgerissen.«

19

Grete vor Peter Guntz

Grete war allem Anscheine nach ruhig aus dem Hause getreten; aber in ihrem Herzen jagte sich's wie Sturm, und hundert Pläne schossen in ihr auf und schwanden wieder, alle von dem *einen* Verlangen eingegeben, ihrem Hass und ihrer Rache genug zu tun. Und immer war es *Gerdt,* den sie vor Augen hatte, *nicht* Trud; und auf seinen Schultern stand ein rotes Männlein mit einem roten Hut und einer roten vielgezackten Fahne, das wollt' er abschütteln; aber er konnt' es nicht. Und sie lachte vor sich hin, ganz laut; und nur in ihrem Innern klang es, leise: »Bin ich irr?«

Unter solchen Bildern und Vorstellungen war sie grad über den Rathausplatz hinaus, als sie plötzlich, wie von einem Lichtscheine geblendet, sich wieder umsah und der halben Mondesscheibe gewahr wurde, die still und friedlich, als regiere sie diese Stunde, über dem Giebelfelde des Rathauses stand. Und sie sah hinauf, und ihr war, als lege sich ihr eine Hand beruhigend auf das Herz. »Es soll mir ein Zeichen sein«, sagte sie. »Vor den *Rat* will ich es bringen; der soll mich aufrichten ... Nein, nicht aufrichten. Richten soll er. Ich will nicht Trost und Gnade von Menschenmund und Menschenhand, aber mein *Recht* will ich, mein Recht gegen *ihn,* der sich und seiner Seelen Seligkeit dem Teufel verschrieben hat. Denn der Geiz ist der Teufel.« Und sie wiederholte sich's und grüßte mit ihrer Hand zu der Mondesscheibe hinauf.

Dann aber wandte sie sich wieder und ging auf das Tor und die Vorstadt zu.

Draußen angekommen, setzte sie sich zu den Gästen und sprach mit ihnen und bat um etwas Milch. Als ihr diese gebracht worden, verabschiedete sie sich rasch und stieg in die Bodenkammer hinauf, darin ihr die Wirtin ein Bett und eine Wiege gestellt hatte. Und todmüde von den Anstrengungen des Tags, warf sie sich nieder und schlief ein. Bis um Mitternacht, wo das Kind unruhig zu werden anfing. Sie hörte sein Wimmern und nahm es auf, und als sie's gestillt und wieder eingewiegt, öffnete sie das Fenster, das den Blick auf die Vorstadtsgärten und dahinter auf weite, weite Stoppelfelder hatte. Der Mond war unter, aber die Sterne glitzerten in beinah winterlicher Pracht, und sie sah hinauf in den goldenen Reigen und streckte beide Hände danach aus. »Gott, erbarme dich mein!« Und sie kniete nieder und küsste das Kind. Und ihren Kopf auf dem Kissen und ihre rechte Hand über die Wiege gelegt, so fand sie die Wirtin, als sie bei Tagesanbruch eintrat, um sie zu wecken.

Der Schlaf hatte sie gestärkt, und noch einmal fiel es wie Licht und Hoffnung in ihr umdunkeltes Gemüt, ja, ein frischer Mut kam ihr, an den sie selber nicht mehr geglaubt hatte. Jeder im Rate kannte sie ja, und der alte Peter Guntz war ihres Vaters Freund gewesen. Und Gerdt? Der hatte keinen Anhang und keine Liebe. Das wusste sie von alten und neuen Zeiten her. Und sie nahm einen Imbiss und spielte mit dem Kind und plauderte mit der Wirtin, und auf Augenblicke war es, als vergäße sie, was sie hergeführt.

Aber nun schlug es elf von Sankt Stephan. Das war die Stunde, wo die Ratmannen zusammentraten, und sie brach auf und schritt rasch auf das Tor zu und wie gestern die Lange Straße hinauf.

Um das Rathaus her war ein Gedränge. Marktfrauen boten feil, und sie sah dem Treiben zu. Ach, wie lange war es, dass sie solchen Anblick nicht gehabt und sich seiner gefreut hatte! Und sie ging von Stand zu Stand und von Kram zu Kram, um das halbe Rathaus herum, bis sie zuletzt an die Rückwand kam, wo nur noch ein paar einzelne Scharren standen. In Höhe dieser war eine Steintafel in die Wand eingelassen, die sie früher an dieser Stelle nie bemerkt hatte. Und doch musste sie schon alt sein, das ließ sich an dem graugrünen Moos und den altmodischen Buchstaben erkennen. Aber sie waren noch deutlich zu lesen. Und sie las:

Hastu Gewalt, so richte recht,
Gott ist dein Herr und du sein Knecht;
Verlass dich nicht auf dein Gewalt,
Dein Leben ist hier bald gezahlt.
Wie du zuvor hast' richtet mich,
Also wird Gott auch richten dich;
Hier hastu gerichtet nur kleine Zeit,
Dort wirstu gerichtet in Ewigkeit.

»Wie schön!« Und sie las es immer wieder, bis sie jedes Wort auswendig wusste. Dann aber ging sie rasch um die zweite Hälfte des Rathauses herum und stieg die Freitreppe hinauf, die, mit einer kleinen Biegung nach links, unmittelbar in den Sitzungssaal führte.

Es war derselbe Saal, in dem, zu Beginn unsrer Erzählung, die Puppenspieler gespielt und das verhängnisvolle Feuerwerk abgebrannt hatten. Aber statt der vielen Bänke stand jetzt nur ein einziger langer Tisch inmitten desselben, und um den Tisch her, über den eine herunterhängende grüne Decke gebreitet war, saßen Burgemeister und Rat. Zuoberst Peter Guntz, und zu beiden Seiten neben ihm: Caspar Helmreich, Joachim Lemm, Christoph Thone, Jürgen Lindstedt und drei, vier andre noch. Nur Ratsherr Zernitz hatte sich mit Krankheit entschuldigen lassen. An der andern Schmalseite des Tisches aber wiegte sich Gerdt auf seinem Stuhl, dasselbe Aktenbündel in Händen, indem er gestern gelesen hatte.

Er verfärbte sich jetzt und senkte den Blick, als er seine Schwester eintreten sah, und aus allem war ersichtlich, dass er eine Begegnung an dieser Stelle nicht erwartet hatte. Grete sah es und trat an den Tisch und sagte: »Grüß euch Gott, Peter Guntz. Ihr kennt mich nicht mehr; aber ich kenn' euch. Ich bin Grete Minde, Jakob Mindes einzige Tochter.«

Alle sahen betroffen auf, erst auf Grete, dann auf Gerdt, und nur der alte Peter Guntz selbst, der so viel gesehen und erlebt hatte, dass ihn nichts mehr verwundersam bedünkte, zeigte keine

Betroffenheit und sagte freundlich: »Ich kenn' dich wohl. Armes Kind. Was bringst du, Grete? Was führt dich her?«

»Ich komm', um zu klagen wider meinen Bruder Gerdt, der mir mein Erbe weigert. Und dessen, denk' ich, hat er kein Recht. Ich kam in diese Stadt, um wiedergutzumachen, was ich gefehlt, und wollte dienen und arbeiten, und bitten und beten. Und das alles um dieses meines Kindes willen. Aber Gerdt Minde hat mich von seiner Schwelle gewiesen; er misstraut mir; und vielleicht, dass er's darf. Denn ich weiß es wohl, was ich war und was ich bin. Aber wenn ich kein Recht hab' an sein brüderlich Herz, so hab' ich doch ein Recht an mein väterlich Gut. Und dazu, Peter Guntz, und ihr andern Herren vom Rat, sollt ihr mir willfährig und behülflich sein.«

Peter Guntz, als Grete geendet, wandte sich an Gerdt und sagte: »Ihr habt die Klage gehört, Ratsherr Minde. Ist es, wie sie sagt? Oder was habt Ihr dagegen vorzubringen.«

»Es ist *nicht,* wie sie sagt«, erhob sich Gerdt von seinem Stuhl. »Ihre Mutter war einer armen Frauen Kind, ihr wisset all', wes Landes und Glaubens, und kam ohne Mitgift in unser Haus.«

»Ich weiß.«

»Ihr wisst es. Und doch soll ich sprechen, wo mir zu schweigen ziemlicher wär'. Aber euer Ansinnen lässet mir keine Wahl. Und so höret denn. Jakob Minde, mein Vater, so klug er war, so wenig umsichtig war er. Und so zeigte sich's von Jugend auf. Er hatte keine glückliche Hand in Geschäften und ging doch gern ins Große, wie die Lübischen tun und die Flandrischen. Aber das trug unser Haus nicht. Und als ihm zwei Schiffe scheiterten, da war er selbst am Scheitern. Und um diese Zeit war es, dass er meine Mutter heimführte, von Stendal her, Baldewin Rickharts einzige Tochter. Und mit *ihr* kam ein Vermögen in unser Haus …«

»Mit dem euer Vater wirtschaftete.«

»Aber nicht zu Segen und Vorteil. Und ich habe mich mühen müssen und muss es noch, um alte Misswirtschaft in neue Gutewirtschaft zu verkehren, und alles, was ich mein nenne bis diese

Stunde, reicht nicht heran an das Eingebrachte von den Stendalschen Rickharts her.«

»Und dies sagt ihr an Eides statt, Ratsherr Minde?«

»Ja, Peter Guntz.«

»Dann, so sich nicht Widerspruch erhebt, weis' ich dich ab mit deiner Klage. Das ist Tangermündisch Recht. Aber eh ich dich, *Grete* Minde, die du zu Spruch und Beistand uns angerufen hast, aus diesem unserem Gericht entlasse, frag' ich *dich, Gerdt* Minde, ob du dein Recht brauchen und behaupten, oder nicht aus christlicher Barmherzigkeit von ihm ablassen willst. Denn *sie,* die hier vor dir steht, ist deines Vaters Kind und deine Schwester.«

»Meines Vaters Kind, Peter Guntz, aber *nicht* meine Schwester. Damit ist es nun vorbei. Sie fuhr hoch, als sie noch mit uns war; nun fährt sie niedrig, und steht vor euch und mir und birgt ihr Kind unterm Mantel. Fragt sie, wo sie's her hat. Am Wege hat sie's geboren. Und ich habe nichts gemein mit Weibern, die zwischen Heck' und Graben ihr Feuer zünden und ihre Lagerstatt beziehn. Unglück? Wer's glaubt. Sie hat's *gewollt.* Kein falsch Erbarmen, liebe Herren. Wie wir uns betten, so liegen wir.«

Grete, während ihr Bruder sprach, hatte das Kind aus ihrem Mantel genommen und es fest an sich gepresst. Jetzt hob sie's in die Höh', wie zum Zeichen, dass sie's nicht verheimlichen wolle. Und nun erst schritt sie dem Ausgange zu. Hier wandte sie sich noch einmal und sagte ruhig und mit tonloser Stimme:

»Verlass dich nicht auf dein Gewalt,
dein Leben ist hier bald gezahlt,
Wie du zuvor hast 'richtet mich,
Also wird Gott auch richten dich –«

und verneigte sich und ging.

Die Ratsherren, deren anfängliche Neugier und Teilnahme rasch hingeschwunden war, sahen ihr nach, einige hart und spöttisch, andere gleichgültig.

Nur Peter Guntz war in Sorg' und Unruh' über das Urteil, das er hatte sprechen müssen. »Ein unbillig Recht, ein totes Recht.« Und er hob die Sitzung auf und ging ohne Gruß und Verneigung an Gerdt Minde vorüber.

20

Hier hastu gerichtet nur kurze Zeit, dort wirst du gerichtet in Ewigkeit

Grete war die Treppe langsam hinabgestiegen. Das Markttreiben unten dauerte noch fort, aber sie sah es nicht mehr; und als sie den Platz hinter sich hatte, richtete sie sich auf, wie von einem wirr-phantastischen Hoheitsgefühl ergriffen. Sie war keine Bettlerin mehr, auch keine Bittende; nein; ihr gehörte diese Stadt, *ihr*. Und so schritt sie die Straße hinunter auf das Tor zu.

Aber angesichts des Tores bog sie nach links hin in eine Scheunengasse und gleich dahinter in einen schmalen, grasüberwachsenen Weg ein, der, zwischen der Mauer und den Gärten hin, im Zirkel um die Stadt lief. Hier durfte sie sicher sein, niemandem zu begegnen, und als sie bei der Mindeschen Gartenpforte war, blieb sie stehen. Erinnerungen kamen ihr, Erinnerungen an *ihn*, der jetzt auf dem Klosterkirchhof schlief, und ihr schönes Menschenantlitz verklärte sich noch einmal unter flüchtiger Einkehr in alte Zeit und altes Glück. Aber dann schwand es wieder, und jener starr-unheimliche Zug war wieder da, der über die Trübungen ihrer Seele keinen Zweifel ließ. Es war ihr mehr auferlegt worden, als sie tragen konnte, und das Zeichen, von dem die Domina gesprochen, *heut'* hätt' es jeder gesehen. Und nun legte sie die Hand auf die rostige Klinke, drückte die Tür auf und zu und sah, ihren Vorstellungen nachhängend, auf die hohen Dächer und Giebel, die von drei Seiten her das gesamte Hof- und Gartenviereck dieses Stadtteils umstanden. Einer dieser Giebel war der Rathausgiebel, jetzt schwarz und glasig, und hinter dem Giebel stand ein dickes Gewölk. Zugleich fühlte sie, dass eine schwere, feuchte Luft zog; Windstöße fuhren dazwischen, und sie hörte, wie das Obst von den Bäumen fiel. Über die Stadt hin aber, von Sankt Stephan her, flogen die Dohlen, unruhig, als ob sie nach einem andren Platze suchten und ihn nicht finden könnten. Grete sah es alles. Und sie sog die feuchte Luft ein und ging weiter. Ihr war so frei.

Als sie das zweite Mal ihren Zirkelgang gemacht und wieder das Tor und seinen inneren Vorplatz erreicht hatte, verlangte sie's nach einer kurzen Rast. Eine von den Scheunen, die mit dem Vorplatz grenzte, dünkte ihr am bequemsten dazu. Das Dach war schadhaft und die Lehmfüllung an vielen Stellen aus dem Fachwerk herausgeschlagen. Und sie bückte sich und schlüpfte durch eines dieser Löcher in die Scheune hinein. Diese war nur halb angefüllt, zumeist mit Stroh und Werg, und wo der First eingedrückt war, hing die Dachung in langen Wiepen herunter. Sie setzte sich in den Werg, als wolle sie schlafen. Aber sie schlief nicht, von Zeit zu Zeit vielmehr erhob sie sich, um unter das offene Dach zu treten, wo der Himmel finster-wolkig und dann wieder in heller Tagesbläue hereinsah. Endlich aber blieb die Helle fort, und sie wusste nun, dass es wirklich Abend geworden. Und darauf hatte sie gewartet. Sie bückte sich und tappte nach ihrem Bündel, das sie beiseitegelegt, und als sie's gefunden und sich wieder aufgerichtet hatte, gab es in dem Dunkel einen blassen, bläulichen Schein, wie wenn sie einen langen Feuerfaden in ihrer Hand halte. Und nun ließ sie den Faden fallen und kroch, ohne sich umzusehen, aus der Fachwerköffnung wieder ins Freie hinaus.

Wohin? In die Stadt? Dazu war es noch zu früh, und so suchte sie nach einem schon vorher von ihr bemerkten, aus Ziegel und Feldstein aufgemauerten Treppenstück, das von der Innenseite der Stadtmauer her in einen alten, längst abgetragenen Festungsturm hinaufführte. Und jetzt hatte sie das Treppenstück gefunden. Es war schmal und bröcklig, und einige Stufen fehlten ganz; aber Grete, wie nachtwandelnd, stieg die sonderbare Leiter mit

Leichtigkeit hinauf, setzte sich auf die losen Steine und lehnte sich an einen Berberitzenstrauch, der hier oben auf der Mauer aufgewachsen war. So saß sie und wartete; lange; aber es kam keine Ungeduld über sie. Endlich drängte sich ein schwarzer Qualm aus der Dachöffnung, und im nächsten Augenblicke lief es in roten Funken über den First hin, und alles Holz- und Sparrenwerk knisterte auf, als ob Reisig von den Flammen gefasst worden wäre. Dazu wuchs der Wind, und wie aus einem zugigen Schlot heraus fuhren jetzt die brennenden Wergflocken in die Luft. Einige fielen seitwärts auf die Nachbarscheunen nieder, andre aber trieb der Nordwester vorwärts auf die Stadt, und eh eine Viertelstunde um war, schlug an zwanzig Stellen das Feuer auf, und von allen Kirchen her begann das Stürmen der Glocken. »Das ist Sankt Stephan«, jubelte Grete, und dazwischen, in wirrem Wechsel, summte sie Kinderlieder vor sich hin und rief in schrillem Ton und mit erhobener Hand in die Stadt hinein: »Verlass dich nicht auf dein' Gewalt.« Und dann folgte sie wieder den Glocken, nah und fern, und mühte sich, den Ton jeder einzelnen herauszuhören. Und wenn ihr Zweifel kamen, so stritt sie mit sich selbst und sprach zugunsten dieser und jener, und wurde wie heftig in ihrem Streit. Endlich aber schwiegen alle, auch Sankt Stephan schwieg, und Grete, das Kind aufnehmend, das sie neben sich in das Mauergras gelegt hatte, sagte: »Nun ist es Zeit.« Und sicher, wie sie die Treppe hinaufgestiegen, stieg sie dieselbe wieder hinab und nahm ihren Weg, an den brennenden Scheunen entlang, auf die Hauptstraße zu.

Hunderte, von Furcht um Gut und Leben gequält, rannten an ihr vorüber, aber niemand achtete der Frau, und so kam sie bis an das Mindesche Haus und stellte sich demselben gegenüber, an eben die Stelle, wo sie gestern gestanden hatte.

Gerdt konnte nicht zu Hause sein, alles war dunkel; aber an einem der Fenster erkannte sie Trud und neben ihr den Knaben, der, auf einen Stuhl gestiegen, in gleicher Höhe mit seiner Mutter stand. Beide wie Schattenbilder und *allein.* Das war es, was sie wollte. Sie passierte ruhig den Damm, danach die Tür und den langen Flur, und trat zuletzt in die Küche, darin sie jedes Winkelchen kannte. Hier nahm sie von dem Brett, auf dem wie früher die Zinn- und Messingleuchter standen, einen Blaker und fuhr damit in der Glutasche des Herdes umher. Und nun tropfte das Licht und brannte hell und groß, viel zu groß, als dass der Zugwind es wieder hätte löschen können. Und so ging sie den Flur zurück, bis vorn an die Tür, und öffnete rasch und wandte sich auf das Fenster zu, von dem aus Trud und ihr Kind nach wie vor auf die Straße hinausstarrten. Und jetzt stand sie zwischen beiden. »Um Gottes Barmherzigkeit willen«, schrie Trud und sank bei dem Anblick der in vollem Irrsinn vor ihr Stehenden ohnmächtig in den Stuhl. Und dabei ließ sie den Knaben los, den sie bis dahin angst- und ahnungsvoll an ihrer Hand gehalten hatte. »Komm«, sagte Grete, während sie das Licht auf die Fensterbrüstung stellte. Und sie riss den Knaben mit sich fort, über Flur und Hof hin, und bis in den Garten hinein. Er schrie nicht mehr, er zitterte nur noch. Und nun warf sie die Gartentür wieder ins Schloss und eilte, den Knaben an ihrer Hand, ihr eigenes Kind unterm Mantel, an der Stadtmauer entlang auf Sankt Stephan zu. Hier, wie sie's erwartet, hatte das Stürmen längst aufgehört, Glöckner und Mesner waren fort, und unbehelligt und unaufgehalten stieg sie vom Unterbau des Turmes her in den Turm selbst hinauf: Erst eine Wendeltreppe, danach ein Geflecht von Leitern, das hoch oben in den Glockenstuhl einmündete. Als die vordersten Sprossen kamen, wollte das Kind nicht weiter, aber sie zwang es und schob es vor sich her. Und nun war sie selber oben und zog die letzte Leiter nach. Um sie her hingen die großen Glocken und summten leise, wenn sie den Rand derselben berührte. Und nun trat sie rasch an die Schalllöcher, die nach der Stadtseite hin lagen, und stieß die hölzernen Läden auf, die sofort vom Winde gefasst und an die Wand gepresst wurden. Ein Feuermeer unten die ganze Stadt; Vernichtung an allen Ecken und Enden, und dazwischen ein Rennen und Schreien, und dann wieder die Stille des Todes. Und jetzt fielen einige der vom Winde heraufgewirbelten Feuerflocken auf das Schindeldach ihr zu Häupten nieder, und sie sah, wie sich vom Platz aus aller Blicke nach der Höhe des Turmes und nach ihr selber richteten. Unter denen aber, die hinaufwiesen, war auch Gerdt. *Den* hatte sie mit ihrer ganzen Seele gesucht, und jetzt packte sie seinen Knaben und hob ihn auf das Lukengebälk, dass er frei dastand und im Widerscheine des Feuers von unten her in aller Deutlichkeit gesehen werden konnte. Und Gerdt sah ihn wirklich und brach in die Knie und schrie um Hülfe, und alles um ihn her vergaß der eigenen Not und drängte dem Portal der Kirche zu. Aber ehe noch die Vordersten es erreichen oder gar die Stufen der Wendeltreppe gewinnen konnten, stürzte die Schindeldecke prasselnd zusammen, und das Gebälk zerbrach, an dem die Glocken hingen, und alles ging niederwärts in die Tiefe.

Den Tag danach saßen Ilse Schulenburg und die Domina wieder an der Efeuwand ihres Hauses, und alles war wie sonst. Die Fenster standen auf, und das Feuer brannte drinnen im Kamin, und der Spitzkopf des großen Wolfshundes sah wieder wartend zu seiner Herrin auf. Von jenseit des Sees aber klang die Glocke, die zu Mittag läutete.

Um diese Stunde war es, dass ein Bote vom altmärkischen Landeshauptmann, Achaz von der Schulenburg, gemeldet wurde, der, ein Großoheim Ilsens, das Kloster zu schneller Hülfeleistung und zu Betätigung seiner frommen und freundnachbarlichen Gesinnungen auffordern ließ. Ilse ging dem Boten entgegen und gab ihm Antwort und Zusage. Dann kehrte sie zu der Domina zurück.

»Was war es?« fragte diese.

»Ein Bote vom Landeshauptmann.«

»Gute Nachricht?«

»Nein, böse. Tangermünde liegt in Asche.«

»Und Grete?«

»Mit unter den Trümmern.«

»Armes Kind … Ist heute der dritte Tag … Ich wusst' es …«

So ging ihr Gespräch.

Am Abend aber gaben die Puppenspieler den »Sündenfall«. Der Saal war gefüllt und der Beifall groß. Niemand achtete des Wechsels, der in Besetzung der Rollen stattgefunden hatte.

Zenobia spielte den Engel.

UNTERM BIRNBAUM

Erstes Kapitel

Vor dem in dem großen und reichen Oderbruchdorfe Tschechin um Michaeli 20 eröffneten *Gasthaus* und *Materialwarengeschäft von Abel Hradscheck* (so stand auf einem über der Tür angebrachten Schilde) wurden Säcke, vom Hausflur her, auf einen mit zwei magern Schimmeln bespannten Bauerwagen geladen. Einige von den Säcken waren nicht gut gebunden oder hatten kleine Löcher und Ritzen, und so sah man denn an dem, was herausfiel, dass es Rapssäcke waren. Auf der Straße neben dem Wagen aber stand Abel Hradscheck selbst und sagte zu dem eben vom Rad her auf die Deichsel steigenden Knecht: »Und nun vorwärts, Jakob, und grüße mir Ölmüller Quaas. Und sag ihm, bis Ende der Woche müsst' ich das Öl haben, Leist in Wrietzen warte schon. Und wenn Quaas nicht da ist, so bestelle der Frau meinen Gruß und sei hübsch manierlich. Du weißt ja Bescheid. Und weißt auch, Kätzchen hält auf Komplimente.«

Der als Jakob Angeredete nickte nur statt aller Antwort, setzte sich auf den vordersten Rapssack und trieb beide Schimmel mit einem schläfrigen »Hüh« an, wenn überhaupt von Antreiben die Rede sein konnte. Und nun klapperte der Wagen nach rechts hin den Fahrweg hinunter, erst auf das Bauer Orthsche Gehöft samt seiner Windmühle (womit das Dorf nach der Frankfurter Seite hin abschloss) und dann auf die weiter draußen am Oderbruchdamm gelegene Ölmühle zu. Hradscheck sah dem Wagen nach, bis er verschwunden war, und trat nun erst in den Hausflur zurück. Dieser war breit und tief und teilte sich in zwei Hälften, die durch ein paar Holzsäulen und zwei dazwischen ausgespannte Hängematten voneinander getrennt waren. Nur in der Mitte hatte man einen Durchgang gelassen. An dem Vorflur lag nach rechts hin das Wohnzimmer, zu dem eine Stufe hinaufführte, nach links hin aber der Laden, in den man durch ein großes, fast die halbe Wand einnehmendes Schiebefenster hineinsehen konnte. Früher war hier die Verkaufsstelle gewesen, bis sich die zum Vornehmtun geneigte Frau Hradscheck das Herumtrampeln auf ihrem Flur verbeten und auf Durchbruch einer richtigen Ladentür, also von der Straße her, gedrungen hatte. Seitdem zeigte dieser Vorflur eine gewisse Herrschaftlichkeit, während der nach dem Garten hinausführende Hinterflur ganz dem Geschäft gehörte. Säcke, Zitronen- und Apfelsinenkisten standen hier an der einen Wand entlang, während an der andern übereinandergeschichtete Fässer lagen, Ölfässer, deren stattliche Reihe nur durch eine zum Keller hinunterführende Falltür unterbrochen war. Ein sorglich vorgelegter Keil hielt nach rechts und links hin die Fässer in Ordnung, so dass die untere Reihe durch den Druck der obenauf liegenden nicht ins Rollen kommen konnte.

So war der Flur. Hradscheck selbst aber, der eben die schmale, zwischen den Kisten und Ölfässern freigelassene Gasse passierte, schloss, halb ärgerlich, halb lachend, die trotz seines Verbotes mal wieder offen stehende Falltür und sagte: »Dieser Junge, der Ede. Wann wird er seine fünf Sinne beisammen haben!«

Und damit trat er vom Flur her in den Garten.

Hier war es schon herbstlich, nur noch Astern und Reseda blühten zwischen den Buchsbaumrabatten, und eine Hummel umsummte den Stamm eines alten Birnbaums, der mitten im Garten hart neben dem breiten Mittelsteige stand. Ein paar Möhrenbeete, die sich, samt einem schmalen mit Kartoffeln besetzten Ackerstreifen, an ebendieser Stelle durch eine Spargelanlage hinzogen, waren schon wieder umgegraben, eine frische Luft ging, und eine schwarzgelbe, der nebenan wohnenden Witwe Jeschke zugehörige Katze schlich, mutmaßlich auf der Sperlingsuche, durch die schon hoch in Samen stehenden Spargelbeete.

Hradscheck aber hatte dessen nicht acht. Er ging vielmehr rechnend und wägend zwischen den Rabatten hin und kam erst zu Betrachtung und Bewusstsein, als er, am Ende des Gartens angekommen, sich umsah und nun die Rückseite seines Hauses vor sich hatte. Da lag es, sauber und freundlich, links die sich von der Straße her bis in den Garten hineinziehende Kegelbahn, rechts der Hof samt dem Küchenhaus, das er erst neuerdings an den Laden angebaut hatte. Der kaum vom Winde bewegte Rauch stieg sonnenbeschienen auf und gab ein Bild von Glück und Frieden. Und das alles war sein! Aber wie lange noch? Er sann ängstlich nach und fuhr aus seinem Sinnen erst auf, als er, ein paar Schritte von sich entfernt, eine große, durch ihre Schwere und Reife sich von selbst ablösende Malvasierbirne mit eigentümlich dumpfem Ton aufklatschen hörte. Denn sie war nicht auf den harten Mittelsteig, sondern auf eins der umgegrabenen Möhrenbeete gefallen. Hradscheck ging darauf zu, bückte sich und hatte die Birne kaum aufgehoben, als er sich von der Seite her angerufen hörte:

»Dag, Hradscheck. Joa, et wahrd nu Tied. De Malvesieren kümmen all von sülwst.«

Er wandte sich bei diesem Anruf und sah, dass seine Nachbarin, die Jeschke, deren kleines, etwas zurückgebautes Haus den Blick auf seinen Garten hatte, von drüben her über den Himbeerzaun kuckte.

»Ja, Mutter Jeschke, 's wird Zeit«, sagte Hradscheck. »Aber wer soll die Birnen abnehmen? Freilich, wenn Ihre Line hier wäre, die könnte helfen. Aber man hat ja keinen Menschen und muss alles selbst machen.«

»Na, Se hebben joa doch den Jungen, den Ede.«

»Ja, den hab' ich. Aber der pflückt bloß für sich.«

»Dat sall woll sien«, lachte die Alte. »Een in't Töppken, een in't Kröppken.«

Und damit humpelte sie wieder nach ihrem Hause zurück, während auch Hradscheck wieder vom Garten her in den Flur trat.

Hier sah er jetzt nachdenklich auf die Stelle, wo vor einer halben Stunde noch die Rapssäcke gestanden hatten, und in seinem Auge lag etwas, als wünsch' er, sie stünden noch am selben Fleck, oder es wären neue statt ihrer aus dem Boden gewachsen.

Er zählte dann die Fässerreihe, rief, im Vorübergehen, einen kurzen Befehl in den Laden hinein und trat gleich danach in seine gegenübergelegene Wohnstube.

Diese machte neben ihrem wohnlichen zugleich einen eigentümlichen Eindruck, und zwar, weil alles in ihr um vieles besser und eleganter war, als sich's für einen Krämer und Dorfmaterialisten schickte. Die zwei kleinen Sofas waren mit einem hellblauen Atlasstoff bezogen, und an dem Spiegelpfeiler stand ein schmaler Trumeau, weiß lackiert und mit Goldleiste. Ja, das in einem Mahagonirahmen über dem kleinen Klavier hängende Bild (allem Anscheine nach ein Stich nach Claude Lorrain) war ein Sonnenuntergang mit Tempeltrümmern und antiker Staffage, so dass man sich füglich fragen durfte, wie das alles hierherkomme? Passend war eigentlich nur ein Stehpult mit einem Gitteraufsatz und einem Kuckloch darüber, mit Hilfe dessen man, über den Flur weg, auf das große Schiebefenster sehen konnte.

Hradscheck legte die Birne vor sich hin und blätterte das Kontobuch durch, das aufgeschlagen auf dem Pulte lag. Um ihn her war alles still, und nur aus der halb offen stehenden Hinterstube vernahm er den Schlag einer Schwarzwälder Uhr.

Es war fast, als ob das Ticktack ihn störe, wenigstens ging er auf die Tür zu, anscheinend um sie zu schließen; als er indes hineinsah, nahm er überrascht wahr, dass seine Frau in der Hinterstube saß, wie gewöhnlich schwarz aber sorglich gekleidet, ganz wie jemand, der sich auf Figurmachen und Toilettendinge versteht. Sie flocht eifrig an einem Kranz, während ein zweiter, schon fertiger, an einer Stuhllehne hing.

»Du hier, Ursel! Und Kränze! Wer hat denn Geburtstag?«

»Niemand. Es ist nicht Geburtstag. Es ist bloß Sterbetag, Sterbetag deiner Kinder. Aber du vergisst alles. Bloß dich nicht.«

»Ach, Ursel, lass doch. Ich habe meinen Kopf voll Wunder. Du musst mir nicht Vorwürfe machen. Und dann die Kinder. Nun ja, sie sind tot, aber ich kann nicht trauern und klagen, dass sie's sind. Umgekehrt, es ist ein Glück.«

»Ich verstehe dich nicht.«

»Und ist nur zu gut zu verstehn. Ich weiß nicht aus noch ein und habe Sorgen über Sorgen.«

»Worüber? Weil du nichts Rechtes zu tun hast und nicht weißt, wie du den Tag hinbringen sollst. Hinbringen, sag' ich, denn ich will dich nicht kränken und von Zeittotschlagen sprechen. Aber sage selbst, wenn drüben die Weinstube voll ist, dann fehlt dir nichts. Ach, das verdammte Spiel, das ewige Knöcheln und Tempeln. Und wenn du noch glücklich spieltest! Ja, Hradscheck, das muss ich dir sagen, wenn du spielen willst, so spiele wenigstens glücklich. Aber ein Wirt, der *nicht* glücklich spielt, muss davonbleiben, sonst spielt er sich von Haus und Hof. Und dazu das Trinken, immer der schwere Ungar, bis in die Nacht hinein.«

Er antwortete nicht, und erst nach einer Weile nahm er den Kranz, der über der Stuhllehne hing und sagte: »Hübsch. Alles, was du machst, hat Schick. Ach, Ursel, ich wollte, du hättest bessere Tage.«

Dabei trat er freundlich an sie heran und streichelte sie mit seiner weißen, fleischigen Hand.

Sie ließ ihn auch gewähren, und als sie, wie beschwichtigt durch seine Liebkosungen, von ihrer Arbeit aufsah, sah man, dass es ihrer Zeit eine sehr schöne Frau gewesen sein musste, ja, sie war es beinah noch. Aber man sah auch, dass sie viel erlebt hatte, Glück und Unglück, Lieb' und Leid, und durch allerlei schwere Schulen gegangen war. Er und sie machten ein hübsches Paar und waren gleichaltrig, Anfang vierzig, und ihre Sprech- und Verkehrsweise ließ erkennen, dass es eine Neigung gewesen sein musste, was sie vor länger oder kürzer zusammengeführt hatte.

Der herbe Zug, den sie bei Beginn des Gesprächs gezeigt, wich denn auch mehr und mehr, und endlich fragte sie: »Wo drückt es wieder? Eben hast du den Raps weggeschickt, und wenn Leist das Öl hat, hast du das Geld. Er ist prompt auf die Minute.«

»Ja, das ist er. Aber ich habe nichts davon, alles ist bloß Abschlag und Zins. Ich stecke tief drin und leider am tiefsten bei Leist selbst. Und dann kommt die Krakauer Geschichte, der Reisende von Olszewski-Goldschmidt und Sohn. Er kann jeden Tag da sein.«

Hradscheck zählte noch anderes auf, aber ohne dass es einen tieferen Eindruck auf seine Frau gemacht hätte. Vielmehr sagte sie langsam und mit gedehnter Stimme: »Ja, Würfelspiel und Vogelstellen ...«

»Ach, immer Spiel und wieder Spiel! Glaube mir, Ursel, es ist nicht so schlimm damit, und jedenfalls mach' ich mir nichts draus. Und am wenigsten aus dem Lotto; 's ist alles Torheit und weggeworfen Geld, ich weiß es, und doch hab' ich wieder ein Los genommen. Und warum? Weil ich heraus will, weil ich heraus *muss,* weil ich uns retten möchte.«

»So, so«, sagte sie, während sie mechanisch an dem Kranze weiterflocht und vor sich hinsah, als überlege sie, was wohl zu tun sei.

»Soll ich dich auf den Kirchhof begleiten«, frug er, als ihn ihr Schweigen zu bedrücken anfing. »Ich tu's gern, Ursel.«

Sie schüttelte den Kopf.

»Warum nicht?«

»Weil, wer den Toten einen Kranz bringen will, wenigstens an sie gedacht haben muss.«

Und damit erhob sie sich und verließ das Haus, um nach dem Kirchhof zu gehen.

Hradscheck sah ihr nach, die Dorfstraße hinauf, auf deren roten Dächern die Herbstsonne flimmerte. Dann trat er wieder an sein Pult und blätterte.

Zweites Kapitel

Eine Woche war seit jenem Tage vergangen, aber das Spielglück, das sich bei Hradscheck einstellen sollte, blieb aus und das Lottoglück auch. Trotz alledem gab er das Warten nicht auf, und da gerade Lotterieziehzeit war, kam das Viertellos gar nicht mehr von seinem Pult. Es stand hier auf einem Ständerchen, ganz nach Art eines Fetisch, zu dem er nicht müde wurde, respektvoll und beinah mit Andacht aufzublicken. Alle Morgen sah er in der Zeitung die Gewinnnummern durch, aber die seine fand er nicht, trotzdem sie unter ihren fünf Zahlen drei Sieben hatte und mit sieben dividiert glatt aufging. Seine Frau, die wohl wahrnahm, dass er litt, sprach ihm nach ihrer Art zu, nüchtern, aber nicht unfreundlich, und drang in ihn, »dass er den Lotteriezettel wenigstens vom Ständer herunternehmen möge, das verdrösse den Himmel nur, und wer dergleichen täte, kriege statt Rettung und Hilfe den Teufel und seine Sippschaft ins Haus. Das Los müsse weg. Wenn er wirklich beten wolle, so habe sie was Besseres für ihn, ein Marienbild, das der Bischof von Hildesheim geweiht und ihr bei der Firmelung geschenkt habe.«

Davon wollte nun aber der beständig zwischen Aber- und Unglauben hin und her schwankende Hradscheck nichts wissen. »Geh mir doch mit dem Bild, Ursel. Und wenn ich auch wollte, denke nur, welche Bescherung ich hätte, wenn's einer merkte. Die Bauern würden lachen von einem Dorfende bis ans andere, selbst Orth und Igel, die sonst keine Miene verziehen. Und mit der Pastorfreundschaft wär's auch vorbei. Dass er zu dir hält, ist doch bloß, weil er dir den katholischen Unsinn ausgetrieben und einen Platz im Himmel, ja vielleicht an seiner Seite gewonnen hat. Denn mit meinem Anspruch auf Himmel ist's nicht weit her.«

Und so blieb denn das Los auf dem Ständer, und erst als die Ziehung vorüber war, zerriss es Hradscheck und streute die Schnitzel in den Wind. Er war aber auch jetzt noch, all seinem spöttisch-überlegenen Gerede zum Trotz, so schwach und abergläubisch, dass er den Schnitzeln in ihrem Fluge nachsah, und als er wahrnahm, dass einige die Straße hinauf bis an die Kirche geweht wurden und dort erst niederfielen, war er in seinem Gemüte beruhigt und sagte: »Das bringt Glück.«

Zugleich hing er wieder allerlei Gedanken und Vorstellungen nach, wie sie seiner Phantasie jetzt häufiger kamen. Aber er hatte noch Kraft genug, das Netz, das ihm diese Gedanken und Vorstellungen überwerfen wollten, wieder zu zerreißen.

»Es geht nicht.«

Und als im selben Augenblick das Bild des Reisenden, dessen Anmeldung er jetzt täglich erwarten musste, vor seine Seele trat, trat er erschreckt zurück und wiederholte nur so vor sich hin: »Es geht nicht.«

So war Mitte Oktober herangekommen.

Im Laden gab's viel zu tun, aber mitunter war doch ruhige Zeit, und dann ging Hradscheck abwechselnd in den Hof, um Holz zu Spellen, oder in den Garten, um eine gute Sorte Tischkartoffeln aus der Erde zu nehmen. Denn er war ein Feinschmecker. Als aber die Kartoffeln heraus waren, fing er an, den schmalen Streifen Land, darauf sie gestanden, umzugraben. Überhaupt wurde Graben und Gartenarbeit mehr und mehr seine Lust, und die mit dem Spaten in der Hand verbrachten Stunden waren eigentlich seine glücklichsten.

Und so beim Graben war er auch heute wieder, als die Jeschke, wie gewöhnlich, an die die beiden Gärten verbindende Heckentür kam und ihm zusah, trotzdem es noch früh am Tage war.

»De Tüffeln sinn joa nu rut, Hradscheck.«

»Ja, Mutter Jeschke, seit vorgestern. Und war diesmal 'ne wahre Freude; mitunter zwanzig an einem Busch und alle groß und gesund.«

»Joa, joa, wenn een's Glück hebben sall. Na, Se hebben't, Hradscheck. Se hebben Glück bi de Tüffeln un bi de Malvesieren ook. I, Se möten joa woll'n Scheffel runnerpflückt hebb'n.«

»O mehr, Mutter Jeschke, viel mehr.«

»Na, bereden Se't nich, Hradscheck. Nei, nei. Man sall nix bereden. Ook sien Glück nich.«

Und damit ließ sie den Nachbar stehn und humpelte wieder auf ihr Haus zu.

Hradscheck aber sah ihr ärgerlich und verlegen nach. Und er hatte wohl Grund dazu. War doch die Jeschke, so freundlich und zutulich sie tat, eine schlimme Nachbarschaft und quacksalberte nicht bloß, sondern machte auch sympathetische Kuren, besprach Blut und wusste, wer sterben würde. Sie sah dann die Nacht vorher einen Sarg vor dem Sterbehause stehn. Und es hieß auch, »sie wisse, wie man sich unsichtbar machen könne«, was, als Hradscheck sie seinerzeit danach gefragt hatte, halb von ihr bestritten und dann halb auch wieder zugestanden war. »Sie wisse es nicht; aber *das* wisse sie, dass frisch ausgelassenes Lammtalg gut sei, versteht sich: Von einem ungeborenen Lamm und als Licht über einen roten Wollfaden gezogen; am besten aber sei Farnkrautsamen, in die Schuhe oder Stiefel geschüttet.« Und dann hatte sie herzlich gelacht, worin Hradscheck natürlich einstimmte. Trotz dieses Lachens aber war ihm jedes Wort, als ob es ein Evangelium wär', in Erinnerung geblieben, vor allem das »ungeborne Lamm« und der »Farnkrautsamen«. Er glaubte nichts davon und auch wieder alles, und wenn er, seiner sonstigen Entschlossenheit unerachtet, schon vorher eine Furcht vor der alten Hexe gehabt hatte, so nach dem Gespräch über das Sichunsichtbarmachen noch viel mehr.

Und solche Furcht beschlich ihn auch heute wieder, als er sie, nach dem Morgengeplauder über die »Tüffeln« und die »Malvesieren«, in ihrem Hause verschwinden sah. Er wiederholte sich jedes ihrer Worte: »Wenn een's Glück hebben sall. Na, Se hebben't joa, Hradscheck. Awers bereden Se't nich.« Ja, so waren ihre Worte gewesen. Und was war mit dem allem gemeint? Was sollte dies ewige Reden von Glück und wieder Glück? War es Neid, oder wusste sie's besser? Hatte sie doch vielleicht mit ihrem Hokuspokus ihm in die Karten gekuckt?

Während er noch so sann, nahm er den Spaten wieder zur Hand und begann, rüstig weiterzugraben. Er warf dabei ziemlich viel Erde heraus und war keine fünf Schritt mehr von dem alten Birnbaum, auf den der Ackerstreifen zulief, entfernt, als er auf etwas stieß, das unter dem Schnitt des Eisens zerbrach und augenscheinlich weder Wurzel noch Stein war. Er grub also vorsichtig weiter und sah alsbald, dass er auf Arm und Schulter eines hier verscharrten Toten gestoßen war. Auch Zeugreste kamen zutage, zerschlissen und gebräunt, aber immer noch farbig und wohl erhalten genug, um erkennen zu lassen, dass es ein Soldat gewesen sein müsse.

Wie kam der hierher?

Hradscheck stützte sich auf die Krücke seines Grabscheits und überlegte. »Soll ich es zur Anzeige bringen? Nein. Es macht bloß Geklätsch. Und keiner mag einkehren, wo man einen Toten unterm Birnbaum gefunden hat. Also besser nicht. Er kann hier weiter liegen.« Und damit warf er den Armknochen, den er ausgegraben, in die Grube zurück und schüttete diese wieder zu. Während dieses Zuschüttens aber hing er all jenen Gedanken und Vorstellungen nach, wie sie seit Wochen ihm immer häufiger kamen. Kamen und gingen. Heut' aber gingen sie nicht, sondern wurden Pläne, die Besitz von ihm nahmen und ihn, ihm selbst zum Trotz, an die Stelle bannten, auf der er stand. Was er hier zu tun hatte, war getan, es gab nichts mehr zu graben und zu schütten, aber immer noch hielt er das Grabscheit in der Hand und sah sich um, als ob er bei böser Tat ertappt worden wäre. Und fast war es so. Denn unheimlich verzerrte Gestalten (und eine davon er selbst) umdrängten ihn so fassbar und leibhaftig, dass er sich wohl fragen durfte, ob nicht andere da wären, die diese Gestalten auch sähen. Und er lugte wirklich nach der Zaunstelle hinüber. Gott sei Dank, die Jeschke war nicht da. Aber freilich, wenn sie sich unsichtbar machen und sogar Tote sehen konnte, Tote, die noch nicht tot waren, warum sollte sie nicht die Gestalten sehn, die jetzt vor seiner Seele standen? Ein Grauen überlief ihn, nicht vor der Tat, nein, aber bei dem Gedanken, dass das, was erst Tat werden sollte, vielleicht in diesem Augenblicke schon erkannt und verraten war. Er zitterte, bis er, sich plötzlich aufraffend, den Spaten wieder in den Boden stieß.

»Unsinn. Ein dummes altes Weib, das gerade klug genug ist, noch Dümmere hinters Licht zu führen. Aber ich will mich ihrer schon wehren, ihrer und ihrer ganzen Totenkuckerei. Was ist es denn? Nichts. Sie sieht einen Sarg an der Tür stehn, und dann stirbt einer. Ja, sie sagt es, aber sagt es immer erst, wenn einer tot ist oder keinen Atem mehr hat oder das Wasser ihm schon ans Herz stößt. Ja, dann kann ich auch prophezein. Alte Hexe, du sollst mir nicht weiter Sorge machen. Aber Ursel! Wie bring' ich's der bei? Da liegt der Stein. Und wissen muss sie's. Es müssen zwei sein ...«

Und er schwieg. Bald aber fuhr er entschlossen fort: »Ah, bah, es wird sich finden, weil sich's finden muss. Not kennt kein Gebot. Und was sagte sie neulich, als ich das Gespräch mit ihr hatte? ›Nur nicht arm sein ... Armut ist das Schlimmste.‹ Daran halt' ich sie; damit zwing' ich sie. Sie *muss* wollen.«

Und so sprechend, ging er, das Grabscheit gewehrüber nehmend, wieder auf das Haus zu.

Drittes Kapitel

Als Hradscheck bis an den Schwellstein gekommen war, nahm er das Grabscheit von der Schulter, lehnte die Krücke gegen das am Hause sich hinziehende Weinspalier und wusch sich die Hände, saubrer Mann, der er war, in einem Kübel, drin die Dachtraufe mündete. Danach trat er in den Flur und ging auf sein Wohnzimmer zu.

Hier traf er Ursel. Diese saß vor einem Nähtisch am Fenster und war, trotz der frühen Stunde, schon wieder in Toilette, ja noch sorglicher und geputzter als an dem Tage, wo sie die Kränze für die Kinder geflochten hatte. Das hoch anschließende

Kleid, das sie trug, war auch heute schlicht und dunkelfarbig (sie wusste, dass Schwarz sie kleidete), der blanke Ledergürtel aber wurde durch eine Bronzeschnalle von auffälliger Größe zusammengehalten, während in ihren Ohrringen lange birnenförmige Bummeln von venetianischer Perlenmasse hingen. Sie wirkten anspruchsvoll und störten mehr, als sie schmückten. Aber für dergleichen gebrach es ihr an Wahrnehmung, wie denn auch der mit Schildpatt ausgelegte Nähtisch, trotz all seiner Eleganz, zu den beiden hellblauen Atlassofas nicht recht passen wollte. Noch weniger zu dem weißen Trumeau. Links neben ihr, auf dem Fensterbrett, stand ein Arbeitskästchen, darin sie, gerade als Hradscheck eintrat, nach einem Faden suchte. Sie ließ sich dabei nicht stören und sah erst auf, als der Eintretende halb scherzhaft, aber doch mit einem Anfluge von Tadel sagte: »Nun, Ursel, schon in Staat? Und nichts zu tun mehr in der Küche?«

»Weil es fertig werden muss.«

»Was?«

»Das hier.« Und dabei hielt sie Hradscheck ein Samtkäpsel hin, an dem sie gerade nähte. »Wenig mit Liebe.«

»Für mich?«

»Nein. Dazu bist du nicht fromm und, was du lieber hören wirst, auch nicht alt genug.«

»Also für den Pastor?«

»Geraten.«

»Für den Pastor. Nun gut. Kleine Geschenke erhalten die Freundschaft, und die Freundschaft mit einem Pastor kann man doppelt brauchen. Es gibt einem solch Ansehen. Und ich habe mir auch vorgenommen, ihn wieder öfter zu besuchen und mit Ede sonntags umschichtig in die Kirche zu gehen.«

»Das tu nur; er hat sich schon gewundert.«

»Und hat auch recht. Denn ich bin ihm eigentlich verschuldet. Und ist noch dazu der Einzige, dem ich gern verschuldet bin. Ja, du siehst mich an, Ursel. Aber es ist so. Hat er dich nicht auf den rechten Weg gebracht? Sage selbst. Wenn Eccelius nicht war, so stecktest du noch in dem alten Unsinn.«

»Sprich nicht so. Was weißt du davon? Ihr habt ja gar keine Religion. Und Eccelius eigentlich auch nicht. Aber er ist ein guter Mann, eine Seele von Mann, und meint es gut mit mir und aller Welt. Und hat mir zum Herzen gesprochen.«

»Ja, das versteht er; das hat er in der Loge gelernt. Er rührt einen zu Tränen. Und nun gar erst die Weiber.«

»Und dann halt' ich zu ihm«, fuhr Ursel fort, ohne der Unterbrechung zu achten, »weil er ein gebildeter Mann ist. Ein guter Mann, und ein gebildeter Mann. Und offen gestanden, daran bin ich gewöhnt.«

Hradscheck lachte. »Gebildet, Ursel, das ist dein drittes Wort. Ich weiß schon. Und dann kommt der Göttinger Student, der dir einen Ring geschenkt hat, als du vierzehn Jahr alt warst (er wird wohl nicht echt gewesen sein), und dann kommt vieles *nicht* oder doch manches nicht ... verfärbe dich nur nicht gleich wieder ... und zuletzt kommt der Hildesheimer Bischof. Das ist dein höchster Trumpf, und was Vornehmeres gibt es in der ganzen Welt nicht. Ich weiß es seit lange. Vornehm, vornehm. Ach, ich rede nicht gern davon, aber deine Vornehmheit ist mir teuer zu stehn gekommen.«

Ursel legte das Samtkäpsel aus der Hand, steckte die Nadel hinein und sagte, während sie sich mit halber Wendung von ihm ab- und dem Fenster zukehrte: »Höre, Hradscheck, wenn du gute Tage mit mir haben willst, so sprich nicht so. Hast du Sorgen, so will ich sie mittragen, aber du darfst mich nicht dafür verantwortlich machen, dass sie da sind. Was ich dir hundertmal gesagt habe, das muss ich dir wieder sagen. Du bist kein guter Kaufmann, denn du hast das Kaufmännische nicht gelernt, und du bist kein guter Wirt, denn du spielst schlecht oder doch nicht mit Glück und trinkst nebenher deinen eigenen Wein aus. Und was da nach drüben geht, nach Neu-Lewin hin, oder wenigstens gegangen ist« (und dabei wies sie mit der Hand nach dem Nachbardorfe), »davon will ich nicht reden, schon gar nicht, schon lange nicht. Aber das darf ich dir sagen, Hradscheck, so steht es mit dir. Und anstatt dich zu deinem Unrecht zu bekennen, sprichst du von meinen Kindereien und von dem hochwürdigen Bischof, dem du nicht wert bist die Schuhriemen zu lösen. Und wirfst mir dabei meine Bildung vor.«

»Nein, Ursel.«

»Oder dass ich's ein bisschen hübsch oder, wie du sagst, vornehm haben möchte.«

»Ja, das.«

»Also doch. Nun aber sage mir, was hab' ich getan? Ich habe mich in den ersten Jahren eingeschränkt und in der Küche gestanden und gebacken und gebraten, und des Nachts an der Wiege gesessen. Ich bin nicht aus dem Haus gekommen, so dass die Leute darüber geredet haben, die dumme Gans draußen in der Ölmühle natürlich an der Spitze (du hast es mir selbst erzählt), und habe jeden Abend vor einem leeren Kleiderschrank gestanden und die hölzernen Riegel gezählt. Und so sieben Jahre, bis die Kinder starben, und erst als sie tot waren und ich nichts hatte, daran ich mein Herz hängen konnte, da hab' ich gedacht, nun gut, nun will ich es wenigstens hübsch haben und eine Kaufmannsfrau sein, so wie man sich in meiner Gegend eine Kaufmannsfrau vorstellt. Und als dann der Konkurs auf Schloss Hoppenrade kam, da hab' ich dich gebeten, dies bisschen hier anzuschaffen, und das hast du getan, und ich habe mich dafür bedankt. Und war auch bloß in der Ordnung. Denn Dank muss sein, und ein gebildeter Mensch weiß es und wird ihm nicht schwer. Aber all das, worüber jetzt so viel geredet wird, als ob es Wunder was wäre, ja, was ist es denn groß? Eigentlich ist es doch nur altmodisch, und die Seide reißt schon, trotzdem ich sie hüte wie meinen Augapfel. Und wegen dieser paar Sachen stöhnst du und hörst nicht auf zu klagen und verspottest mich wegen meiner Bildung und Feinheit, wie du zu sagen beliebst. Freilich bin ich feiner als die Leute hier, in meiner Gegend ist man feiner. Willst du mir einen Vorwurf daraus machen, dass ich nicht wie die Pute, die Quaas, bin, die ›mir‹ und ›mich‹ verwechselt und eigentlich noch in den Friesrock gehört und Liebschaftenhaben für Bildung hält und sich ›Kätzchen‹ nennen lässt, obschon sie bloß eine Katze ist und eine falsche dazu? Ja, mein lieber Hradscheck, wenn du mir daraus einen Vorwurf machen willst, dann hättest du mich nicht nehmen sollen, das wäre dann das Klügste gewesen. Besinne dich. Ich bin dir nicht nachgelaufen, im Gegenteil, du wolltest mich partout und hast mich beschworen um mein ›Ja‹. Das kannst du nicht bestreiten. Nein, das kannst du nicht, Hradscheck. Und nun dies ewige ›vornehm‹ und wieder ›vornehm‹. Und warum? Bloß weil ich einen Trumeau wollte, den man wollen muss, wenn man ein bisschen auf sich hält. Und für einen Spottpreis ist er fortgegangen.«

»Du sagst Spottpreis, Ursel. Ja, was ist Spottpreis? Auch Spottpreise können zu hoch sein. Ich hatte damals nichts und hab' es von geborgtem Gelde kaufen müssen.«

»Das hättest du nicht tun sollen, Abel, das hättest du mir sagen müssen. Aber da genierte sich der werte Herr Gemahl und musste sich auch genieren. Denn warum war kein Geld da? Wegen der Person drüben. Alte Liebe rostet nicht. Versteht sich.«

»Ach Ursel, was soll das! Es nutzt uns nichts, uns unsere Vergangenheit vorzuwerfen.«

»Was meinst du damit? Was heißt Vergangenheit?«

»Wie kannst du nur fragen? Aber ich weiß schon, das ist das alte Lied, das ist Weiberart. Ihr streitet eurem eignen Liebhaber die Liebschaft ab. Ursel, ich hätte dich für klüger gehalten. So sei doch nicht so kurz von Gedächtnis. Wie lag es denn? Wie fand ich dich damals, als du wieder nach Hause kamst, krank und elend und mit dem Stecken in der Hand, und als der Alte dich nicht aufnehmen wollte mit deinem Kind und du dann zufrieden warst mit einer Schütte Stroh unterm Dach? Ursel, da hab' ich dich gesehn, und weil ich Mitleid mit dir hatte, nein, nein, erzürne dich nicht wieder … weil ich dich liebte, weil ich vernarrt in dich war, da hab' ich dich bei der Hand genommen, und wir sind hierher gegangen, und der Alte drüben, dem du das Käpsel da nähst, hat uns zusammengetan. Es tut mir nicht leid, Ursel, denn du weißt, dass ich in meiner Neigung und Liebe zu dir der Alte bin, aber du darfst dich auch nicht aufs hohe Pferd setzen, wenn ich vor Sorgen nicht aus noch ein weiß, und darfst mir nicht Vorwürfe machen wegen der Rese drüben in Neu-Lewin. Was da hinging, glaube mir, das war nicht viel und eigentlich nicht der Rede wert. Und nun ist sie lange tot und unter der Erde. Nein, Ursel, daher stammt es nicht, und ich schwöre dir's, das alles hätt' ich gekonnt, aber der verdammte Hochmut, dass es mit uns was sein sollte, das hat es gemacht, das ist es. Du wolltest hoch hinaus und was Apartes haben, damit sie sich wundern sollten. Und was haben wir nun davon? Da stehen die Sachen, und das Bauernvolk lacht uns aus.«

»Sie beneiden uns.«

»Nun gut, vielleicht, oder wenigstens, solang es vorhält. Aber wenn das alles eines schönen Tages fort ist?«

»Das darf nicht sein.«

»Die Gerichte fragen nicht lange.«

»Das darf nicht sein, sag' ich. Alles andre. Nein, Hradscheck, das darfst du mir nicht antun, da nehm' ich mir das Leben und geh' in die Oder, gleich auf der Stelle. Was Jammer und Elend ist, das weiß ich, das hab' ich erfahren. Aber gerade deshalb, gerade deshalb. Ich bin jetzt aus dem Jammer heraus, Gott sei Dank, und ich will nicht wieder hinein. Du sagst, sie lachen über uns, nein, sie lachen *nicht*; aber wenn uns was passierte, dann würden sie lachen. Und dass dann ›Kätzchen‹ ihren Spaß haben und sich über uns lustig machen sollte, oder gar die gute Mietzel, die noch immer in ihrem schwarzen Kopftuch steckt und nicht mal weiß, wie man einen Hut oder eine Haube manierlich aufsetzt, das trüg' ich nicht, da möcht' ich gleich tot umfallen. Nein, nein, Hradscheck, wie ich dir schon neulich sagte, nur nicht arm. Armut ist das Schlimmste, schlimmer als Tod, schlimmer als …«

Er nickte. »So denk' ich auch, Ursel. Nur nicht arm. Aber komm in den Garten! Die Wände hier haben Ohren.«

Und so gingen sie hinaus. Draußen aber nahm sie seinen Arm, hing sich, wie zärtlich, an ihn und plauderte, während sie den Mittelsteig des Gartens auf und ab schritten. Er seinerseits schwieg und überlegte, bis er mit einem Male stehen blieb und, das Wort nehmend, auf die wieder zugeschüttete Stelle neben dem Birnbaum wies. Und nun wurden Ursels Augen immer größer, als er rasch und lebhaft alles, was geschehen müsse, herzuzählen und auseinanderzusetzen begann.

»Es geht nicht. Schlag es dir aus dem Sinn. Es ist nichts so fein gesponnen ...«

Er aber ließ nicht ab, und endlich sah man, dass er ihren Widerstand besiegt hatte. Sie nickte, schwieg, und beide gingen auf das Haus zu.

Viertes Kapitel

Der Oktober ging auf die Neige, trotzdem aber waren noch schöne warme Tage, so dass man sich im Freien aufhalten und die Hradschecksche Kegelbahn benutzen konnte. Diese war in der ganzen Gegend berühmt, weil sie nicht nur ein gutes waagerechtes Laufbrett, sondern auch ein bequemes Kegelhäuschen und in diesem zwei von aller Welt bewunderte buntglasige Kuckfenster hatte. Das gelbe sah auf den Garten hinaus, das blaue dagegen auf die Dorfstraße samt dem dahinter sich hinziehenden Oderdamm, über den hinweg dann und wann der Fluss selbst aufblitzte. Drüben am andern Ufer aber gewahrte man einen langen Schattenstrich: Die neumärkische Heide.

Es war halb vier, und die Kugeln rollten schon seit einer Stunde. Der zugleich Kellnerdienste verrichtende Ladenjunge lief hin und her, mal Kaffee, mal einen Kognak bringend, am öftesten aber neu gestopfte Tonpfeifen, aus denen die Bauern rauchten und die Wölkchen in die klare Herbstluft hineinbliesen. Es waren ihrer fünf, zwei aus dem benachbarten Kienitz herübergekommen, der Rest echte Tschechiner: Ölmüller Quaas, Bauer Mietzel und Bauer Kunicke. Hradscheck, der, von Berufs wegen, mit dem Schreib- und Rechenwesen am besten Bescheid wusste, saß vor einer großen schwarzen Tafel, die die Form eines Notenpultes hatte.

»Kunicke steht wieder am besten.« »Natürlich, gegen den kann keiner.« »Dreimal acht um den König.« Und nun begann ein Sichüberbieten in Kegelwitzen. »Er kann hexen«, hieß es. »Er hockt mit der Jeschke zusammen.« »Er spielt mit falschen Karten.« »Wer so viel Glück hat, muss Strafe zahlen.« Der, der das von den »falschen Karten« gesagt hatte, war Bauer Mietzel, des Ölmüllers Nachbar, ein kleines ausgetrocknetes Männchen, das mehr einem Leineweber als einem Bauern glich. War aber doch ein richtiger Bauer, in dessen Familie nur von alter Zeit her der Schwind war.

»Wer schiebt?«

»Hradscheck.«

Dieser kletterte jetzt von seinem Schreibersitz und wartete gerad' auf seine die Lattenrinne langsam herunterkommende Lieblingskugel, als der Landpostbote durch ein auf die Straße führendes Türchen eintrat und einen großen Brief an ihn abgab; Hradscheck nahm den Brief in die Linke, packte die Kugel mit der Rechten und setzte sie kräftig auf, zugleich mit Spannung dem Lauf derselben folgend.

»Sechs!« schrie der Kegeljunge, verbesserte sich aber sofort, als nach einigem Wackeln und Besinnen noch ein siebenter Kegel umfiel.

»Sieben also!« triumphierte Hradscheck, der sich bei dem Wurf augenscheinlich was gedacht hatte.

»Sieben geht«, fuhr er fort. »Sieben ist gut. Kunicke, schiebe für mich und schreib an. Will nur das Porto zahlen.«

Und damit nahm er den Briefträger unterm Arm und ging mit ihm von der Gartenseite her ins Haus.

Das Kegeln setzte sich mittlerweile fort, wer aber Spiel und Gäste vergessen zu haben schien, war Hradscheck. Kunicke hatte schon zum dritten Male statt seiner geschoben, und so wurde man endlich ungeduldig und riss heftig an einem Klingeldraht, der nach dem Laden hineinführte.

Der Junge kam auch.

»Hradscheck soll wieder antreten, Ede. Wir warten ja. Mach flink!«

Und sieh, gleich danach erschien auch der Gerufene, hochrot und aufgeregt, aber, allem Anscheine nach, mehr in heiterer als verdrießlicher Erregung. Er entschuldigte sich kurz, dass er habe warten lassen, und nahm dann ohne weiteres eine Kugel, um zu schieben.

»Aber du bist ja gar nicht dran!« schrie Kunicke. »Himmelwetter, was ist denn los? Und wie der Kerl aussieht! Entweder is ihm eine Schwiegermutter gestorben, oder er hat das große Los gewonnen.«

Hradscheck lachte.

»Nu, so rede doch. Oder sollst du nach Berlin kommen und ein paar neue Rapspressen einrichten? Hast ja neulich unserm Quaas erst vorgerechnet, dass er nichts von der Ölpresse verstünde.«

»Hab' ich, und ist auch so. Nichts für ungut, ihr Herren, aber der Bauer klebt immer am Alten.«

»Und die Gastwirte sind immer fürs Neue. Bloß dass nicht viel dabei herauskommt.«

»Wer weiß!«

»Wer weiß? Höre, Hradscheck, ich fange wirklich an zu glauben ... Oder is es 'ne Erbschaft?«

»Is so was. Aber nicht der Rede wert.«

»Und von woher denn?«

»Von meiner Frau Schwester.«

»Bist doch ein Glückskind. Ewig sind ihm die gebratnen Tauben ins Maul geflogen. Und aus dem Hildesheimschen, sagst du?«

»Ja, da so rum.«

»Na, da wird Reetzke drüben froh sein. Er war schon ungeduldig.«

»Weiß; er wollte klagen. Die Neu-Lewiner sind immer ängstlich und Pfennigfuchser und können nicht warten. Aber er wird's nu wohl lernen und sich anders besinnen. Mehr sag' ich nicht und passt sich auch nicht. Man soll den Mund nicht voll nehmen. Und was ist am Ende solch bisschen Geld?«

»Geld ist nie ein bisschen. Wie viel Nullen hat's denn?«

»Ach, Kinder, redet doch nicht von Nullen. Das Beste ist, dass es nicht viel Wirtschaft macht und dass meine Frau nicht erst nach Hildesheim braucht. Solche weite Reise, da geht ja gleich die Hälfte drauf. Oder vielleicht auch das Ganze.«

»War es denn schon in dem Brief?«

»I bewahre. Bloß die Anzeige von meinem Schwager, und dass das Geld in Berlin gehoben werden kann. Ich schicke morgen meine Frau. Sie versauert hier ohnehin.«

»Versteht sich«, sagte Mietzel, der sich immer ärgerte, wenn von dem »Versauern« der Frau Hradscheck die Rede war. »Versteht sich, lass sie nur reisen; Berlin, das ist so was für die Frau Baronin. Und vielleicht bringt sie dir gleich wieder ein Atlassofa mit. Oder 'nen Trumeau. So heißt es ja wohl? Bei so was Feinem muss unserein immer erst fragen. Der Bauer ist ja zu dumm.«

Frau Hradscheck reiste wirklich ab, um die geerbte Summe von Berlin zu holen, was schon im Voraus das Gerede der ebenso neidischen wie reichen Bauernfrauen weckte, vor allen der Frau Quaas, die sich, ihrer gekrausten blonden Haare halber, ganz einfach für eine Schönheit hielt und aus dem Umstande, dass sie zwanzig Jahre jünger war als ihr Mann, ihr Recht zu fast ebenso vielen Liebschaften herleitete. Was gut aussah, war ihr ein Dorn im Auge, zumeist aber die Hradscheck, die nicht nur stattlicher und klüger war als sie selbst, sondern zum Überfluss auch noch in Verdacht stand (wenn auch freilich mit Unrecht), den ältesten Kantorssohn – einen wegen Demagogie relegierten Tunichtgut, der nun bei dem Vater auf der Bärenhaut lag – zu Spottversen auf die Tschechiner und ganz besonders auf die gute Frau Quaas angestiftet zu haben. Es war eine lange Reimerei, drin jeder was wegkriegte. Der erste Vers aber lautete.

Woytasch hat den Schulzenstock,
Kunicke 'nen langen Rock,
Mietzel ist ein Hobelspan,
Quaas hat keinem was getan,
Nicht mal seiner eignen Frau,
Kätzchen weiß es ganz genau.
Miau, miau.

Dergleichen konnte nicht verziehen werden, am wenigsten solcher Bettelperson wie dieser hergelaufenen Frau Hradscheck, die nun mal für die Schuldige galt. Das stand bei Kätzchen fest.

»Ich wette«, sagte sie zur Mietzel, als diese denselben Abend noch, an dem die Hradscheck abgereist war, auf der Ölmühle vorsprach, »ich wette, dass sie mit einem Samthut und einer Straußenfeder wiederkommt. Sie kann sich nie genug tun, diese zierige Person, trotz ihrer vierzig. Und alles bloß, weil sie ›Swein‹ sagt und nicht ›switzen‹ kann, auch wenn sie drei Kannen Fliedertee getrunken. Sie sagt aber nicht Fliedertee, sie sagt Holunder. Und das soll denn was sein. Ach, liebe Mietzel, es ist zum Lachen.«

»Ja, ja!« stimmte die Mietzel ein, schien aber geneigt, die größere Schuld auf Hradscheck zu schieben, der sich einbilde, Wunder was Feines geheiratet zu haben. Und sei doch bloß 'ne Kattolsche gewesen und vielleicht auch 'ne Springerin; wenigstens habe sie so was munkeln hören. »Und überhaupt, der gute Hradscheck«, fuhr sie fort, »er soll doch nur still sein. In Neu-Lewin reden sie nicht viel Gutes von ihm. Die Rese hat er sitzen lassen. Und mit eins war sie weg, und keiner weiß wie und warum. Und war auch von Ausgraben die Rede, bis unser alter Woytasch rüberfuhr und alles wieder stillmachte. Natürlich, er will keinen Lärm haben und is 'ne Suse. Zu Hause darf er ohnehin nicht reden. Oder ob er der Hradschecken nach den Augen sieht? Sie hat so was. Und ich sage bloß, wenn wir alles hergelaufene Volk ins Dorf kriegen, so haben wir nächstens auch die Zigeuner hier, und Frau Woytasch kann sich dann nach 'nem Schwiegersohn umsehn. Zeit wird es mit der Rike; dreißig is sie ja schon.«

So ging gleich am ersten Tage das Geklatsch. Als aber eine halbe Woche später die Hradscheck geradeso wiederkam, wie sie gegangen war, das heißt ohne Samthut und Straußenfeder, und noch ebenso grüßte, ja womöglich noch artiger als vorher, da trat ein Umschlag ein, und man fing an, sie gelten zu lassen und sich einzureden, dass die Erbschaft sie verändert habe.

»Man sieht doch gleich«, sagte die Quaas, »dass sie jetzt was haben. Sonst sollte das immer was sein, und sie logen einen grausam an, und war eigentlich nicht zum Aushalten. Aber gestern war sie anders und sagte ganz klein und bescheiden, dass es nur wenig sei.«

»Wie viel mag es denn wohl sein?« unterbrach hier die Mietzel. »Ich denke mir so tausend Taler.«

»O mehr, viel mehr. Wenn es nicht mehr wäre, wäre sie nicht *so*; da zierte sie sich ruhig weiter. Nein, liebe Mietzel, da hat man denn doch so seine Zeichen, und denken Sie sich, als ich sie gestern frug, ›ob es ihr nicht ängstlich gewesen wäre, so ganz allein mit dem vielen Geld‹, da sagte sie: ›nein, es wär' ihr nicht ängstlich gewesen, denn sie habe nur wenig mitgebracht, eigentlich nicht der Rede wert. Das meiste habe sie bei dem Kaufmann in Berlin gleich stehenlassen.‹ Ich weiß ganz bestimmt, sie sagte: das meiste. So wenig kann es also nicht sein.«

Unterredungen, wie diese, wurden ein paar Wochen lang in jedem Tschechiner Hause geführt, ohne dass man mit Hilfe derselben im Geringsten weitergekommen wäre, weshalb man sich schließlich hinter den Postboten steckte. Dieser aber war entweder schweigsam oder wusste nichts, und erst Mitte November erfuhr man von ihm, dass er neuerdings einen rekommandierten Brief bei den Hradschecks abgegeben habe.

»Von woher denn?«

»Aus Krakau.«

Man überlegte sich's, ob das in irgendeiner Beziehung zur Erbschaft stehen könne, fand aber nichts.

Und war auch nichts zu finden. Denn der eingeschriebene Brief lautete:

Krakau, den 9. November 1831.

Herrn *Abel Hradscheck* in Tschechin. Oderbruch.

Ew. Wohlgeboren bringen wir hiermit zu ganz ergebenster Kenntnis, dass unser Reisender, Herr Szulski, wie alljährlich so auch in diesem Jahre wieder, in der letzten Novemberwoche, bei Ihnen eintreffen und Ihre weitern geneigten Aufträge in Empfang nehmen wird. Zugleich aber gewärtigen wir, dass Sie, hochgeehrter Herr, bei dieser Gelegenheit Veranlassung nehmen wollen, unsre seit drei Jahren anstehende Forderung zu begleichen. Wir rechnen umso bestimmter darauf, als es uns, durch die politischen Verhältnisse des Landes und den Rückschlag derselben auf unser Geschäft, unmöglich gemacht wird, einen ferneren Kredit zu bewilligen. Genehmigen Sie die Versicherung unserer Ergebenheit.

Olszewski-Goldschmidt & Sohn.«

Hradscheck, als er diesen Brief empfangen hatte, hatte nicht gesäumt, auch seine Frau mit dem Inhalte desselben bekannt zu machen. Diese blieb anscheinend ruhig, nur um ihre Lippen flog ein nervöses Zittern.

»Wo willst du's hernehmen, Abel? Und doch muss es geschafft werden. Und ihm eingehändigt werden … Und zwar vor Zeugen. Willst du's borgen?«

Er schwieg.

»Bei Kunicke?«

»Nein. Geht nicht. Das sieht aus nach Verlegenheit. Und die darf es nach der Erbschaftsgeschichte nicht mehr geben. Und gibt's auch nicht. Ich glaube, dass ich's schaffe.«

»Gut. Aber wie?«

»Bis zum 30. hab' ich noch die Feuerkassengelder.«

»Die reichen nicht.«

»Nein. Aber doch beinah. Und den Rest deck' ich mit einem kleinen Wechsel. Ein großer geht nicht, aber ein kleiner ist gut und eigentlich besser als bar.«

Sie nickte. Dann trennte man sich, ohne dass weiter ein Wort gewechselt worden wäre.

Was zwischen ihnen zu sagen war, war gesagt und jedem seine Rolle zugeteilt. Nur fanden sie sich sehr verschieden hinein, wie schon die nächste Minute zeigen sollte.

Hradscheck, voll Beherrschung über sich selbst, ging in den Laden, der gerade voll hübscher Bauernmädchen war, und zupfte hier der einen am Busentuch, während er der andern die Schürzenbänder aufband. Einer Alten aber gab er einen Kuss. »Einen Kuss in Ehren darf niemand wehren – nich wahr, Mutter Schickedanz?«

Mutter Schickedanz lachte.

Der *Frau* Hradscheck aber fehlten die guten Nerven, deren ihr Gatte sich rühmen konnte. Sie ging in ihr Schlafzimmer, sah in den Garten und überschlug ihr Leben. Dabei murmelte sie halb unverständliche Worte vor sich hin und schien, den Bewegungen ihrer Hand nach, einen Rosenkranz abzubeten. Aber es half alles nichts. Ihr Atem blieb schwer, und sie riss endlich das Fenster auf, um die frische Luft einzusaugen.

So vergingen Stunden. Und als Mittag kam, kamen nur Hradscheck und Ede zu Tisch.

Fünftes Kapitel

Es war Ende November, als an einem nasskalten Abende der von der Krakauer Firma angekündigte Reisende vor Hradschecks Gasthof vorfuhr. Er kam von Küstrin und hatte sich um ein paar Stunden verspätet, weil die vom Regen aufgeweichten Bruchwege beinah unpassierbar gewesen waren, am meisten im Dorfe selbst. Noch die letzten dreihundert Schritt von der Orthschen Windmühle her hatten ein gut Stück Zeit gekostet, weil das ermüdete Pferd mitunter stehen blieb und trotz allem Fluchen nicht weiterwollte. Jetzt aber hielt der Reisende vor der Ladentür, durch deren trübe Scheiben ein Lichtschein auf den Damm fiel, und knipste mit der Peitsche.

»Hallo; Wirtschaft!«

Eine Weile verging, ohne dass wer kam. Endlich erschien der Ladenjunge, lief aber, als er den Tritt heruntergeklappt hatte, gleich wieder weg, »weil er den Knecht, den Jakob, rufen wolle«.

»Gut, gut. Aber flink ... Is das ein Hundewetter!«

Unter solchen und ähnlichen Ausrufungen schlug der jetzt wieder alleingelassene Reisende das Schutzleder zurück, hing den Zügel in den frei gewordenen Haken und kletterte, halb erstarrt und unter Vermeidung des Tritts, dem er nicht recht zu trauen schien, über das Rad weg auf eine leidlich trockene, grad vor dem Ladeneingange durch Aufschüttung von Müll und Schutt hergerichtete Stelle. Wolfsschur und Pelzmütze hatten ihm Kopf und Leib geschützt, aber die Füße waren wie tot, und er stampfte hin und her, um wieder Leben ins Blut zu bringen.

Und jetzt erschien auch Jakob, der den Reisenden schon von früher her kannte.

»Jott, Herr Szulski, bi so'n Wetter! Un so'ne Weg'! I, doa kümmt joa keen Düwel nich.«

»Aber ich«, lachte Szulski.

»Joa, blot *Se,* Herr Szulski. Na, nu geihen S' man in de Stuw. Un dat Fellisen besorg' ick. Un will ook glieks en beten wat inhöten. Ick weet joa: de Giebelstuw, de geele, de noah de Kegelboahn to.«

Während er noch so sprach, hatte Jakob den Koffer auf die Schulter genommen und ging, dem Reisenden vorauf, auf die Treppe zu; als er aber sah, dass Szulski, statt nach links hin in den Laden, nach rechts hin in das Hradschecksche Wohnzimmer eintreten wollte, wandt' er sich wieder und sagte: »Nei, nich doa, Herr Szulski. Hradscheck is in die Wienstuw ... Se weeten joa.«

»Sind denn Gäste da?«

»Versteiht sich. Wat arme Lüd sinn, na, *de* bliewen to Huus, awers Oll-Kunicke kümmt, un denn kümmt Orth ook. Un wenn Orth kümmt, denn kümmt ook Quaas un Mietzel. Geihen S' man in. Se tempeln all wedder.«

Eine Stunde später war der Reisende, Herr Szulski, der eigentlich ein einfacher Schulz aus Beuthen in Oberschlesien war und den Nationalpolen erst mit dem polnischen Samtrock samt Schnüren und Knebelknöpfen angezogen hatte, der Mittelpunkt der kleinen, auch heute wieder in der Weinstube versammelten Tafelrunde. Das Geschäftliche war in Gegenwart von Quaas und Kunicke rasch abgemacht und die hoch aufgelaufene Schuldsumme, ganz wie gewollt, durch Barzahlung und kleine Wechsel beglichen worden, was dem Pseudopolen, der eine so rasche Regulierung kaum erwartet haben mochte, Veranlassung gab, einiges von dem von seiner Firma gelieferten Ruster bringen zu lassen.

»Ich kenne die Jahrgänge, meine Herren, und bitt' um die Ehr'.«

Die Bauern stutzten einen Augenblick, sich so zu Gaste geladen zu sehen, aber sich rasch erinnernd, dass einige von ihnen bis ganz vor kurzem noch zu den Kunden der Krakauer Firma gehört hatten, sahen sie das Anerbieten schließlich als einen bloßen Geschäftsakt an, den man sich gefallen lassen könne. Was aber den Ausschlag gab, war, dass man durchaus von dem eben beendigten polnischen Aufstand hören wollte, von Diebitsch und Paskewitsch, und vor allem, ob es nicht bald wieder losgehe.

Szulski, wenn irgendwer, musste davon wissen.

Als er das vorige Mal in ihrer Mitte weilte, war es ein paar Wochen vor Ausbruch der Insurrektion gewesen. Alles, was er damals als nahe bevorstehend prophezeit hatte, war eingetroffen und lag jetzt zurück. Ostrolenka war geschlagen und Warschau gestürmt, welchem Sturme der zufällig in der Hauptstadt anwesende Szulski zum mindesten als Augenzeuge, vielleicht auch als Mitkämpfer (er ließ dies vorsichtig im Dunkel) beigewohnt hatte. Das alles traf sich trefflich für unsere Tschechiner, und Szulski, der als guter Weinreisender natürlich auch ein guter Erzähler war, schwelgte förmlich in Schilderung der polnischen Heldentaten, wie nicht minder in Schilderung der Grausamkeiten, deren sich die Russen schuldig gemacht hatten. Eine Hauserstürmung in der Dlugastraße, just da, wo diese mit ihren zwei schmalen Ausläufern die Weichsel berührt, war dabei sein Paradepferd.

»Wie hieß die Straße?« fragte Mietzel, der nach Art aller verquienten Leute bei Kriegsgeschichten immer hochrot wurde.

»Dlugastraße«, wiederholte Szulski mit einer gewissen gekünstelten Ruhe. »Dluga, Herr Mietzel. Und das Eckhaus, um das es sich in meiner Geschichte handelt, stand dicht an der Weichsel, der Vorstadt Praga grad gegenüber, und war von unseren Akademikern und Polytechnikern besetzt, das heißt von den wenigen, die von ihnen noch übrig waren, denn die meisten lagen längst draußen auf dem Ehrenfelde. Gleichviel indes, was von ihnen noch lebte, das steckte jetzt in dem vier Etagen hohen Hause, von Treppe zu Treppe bis unters Dach. Auf dem abgedeckten Dach aber befanden sich Frauen und Kinder, die sich hier hinter Balkenlagen verschanzt und mit herangeschleppten Steinen bewaffnet hatten. Als nun die Russen, es war das Regiment Kaluga, bis dicht heran waren, rührten sie die Trommel zum Angriff. Und so stürmten sie dreimal, immer umsonst, immer mit schwerem Verlust, so dicht fiel der Steinhagel auf sie nieder. Aber das vierte Mal kamen sie bis an die verrammelte Tür, stießen sie mit Kolben ein und sprangen die Treppe hinauf. Immer höher zogen sich unsere Tapferen zurück, bis sie zuletzt, mit den Frauen und Kindern und im bunten Durcheinander mit diesen, auf dem abgedeckten Dache standen. Da sah ich jeden Einzelnen so deutlich vor mir, wie ich *Sie* jetzt sehe, Bauer Mietzel« – dieser fuhr zurück – »denn ich hatte meine Wohnung in dem Hause gegenüber und sah, wie sie die Konfederatka schwenkten, und hörte, wie sie unser Lied sangen: ›Noch ist Polen nicht verloren.‹ Und bei meiner Ehre, *hier,* an dieser Stelle, hätten sie sich trotz aller Übermacht des Feindes gehalten, wenn nicht plötzlich, von der Seite her, ein Hämmern und Schlagen hörbar geworden wäre, ein Hämmern und Schlagen sag' ich, wie von Äxten und Beilen.«

»Wie? Was? Von Äxten und Beilen?« wiederholte Mietzel, dem sein bisschen Haar nachgerade zu Berge stand. »Was war es?«

»Ja, was war es? Vom Nachbarhause her ging man vor; jetzt war ein Loch da, jetzt eine Bresche, und durch die Bresche hin drang das russische Regiment auf den Dachboden vor. Was ich da gesehen habe, spottet jeder Beschreibung. Wer einfach niedergeschossen wurde, konnte von Glück sagen, die meisten aber wurden durch einen Bajonettstoß auf die Straße geschleudert. Es war ein Graus, meine Herren. Eine Frau wartete das Massacre, ja, vielleicht Schimpf und Entehrung (denn dergleichen ist vorgekommen) nicht erst ab; sie nahm ihre beiden Kinder an die Hand und stürzte sich mit ihnen in den Fluss.«

»Alle Wetter«, sagte Kunicke, »das ist stark! Ich habe doch auch ein Stück Krieg mitgemacht und weiß wohl, wo man Holz fällt, fallen Späne. So war es bei Möckern, und ich sehe noch unsren alten Krosigk, wie der den Marinekap'tän über den Haufen stach, und wie dann das Kolbenschlagen losging, bis alle dalagen. Aber Frauen und Kinder! Alle Wetter, Szulski, das ist scharf. Is es denn auch wahr?«

»Ob es wahr ist? Verzeihung, ich bin kein Aufschneider, Herr Kunicke. Kein Pole schneidet auf, das verachtet er. Und ich auch. Aber was ich gesehn habe, das hab' ich gesehn, und eine Tatsache bleibt eine Tatsache, sie sei wie sie sei. Die Dame, die da heruntersprang (und ich schwör' Ihnen, meine Herren, es *war* eine Dame), war eine schöne Frau, keine sechsunddreißig, und so wahr ein Gott im Himmel lebt, ich hätt' ihr was Bessres gewünscht als diese nasskalte Weichsel.«

Kunicke schmunzelte, während der neben anderen Schwächen und Leiden auch an einer Liebesader leidende Mietzel nicht umhin konnte, seiner nervösen Erregtheit plötzlich eine ganz neue Richtung zu geben. Szulski selbst aber war viel zu sehr von sich und seiner Geschichte durchdrungen, um nebenher noch zu Zweideutigkeiten Zeit zu haben, und fuhr, ohne sich stören zu lassen, fort: »Eine schöne Frau, sagt' ich, und hingemordet. Und was das Schlimmste dabei, nicht hingemordet durch den Feind, nein, durch uns selbst; hingemordet, weil wir verraten waren. Hätte man uns freie Hand gelassen, kein Russe wäre je über die Weichsel gekommen. Das Volk war gut, Bürger und Bauer waren gut, alles einig, alles da mit Gut und Blut. Aber der Adel! Der Adel hat uns um dreißig Silberlinge verschachert, bloß weil er an sein Geld und seine Güter dachte. Und wenn der Mensch erst an sein Geld denkt, ist er verloren.«

»Kann ich nicht zugeben«, sagte Kunicke. »Jeder denkt an sein Geld. Alle Wetter, Szulski, das sollt' unsrem Hradscheck schon gefallen, wenn der Reisende von Olszewski-Goldschmidt und Sohn alle November hier vorspräch' und nie an Geld dächte. Nicht wahr, Hradscheck, da ließe sich bald auf einen grünen Zweig kommen und brauchte keine Schwester oder Schwägerin zu sterben und keine Erbschaft ausgezahlt zu werden.«

»Ah, Erbschaft«, wiederholte Szulski. »So, so; *da* her. Nun, gratuliere. Habe neulich auch einen Brocken geerbt und in Lemberg angelegt. Lemberg ist besser als Krakau. Ja, das muss wahr sein, Erbschaft ist die beste Art zu Gelde zu kommen, die Beste und eigentlich auch die anständigste …«

»Und namentlich auch die leichteste«, bestätigte Kunicke. Ja, das liebe Geld. Und wenn's viel ist, das heißt *sehr* viel, dann darf man auch dran denken! Nicht wahr, Szulski?«

»Natürlich«, lachte dieser. »Natürlich, wenn's viel ist. Aber, Bauer Kunicke, denken und denken ist ein Unterschied. Man muss *wissen,* dass man's hat, so viel ist richtig, das ist gut und ein angenehmes Gefühl und stört nicht …«

»Nein, nein, stört nicht.«

»Aber, meine Herren, ich muss es wiederholen, denken und denken ist ein Unterschied. An Geld *immer* denken, bei Tag und bei Nacht, das ist so viel wie sich immer drum ängstigen. Und ängstigen soll man sich nicht. Wer auf Reisen ist und immer an seine Frau denkt, der ängstigt sich um seine Frau.«

»Freilich«, schrie Kunicke. »Quaas ängstigt sich auch immer.«

Alle lachten unbändig, und nur Szulski selbst, der auch darin durchaus Anekdoten- und Geschichtenerzähler von Fach war, dass er sich nicht gern unterbrechen ließ, fuhr mit allem erdenklichen Ernste fort: »Und wie mit der Frau, meine Herren, so mit dem Geld. Nur nicht ängstlich; haben muss man's, aber man muss nicht ewig daran denken. Oft muss ich lachen, wenn ich so sehe, wie der oder jener im Postwagen oder an der Table d'hôte mit einem Male nach seiner Brieftasche fasst, ›ob er's auch noch hat‹. Und dann atmet er auf und ist ganz rot geworden. Das ist immer lächerlich und schadet bloß. Und auch das Einnähen hilft nichts, das ist ebenso dumm. Ist der Rock weg, ist auch das Geld weg. Aber was man auf seinem Leibe hat, das hat man. All die andern Vorsichten sind Unsinn.«

»Recht so«, sagte Hradscheck. »So mach' ich's auch. Aber wir sind bei dem Geld und dem Einnähen ganz von Polen abgekommen. Ist es denn wahr, Szulski, dass sie Diebitschen vergiftet haben?«

»Versteht sich, es ist wahr.«

»Und die Geschichte mit den elf Talglichten auch? Auch wahr?«

»Alles wahr«, wiederholte Szulski. »Daran ist kein Zweifel. Und es kam so. Konstantin wollte die Polen ärgern, weil sie gesagt hatten, die Russen fräßen bloß Talg. Und da ließ er, als er eines Tages elf Polen eingeladen hatte, zum Dessert elf Talglichte herumreichen, das zwölfte aber war von Marzipan und natürlich für ihn. Und versteht sich nahm er immer zuerst, dafür war er Großfürst und Vizekönig. Aber das eine Mal vergriff er sich doch, und da hat er's runterwürgen müssen.«

»Wird nicht sehr glatt gegangen sein.«

»Gewiss nicht … Aber, ihr Herren, kennt ihr denn schon das neue Polenlied, das sie jetzt singen?«

»Denkst du daran – –«

»Nein, das ist alt. Ein neues.«

»Und heißt?«

»Die letzten Zehn vom vierten Regiment … Wollt ihr's hören? Soll ich es singen?«

»Freilich.«

»Aber ihr müsst einfallen …«

»Versteht sich, versteht sich.«

Und nun sang Szulski, nachdem er sich geräuspert hatte:

»Zu Warschau schwuren tausend auf den Knien:
Kein Schuss im heiigen Kampfe sei getan,
Tambour schlag an, zum Blachfeld lasst uns ziehen,
Wir greifen nur mit Bajonetten an!
Und ewig kennt das Vaterland und nennt
Mit stillem Schmerz sein *viertes* Regiment.«

»Einfallen! Chorus.« »Weiter, Szulski, weiter.«

»Ade, ihr Brüder, die zu Tod getroffen
An unsrer Seite dort wir stürzen sahn,
Wir leben noch, die Wunden stehen offen
Und um die Heimat ewig ist's getan;
Herr Gott im Himmel, schenk ein gnädig End'
Uns letzten Zehn vom vierten Regiment.«

Chorus:

»Uns letzten Zehn vom vierten Regiment.«

Alles jubelte. Dem alten Quaas aber traten seine schon von Natur vorstehenden Augen immer mehr aus dem Kopf.

»Wenn ihn jetzt seine Frau sähe«, rief Kunicke.

»Da hätt' er Oberwasser.«

»Ja, ja.«

Und nun stieß man an und ließ die Polen leben. Nur Kunicke, der an Anno 13 dachte, weigerte sich und trank auf die Russen. Und zuletzt auch auf Quaas und Kätzchen.

Mietzel aber war ganz übermütig und halb wie verdreht geworden und sang, als er Kätzchens Namen hörte, mit einem Male:

»Nicht mal seiner eignen Frau,
Kätzchen weiß es ganz genau.
Miau.«

Quaas sah verlegen vor sich hin. Niemand indessen dachte mehr an Übelnehmen.

Und nun wurde der Ladenjunge gerufen, um neue Flaschen zu bringen.

Sechstes Kapitel

So ging es bis Mitternacht. Der schräg gegenüber wohnende Kunicke wollte noch bleiben und machte spitze Reden, dass Szulski, der schon ein paarmal zum Aufbruch gemahnt, so müde sei. Der aber ließ sich weder durch Spott noch gute Worte länger zurückhalten; »er müsse morgen um neun in Frankfurt sein.« Und damit nahm er den bereitstehenden Leuchter, um in seine Giebelstube hinaufzusteigen. Nur als er die Türklinke schon in der Hand hatte, wandt' er sich noch einmal und sagte zu Hradscheck: »Also vier Uhr, Hradscheck. Um fünf muss ich weg. Und versteht sich, ein Kaffee. Guten Abend, ihr Herren. Allerseits wohl zu ruhn!«

Auch die Bauern gingen; ein starker Regen fiel, und alle fluchten über das scheußliche Wetter. Aber keine Stunde mehr, so schlug es um, der Regen ließ nach und ein heftiger Südost fegte statt seiner über das Bruch hin. Seine Heftigkeit wuchs von Minute zu Minute, so dass allerlei Schaden an Häusern und Dächern angerichtet wurde, nirgends aber mehr als an dem Hause der alten Jeschke, das grad in dem Windstrome lag, der, von der andern

Seite der Straße her, zwischen Kunickes Stall und Scheune mitten durchfuhr. Klappernd kamen die Ziegel vom Dachfirst herunter und schlugen mit einem dumpfen Geklatsch in den aufgeweichten Boden.

»Dat's joa groad, as ob de Bös kümmt«, sagte die Alte und richtete sich in die Höh', wie wenn sie aufstehen wolle. Das Herausklettern aus dem hochstelligen Bett aber schien ihr zu viel Mühe zu machen, und so klopfte sie nur das Kopfkissen wieder auf und versuchte weiterzuschlafen. Freilich umsonst. Der Lärm draußen und die wachsende Furcht, ihren ohnehin schadhaften Schornstein in die Stube hinabstürzen zu sehn, ließen sie mit ihrem Versuche nicht weit kommen, und so stand sie schließlich doch auf und tappte sich an den Herd hin, um hier an einem bisschen Aschenglut einen Schwefelfaden und dann das Licht anzuzünden. Zugleich warf sie reichlich Kienäpfel auf, an denen sie nie Mangel litt, seit sie letzten Herbst dem vierjährigen Jungen von Förster Notnagel, drüben in der neumärkischen Heide, das freiwillige Hinken wegkuriert hatte.

Das Licht und die Wärme taten ihr wohl, und als es ein paar Minuten später in dem immer bereitstehenden Kaffeetopfe zu dampfen und zu brodeln anfing, hockte sie neben dem Herde nieder und vergaß über ihrem Behagen den Sturm, der draußen heulte. Mit einem Mal aber gab es einen Krach, als bräche was zusammen, ein Baum oder ein Strauchwerk, und so ging sie denn mit dem Licht ans Fenster und, weil das Licht hier blendete, vom Fenster her in die Küche, wo sie den obern Türladen rasch aufschlug, um zu sehn, was es sei. Richtig, ein Teil des Gartenzauns war umgeworfen, und als sie das niedergelegte Stück nach links hin bis an das Kegelhäuschen verfolgte, sah sie, zwischen den Pfosten der Lattenrinne hindurch, dass in dem Hradscheckschen Hause noch Licht war. Es flimmerte hin und her, mal hier, mal da, so dass sie nicht recht sehen konnte, woher es kam, ob aus dem Kellerloch unten oder aus dem dicht darüber gelegenen Fenster der Weinstube.

»Mien Jott, supen se noch?« fragte die Jeschke vor sich hin.

Na, Kunicke is et kumpafel. Un dann seggt he hinnerher, dat Wedder wihr schull, un he künn nich anners.«

Unter dieser Betrachtung schloss sie den Türladen wieder und ging an ihre Herdstätte zurück. Aber ihr Hang zu spionieren ließ ihr keine Ruh, und trotzdem der Wind immer stärker geworden war, suchte sie doch die Küche wieder auf und öffnete den Laden noch einmal, in der Hoffnung, was zu sehen. Eine Weile stand sie so, ohne dass etwas geschehen wäre, bis sie, als sie sich schon zurückziehn wollte, drüben plötzlich die Hradscheck-sche Gartentür auffliegen und Hradscheck selbst in der Türöffnung erscheinen sah. Etwas Dunkles, das er schon vorher herangeschafft haben musste, lag neben ihm. Er war in sichtlicher Erregung und sah gespannt nach ihrem Hause hinüber. Und dann war's ihr doch wieder, als ob er wolle, *dass* man ihn sähe. Denn wozu sonst das Licht, in dessen Flackerschein er dastand? Er hielt es immer noch vor sich, es mit der Hand schützend, und schien zu schwanken, wohin damit. Endlich aber musst' er eine geborgene Stelle gefunden haben, denn das Licht selbst war weg und statt seiner nur noch ein Schein da, viel zu schwach, um den nach wie vor in der Türöffnung liegenden dunklen Gegenstand erkennen zu lassen. Was war es? Eine Truhe? Nein. Dazu war es nicht lang genug. Oder ein Korb, eine Kiste? Nein, auch das nicht.

»Wat he man hett?« murmelte sie vor sich hin.

Aber ehe sie sich, aus ihren Mutmaßungen heraus, ihre Frage noch beantworten konnte, sah sie, wie der ihr auf Minuten aus dem Auge gekommene Hradscheck von der Tür in den Garten trat und mit einem Spaten in der Hand rasch auf den Birnbaum zuschritt. Hier grub er eifrig und mit sichtlicher Hast und musste schon ein gut Teil Erde herausgeworfen haben, als er mit einem Male das Graben aufgab und sich aufs Neue nach allen Seiten hin umsah. Aber auch jetzt wieder (so wenigstens schien es ihr) mehr in Spannung als in Angst und Sorge.

»Wat he man hett?« wiederholte sie.

Dann sah sie, dass er das Loch rasch wieder zuschüttete.

Noch einen Augenblick und die Gartentür schloss sich, und alles war wieder dunkel.

»Hm«, brummte die Jeschke. »Dat's joa binoah, as ob he een abmurkst het'. Na, so dull wahrd et joa woll nich sinn … Nei, nei, denn wihr dat Licht nich. Awers ick tru em nich. Un ehr tru ick ook nich.«

Und damit ging sie wieder bis an ihr Bett und kletterte hinein.

Aber ein rechter Schlaf wollt ihr nicht mehr kommen, und in ihrem halbwachen Zustande sah sie beständig das Flimmern im Kellerloch und dann den Lichtschein, der in den Garten fiel, und dann wieder Hradscheck, wie er unter dem Baume stand und grub.

Siebentes Kapitel

Um vier Uhr stieg der Knecht die Stiege hinauf, um Szulski zu wecken. Er fand aber die Stube verschlossen, weshalb er sich begnügte, zu klopfen und durch das Schlüsselloch hineinzurufen: »Is vier, Herr Szulski; steihn's upp.« Er horchte noch eine Weile hinein, und als alles ruhig blieb, riss er an der klapprigen Türklinke hin und her und wiederholte: »Steihn's upp, Herr Szulski, is Tied; ick spann nu an.« Und danach ging er wieder treppab und durch den Laden in die Küche, wo die Hradschecksche Magd, eine gutmütige Person mit krausem Haar und vielen Sommersprossen, noch halb verschlafen am Herde stand und Feuer machte.

»Na, Maleken, ook all rut? Wat seggst *du* dato? Klock vieren. Is doch Menschenschinnerei. Worümm nich um söss? Um söss wihr ook noch Tied. Na, nu koch uns man en beten wat mit.«

Und damit wollt' er von der Küche her in den Hof hinaus. Aber der Wind riss ihm die Tür aus der Hand und schlug sie mit Gekrach wieder zu.

»Jott, Jakob, ick hebb mi so verfiert: Dat künn joa 'nen Doden uppwecken.«

»Sall ook, Male. He hett joa 'nen Dodensloap. Nu wahrd he woll uppstoahn.«

Eine halbe Stunde später hielt der Einspänner vor der Haustür, und Jakob, dem die Hände vom Leinehalten schon ganz klamm waren, sah ungeduldig in den Flur hinein, ob der Reisende noch nicht komme. Der aber war immer noch nicht zu sehen, und statt seiner erschien nur Hradscheck und sagte: »Geh hinauf, Jakob, und sieh nach, was es ist. Er ist am Ende wieder eingeschlafen. Und sag ihm auch, sein Kaffee würde kalt ... Aber nein, lass nur; bleib. Er wird schon kommen.«

Und richtig, er kam auch und stieg, während Hradscheck so sprach, gerade die nicht allzu hohe Treppe hinunter. Diese lag noch in Dunkel, aber ein Lichtschimmer vom Laden her ließ die Gestalt des Fremden doch einigermaßen deutlich erkennen. Er hielt sich am Geländer fest und ging mit besonderer Langsamkeit und Vorsicht, als ob ihm der große Pelz unbequem und beschwerlich sei. Nun aber war er unten, und Jakob, der alles neugierig verfolgte, was vorging, sah, wie Hradscheck auf ihn zuschritt und ihn mit vieler Artigkeit vom Flur her in die Wohnstube hinein komplimentierte, wo der Kaffee schon seit einer Viertelstunde wartete.

»Na, nu wahrd et joa woll wihr'n«, tröstete sich der draußen immer ungeduldiger Werdende. »Kümmt Tied, kümmt Roat.« Und wirklich, ehe fünf Minuten um waren, erschien das Paar wieder auf dem Flur und trat von diesem her auf die Straße, wo der verbindliche Hradscheck nunmehr rasch auf den Wagen zuschritt und den Tritt herunterließ, während der Reisende, trotzdem ihm die Pelzmütze tief genug im Gesicht saß, auch noch den Kragen seiner Wolfsschur in die Höhe klappte.

»Das ist recht«, sagte Hradscheck. »Besser bewahrt als be klagt. Und nun mach flink, Jakob, und hole den Koffer.«

Dieser tat auch wie befohlen, und als er mit dem Mantelsack

wieder unten war, saß der Reisende schon im Wagen und hatte den von ihm als Trinkgeld bestimmten Gulden vor sich auf das Spritzleder gelegt. Ohne was zu sagen, wies er darauf hin und nickte nur, als Jakob sich bedankte. Dann nahm er die Leine ziemlich ungeschickt in die Hand, woran wohl die großen Pelzhandschuhe schuld sein mochten, und fuhr auf das Orthsche Gehöft und die schattenhaft am Dorfausgange stehende Mühle zu. Diese ging nicht; der Wind wehte zu heftig.

Hradscheck sah dem auf dem schlechten Wege langsam sich fortbewegenden Fuhrwerk eine Weile nach, sein Kopf war unbedeckt und sein spärlich blondes Haar flog ihm um die Stirn. Es war aber, als ob die Kühlung ihn erquicke. Als er wieder in den Flur trat, fand er Jakob, der sich das Guldenstück ansah.

»Gefällt dir wohl? Einen Gulden gibt nicht jeder. Ein feiner Herr!«

»Dat sall woll sien. Awers worümm he man so still wihr? He seggte joa keen Wuhrt nich.«

»Nein, er hatte wohl noch nicht ausgeschlafen«, lachte Hradscheck. »Is ja erst fünf.«

»Versteiht sich. Klock feiv red' ick ook nich veel.«

Achtes Kapitel

Der Wind hielt an, aber der Himmel klärte sich, und bei hellem Sonnenschein fuhr um Mittag ein Jagdwagen vor dem Tschechiner Gasthause vor. Es war der Friedrichsauer Amtsrat; Trakehner Rapphengste, der Kutscher in Livree. Hradscheck erschien in der Ladentür und grüßte respektvoll, fast devot.

»Tag, lieber Hradscheck; bringen Sie mir einen ›Luft‹ oder lieber gleich zwei; mein Kutscher wird auch nichts dagegen haben. Nicht wahr, Johann? Eine wahre Hundekälte. Und dabei diese Sonne.«

Hradscheck verbeugte sich und rief in den Laden hinein:

»Zwei Pfefferminz, Ede; rasch!« und wandte sich dann mit der Frage zurück, womit er sonst noch dienen könne.

»*Mir* mit nichts, lieber Hradscheck, aber andren Leuten. Oder wenigstens der Obrigkeit. Da liegt ein Fuhrwerk unten in der Oder, wahrscheinlich fehlgefahren und in der Dunkelheit vom Damm gestürzt.«

»Wo, Herr Amtsrat?«

»Hier gleich. Keine tausend Schritt hinter Orths Mühle.«

»Gott im Himmel, ist es möglich! Aber wollen der Herr Amtsrat nicht bei Schulze Woytasch mit vorfahren?«

»Kann nicht, Hradscheck; ist mir zu sehr aus der Richt. Der Reitweiner Graf erwartet mich und habe mich schon verspätet. Und zu helfen ist ohnehin nicht mehr, so viel hab' ich gesehn. Aber alles muss doch seinen Schick haben, auch Tod und Unglück. Adieu … Vorwärts!«

Und damit gab er dem Kutscher einen Tipp auf die Schulter, der seine Trakehner wieder antrieb und wenigstens einen Versuch machte, trotz der grundlosen Wege das Versäumte nach Möglichkeit wieder einzubringen.

Hradscheck machte gleich Lärm und schickte Jakob zu Schulze Woytasch, während er selbst zu Kunicke hinüberging, der eben seinen Mittagsschlaf hielt.

»Stör' dich nicht gern um diese Zeit, Kunicke; Schlaf ist mir allemal heilig, und nun gar deiner! Aber es hilft nichts, wir müssen hinaus. Der Friedrichsauer Amtsrat war eben da und sagte mir, dass ein Fuhrwerk in der Oder liege. Mein Gott, wenn es Szulski wäre!«

»Wird wohl«, gähnte Kunicke, dem der Schlaf noch in allen Gliedern steckte, »wird wohl … Aber er wollte ja nicht hören, als ich ihm gestern Abend sagte: ›Nicht so früh, Szulski, nicht so früh …‹ Denke doch bloß voriges Jahr, wie die Post runterfiel und der arme Kerl von Postillon gleich mausetot. Und der kannte doch unsern Damm! Und nu solch Pohlscher, solch Bruder Krakauer. Na, wir werden ja sehn.«

Inzwischen hatte sich Kunicke zurechtgemacht und war erst in hohe Bruchstiefel und dann in einen dicken graugrünen Flausrock hineingefahren. Und nun nahm er seine Mütze vom Riegel und einen Pikenstock aus der Ecke.

»Komm!«

Damit traten er und Hradscheck vom Flur her auf die Treppenrampe hinaus.

Der Wind blies immer stärker, und als beide, so gut es ging, von oben her sich umsahen, sahen sie, dass Schulze Woytasch, der schon anderweitig von dem Unglück gehört haben musste, die Dorfstraße herunterkam. Er hatte seine Ponys, brillante kleine Traber, einspannen lassen und fuhr, aller Polizeiregel zum Trotz, über den aufgeschütteten Gangweg hin, was er sich als Dorfobrigkeit schon erlauben konnte. Zudem durft' er sich mit Dringlichkeit entschuldigen. Als er dicht an Kunickes Rampe heran war, hielt er und rief beiden zu: »Wollt' auch hinaus? Natürlich. Immer aufsteigen. Aber rasch.« Und im nächsten Augenblicke ging es auf dem aufgeschütteten Wege in vollem Trabe weiter, auf Orths Gehöft und die Mühle zu. Hradscheck saß vorn neben dem Kutscher, Kunicke neben dem Schulzen. Das war so Regel und Ordnung, denn ein Bauerngut geht vor Gasthaus und Kramladen.

Gleich hinter der Mühle begann die langsam und allmählich zum Damm ansteigende Schrägung. Oben war der Weg etwas besser, aber immer noch schlecht genug, so dass es sich empfahl, dicht am Dammrand entlang zu fahren, wo, wegen des weniger aufgeweichten Bodens, die Räder auch weniger tief einschnitten.

»Pass Achtung«, sagte Woytasch, »sonst liegen wir auch unten.«

Und der Kutscher, dem selber ängstlich sein mochte, lenkte sofort auf die Mitte des Damms hinüber, trotzdem er hier langsamer fahren musste.

Sah man von der Fährlichkeit der Situation ab, so war es eine wundervolle Fahrt und das sich weithin darbietende Bild von einer gewissen Großartigkeit. Rechtshin grüne Wintersaat, so weit das Auge reichte, nur mit einzelnen Tümpeln, Häusern und Pappelweiden dazwischen, zur Linken aber die von Regengüssen hoch angeschwollene Oder, mehr ein Haff jetzt als ein Strom. Wütend kam der Südost vom jenseitigen Ufer herüber und trieb die graugelben Wellen mit solcher Gewalt an den Damm, dass es wie eine Brandung war. Und in ebendieser Brandung standen gekröpfte Weiden, nur noch den hässlichen Kopf über dem Wasser, während, auf der neumärkischen Seite, der blauschwarze Strich einer Kiefernwaldung in grellem, unheimlichem Sonnenscheine dalag.

Bis dahin war außer des Schulzen Anruf an den Kutscher kein Wort laut geworden, jetzt aber sagte Hradscheck, indem er sich zu den beiden hinter ihm Sitzenden umdrehte: »Der Wind wird ihn runtergeweht haben.«

»Unsinn!« lachte Woytasch, »Ihr müsst doch sehen, Hradscheck, der Wind kommt ja von da, von drüben. Wenn *der* schuld wäre, läg' er hier rechts vom Damm und nicht nach links hin in der Oder ... Aber seht nur, da wanken ja schon welche herum und halten sich die Hüte fest. Fahr zu, dass wir nicht die Letzten sind.«

Und eine Minute darauf hielten sie gerad an der Stelle, wo das Unglück sich zugetragen hatte. Wirklich, Orth war schon da, mit ihm ein paar seiner Mühlknechte, desgleichen Mietzel und Quaas, deren ausgebaute Gehöfte ganz in der Nähe lagen. Alles begrüßte sich und kletterte dann gemeinschaftlich den Damm hinunter, um unten genau zu sehen, wie's stünde. Die Böschung war glatt, aber man hielt sich an dem Werft- und Weidengestrüpp, das überall stand. Unten angekommen, sah man bestätigt, was von Anfang an niemand bezweifelt hatte: Szulskis Einspänner lag wie gekentert im Wasser, das Verdeck nach unten, die Räder nach oben; von dem Pferde sah man nur dann und wann ein von den Wellen überschäumtes Stück Hinterteil, während die Schere, darin es eingespannt gewesen, wie ein Wahrzeichen aus dem Strom aufragte. Den Mantelsack hatten die Wellen an den Damm gespült und nur von Szulski selbst ließ sich nichts entdecken.

»Er ist nach Kienitz hin weggeschwemmt«, sagte Schulze Woytasch. »Aber weit weg kann er nicht sein; die Brandung geht ja schräg gegen den Damm.«

Und dabei marschierte man truppweise weiter, von Gestrüpp zu Gestrüpp, und durchsuchte jede Stelle.

»Der Pelz muss doch obenauf schwimmen.«

»Ja, der Pelz«, lachte Kunicke. »Wenn's bloß der Pelz wär'. Aber der Pohlsche steckt ja drin.«

Es war der Kunickesche Trupp, der so plauderte, ganz wie bei Dachsgraben und Hühnerjagd, während der den andern Trupp führende Hradscheck mit einem Male rief: »Ah, da ist ja seine Mütze!«

Wirklich, Szulskis Pelzmütze hing an dem kurzen Geäst einer Kropfweide.

»Nun, haben wir *die*«, fuhr Hradscheck fort, »so werden wir ihn auch selber bald haben.«

»Wenn wir nur ein Boot hätten. Aber es kann hier nicht tief sein, und wir müssen immer peilen und Grund suchen.«

Und so geschah's auch. Aber alles Messen und Peilen half nichts, und es blieb bei der Mütze, die der eine der beiden Müllerknechte mittlerweile mit einem Haken herangeholt hatte. Zugleich wurde der Wind immer schneidender und kälter, so dass Kunicke, der noch von Möckern und Montmirail her einen Rheumatismus hatte, keine Lust mehr zur Fortsetzung verspürte. Schulze Woytasch auch nicht.

»Ich werde Gendarm Geelhaar nach Kienitz und Güstebiese schicken«, sagte dieser. »Irgendwo muss er doch antreiben. Und dann wollen wir ihm ein ordentliches Begräbnis machen. Nicht wahr, Hradscheck? Die Hälfte kann die Gemeinde geben.«

»Und die andre Hälfte geben wir«, setzte Kunicke hinzu. »Denn wir sind doch eigentlich ein bisschen schuld. Oder eigentlich ganz gehörig. Er war gestern Abend verdammt fißlig und man bloß noch soso. War er denn wohl kattolsch?«

»Natürlich war er«, sagte Woytasch. »Wenn einer Szulski heißt und aus Krakau kommt, ist er kattolsch. Aber das schad't nichts. Ich bin für Aufklärung. Der alte Fritze war auch für Aufklärung. Jeder nach seiner Façon …«

»Versteht sich«, sagte Kunicke. »Versteht sich. Und dann am Ende, wir wissen auch nicht, das heißt, ich meine, so ganz bestimmt wissen wir nicht, ob er ein Kattolscher war oder nich. Un was man nich weiß, macht einen nich heiß. Nicht wahr, Quaas?«

»Nein, nein. Was man nicht weiß, macht einen nicht heiß. Und Quaasen auch nicht.«

Alle lachten und selbst Hradscheck, der bis dahin eine würdige Zurückhaltung gezeigt hatte, stimmte mit ein.

Neuntes Kapitel

Der Tote fand sich nicht, der Wagen aber, den man mühevoll aus dem Wasser heraufgeholt hatte, wurde nach dem Dorf geschafft und in Kunickes große Scheune gestellt. Da stand er nun schon zwei Wochen, um entweder abgeholt oder auf Antrag der Krakauer Firma versteigert zu werden.

Im Dorfe gab es inzwischen viel Gerede, das aller Orten darauf hinauslief: »Es sei was passiert und es stimme nicht mit den Hradschecks. Hradscheck sei freilich ein feiner Vogel und Spaßmacher und könne Witzchen und Geschichten erzählen, aber er hab' es hinter den Ohren, und was die Frau Hradscheck angehe, die vor Vornehmheit nicht sprechen könne, so wisse jeder, stille Wasser seien tief. Kurzum, es sei beiden nicht recht zu traun und der Pohlsche werde wohl ganz woanders liegen als in der Oder.« Zum Überfluss griff auch noch unser Freund, der Kantorssohn, der sich jedes Skandals mit Vorliebe bemächtigte, in die Saiten seiner Leier, und allabendlich, wenn die Knechte, mit denen er auf Du und Du stand, vom Kruge her durchs Dorf zogen, sangen sie nach bekannter Melodie:

»Morgenrot!
Abel schlug den Kain tot.
Gestern noch bei vollen Flaschen,
Morgens ausgeleerte Taschen
Und ein kühles, kühles Gra-ab.«

All dies kam zuletzt auch dem Küstriner Gericht zu Ohren, und wiewohl es nicht viel besser als Klatsch war, dem alles Beweiskräftige fehlte, so sah sich der Vorsitzende des Gerichts, Justizrat Vowinkel, doch veranlasst, an seinen Duz- und Logenbruder Eccelius einige Fragen zu richten und dabei Erkundigungen über das Vorleben der Hradschecks einzuziehen.

Das war am 7. Dezember, und noch am selben Tage schrieb Eccelius zurück:

»Lieber Bruder. Es ist mir sehr willkommen, in dieser Sache das Wort nehmen und Zeugnis zugunsten der beiden Hradschecks ablegen zu können. Man verleumdet sie, weil man sie beneidet, besonders die Frau. Du kennst unsere Brücher; sie sind hochfahrend und steigern ihren Dünkel bis zum Hass gegen alles, was sich ihnen gleich oder wohl gar überlegen glaubt. Aber ad rem. Er, Hradscheck, ist kleiner Leute Kind aus Neu-Lewin und, wie sein Name bezeugt, von böhmischer Extraktion. Du weißt, dass Neu-Lewin in den achtziger Jahren mit böhmischen Kolonisten besetzt wurde. Doch dies beiläufig. Unsres Hradscheck Vater war Zimmermann, der, nach Art solcher Leute, den Sohn für dasselbe Handwerk bestimmte. Und unser Hradscheck soll denn auch wirklich als Zimmermann gewandert und in Berlin beschäftigt gewesen sein. Aber es missfiel ihm, und so fing er, als er vor etwa fünfzehn Jahren nach Neu-Lewin zurückkehrte, mit einem Kramgeschäft an, das ihm auch glückte, bis er, um eines ihm unbequem werdenden ›Verhältnisses‹ willen, den Laden aufgab und den Entschluss fasste, nach Amerika zu gehen. Und zwar über Holland. Er kam aber nur bis ins Hannöversche, wo er, in der Nähe von Hildesheim, also katholische Gegend, in einer großen gasthausartigen Dorfherberge

Quartier nahm. Hier traf es sich, dass an demselben Tage die seit Jahr und Tag in der Welt umhergezogene Tochter des Hauses, krank und elend von ihren Fahrten und Abenteuern – sie war mutmaßlich Schauspielerin gewesen – zurückkam und eine furchtbare Szene mit ihrem Vater hatte, der ihr nicht nur die bösesten Namen gab, sondern ihr auch Zuflucht und Aufnahme verweigerte. Hradscheck, von dem Unglück und wahrscheinlich mehr noch von dem eigenartigen und gewinnenden Wesen der jungen Frau gerührt, ergriff Partei für sie, hielt um ihre Hand an, was dem Vater wie der ganzen Familie nur gelegen kam, und heiratete sie, nachdem er seinen Auswanderungsplan aufgegeben hatte. Bald danach, um Martini herum, übersiedelten beide hierher, nach Tschechin, und schon am ersten Adventssonntage kam die junge Frau zu mir und sagte, dass sie sich zur Landeskirche halten und evangelisch getraut sein wolle. Was denn auch geschah und damals (es geht jetzt ins zehnte Jahr) einen großen Eindruck auf die Bauern machte. Dass der kleine Gott mit dem Bogen und Pfeil in dem Leben beider eine Rolle gespielt hat, ist mir unzweifelhaft, ebenso dass beide seinen Versuchungen unterlegen sind. Auch sonst noch, wie nicht bestritten werden soll, bleiben einige dunkle Punkte, trotzdem es an anscheinend offenen Bekenntnissen nie gefehlt hat. Aber wie dem auch sein möge, mir liegt es pflichtmäßig ob zu bezeugen, dass es wohlanständige Leute sind, die, solang ich sie kenne, sich gut gehalten und allzeit in einer christlichen Ehe gelebt haben. Einzelnes, was ihm, nach der entgegengesetzten Seite hin, vor längrer oder kürzrer Zeit nachgesagt wurde, mag auf sich beruhn, umso mehr als mir Sittenstolz und Tugendrichterei von Grund aus verhasst sind. Die Frau hat meine besondere Sympathie. Dass sie den alten Aberglauben abgeschworen, hat sie mir, wie du begreifen wirst, von Anfang an lieb und wert gemacht.«

Die Wirkung dieses Ecceliusschen Briefes war, dass das Küstriner Gericht die Sache vorläufig fallen ließ; als demselben aber zur Kenntnis kam, »dass Nachtwächter Mewissen, nach neuerdings vor Schulze Woytasch gemachten Aussagen, an jenem

Tage, wo das Unglück sich ereignete, so zwischen fünf und sechs (um die Zeit also, wo das Wetter am tollsten gewesen) die Frau Hradscheck zwischen den Pappeln an der Mühle gesehen haben wollte, ganz so, wie wenn sie halb verbiestert vom Damm her käme« – da waren die Verdachtsgründe gegen Hradscheck und seine Frau doch wieder so gewachsen, dass das Gericht einzuschreiten beschloss. Aber freilich auch jetzt noch unter Vermeidung jedes Eklats, weshalb Vowinkel an Eccelius, dem er ohnehin noch einen Dankesbrief schuldete, die folgenden Zeilen richtete:

»Habe Dank, lieber Bruder, für Deinen ausführlichen Brief vom 7. d. M., dem ich, soweit er ein Urteil abgibt, in meinem Herzen zustimme. Hradscheck ist ein durchaus netter Kerl, weit über seinen Stand hinaus, und Du wirst Dich entsinnen, dass er letzten Winter sogar in Vorschlag war, und zwar auf meinen speziellen Antrag. Das alles steht fest. Aber zu meinem Bedauern will die Geschichte mit dem Polen nicht aus der Welt, ja, die Verdachtsgründe haben sich gemehrt, seit neuerdings auch euer Mewissen gesprochen hat. Andrerseits freilich ist immer noch zu wenig Substanz da, um ohne weiteres eine Verhaftung eintreten zu lassen, weshalb ich vorhabe, die Hradscheckschen Dienstleute, die doch schließlich alles am besten wissen müssen, zu vernehmen und von *ihrer* Aussage mein weiteres Tun oder Nichttun abhängig zu machen. Unter allen Umständen aber wollen wir alles, was Aufsehn machen könnte, nach Möglichkeit vermeiden. Ich treffe morgen gegen 2 in Tschechin ein, fahre gleich bei Dir vor und bitte Dich, Sorge zu tragen, dass ich den Knecht Jakob samt den beiden andern Personen, deren Namen ich vergessen, in Deinem Hause vorfinde.«

So des Justizrats Brief. Er selbst hielt zu festgesetzter Zeit vor dem Pfarrhaus und trat in den Flur, auf dem die drei vorgeforderten Dienstleute schon standen. Vowinkel grüßte sie, sprach, in der Absicht, ihnen Mut zu machen, ein paar freundliche Worte zu jedem und ging dann, nachdem er sich aus seinem Mantel herausgewickelt, auf Eccelius' Studierstube zu, darin nicht nur der große schwarze Kachelofen, sondern auch der wohl arrangierte Kaffeetisch jeden Eintretenden überaus anheimelnd berühren musste. Dies war denn auch bei Vowinkel der Fall. Er wies lachend darauf hin und sagte: »Vortrefflich, Freund. Höchst einladend. Aber ich denke, wir lassen das bis nachher. Erst das Geschäftliche. Das Beste wird sein, *du* stellst die Fragen, und ich begnüge mich mit der Beisitzerrolle. Sie werden dir unbefangner antworten als mir.« Dabei nahm er in einem neben dem Ofen stehenden hohen Lehnstuhle Platz, während Eccelius, auf den Flur hinaus, nach Ede rief und sich's nun erst, nach Erledigung aller Präliminarien, an seinem mächtigen Schreibtische bequem machte, dessen großes, zwischen einem Sand- und einem Tintenfass stehendes Alabasterkreuz ihn von hinten her überragte.

Der Gerufene war inzwischen eingetreten und blieb an der Tür stehn. Er hatte sichtlich sein Bestes getan, um einen manierlichen Menschen aus sich zu machen, aber nur mit schwachem Erfolg. Sein brandrotes Haar lag großenteils blank an den Schläfen, während ihm das wenige, was ihm sonst noch verblieben war, nach Art einer Spitzflamme zu Häupten stand. Am schlimmsten aber waren seine winterlichen Hände, die, wie eine Welt für sich, aus dem überall zu kurz gewordenen Einsegnungsrock hervorsahen.

»Ede«, sagte der Pastor freundlich, »du sollst über Hradscheck und den Polen aussagen, was du weißt.«

Der Junge schwieg und zitterte.

»Warum sagst du nichts? Warum zitterst du?«

»Ick jrul mi so.«

»Vor wem? Vor uns?«

Ede schüttelte mit dem Kopf.

»Nun, vor wem denn?«

»Vor Hradschecken ...«

Eccelius, der alles zugunsten der Hradschecks gewendet zu sehen wünschte, war mit dieser Aussage wenig zufrieden, nahm sich aber zusammen und sagte: »Vor Hradscheck. Warum vor Hradscheck? Was ist mit ihm? Behandelt er dich schlecht?«

»Nei.«

»Nu wie denn?«

»Ick weet nich … He is so anners.«

»Nu gut. Anders. Aber das ist nicht genug, Ede. Du musst uns mehr sagen. Worin ist er anders? Was tut er? Trinkt er? Oder flucht er? Oder ist er in Angst?«

»Nei.«

»Nu wie denn? Was denn?«

»Ick weet nich … He is so anners.«

Es war ersichtlich, dass aus dem eingeschüchterten Jungen nichts weiter herauszubringen sein würde, weshalb Vowinkel dem Freunde zublinkte, die Sache fallen zu lassen. Dieser brach denn auch wirklich ab und sagte: »Nun, es ist gut, Ede. Geh. Und schicke die Male herein.«

Diese kam und war in ihrem Kopf- und Brusttuch, das sie heute wie sonntäglich angelegt hatte, kaum wiederzuerkennen. Sie sah klar aus den Augen, war unbefangen und erklärte, nachdem Eccelius seine Frage gestellt hatte, dass sie nichts wisse. Sie habe Szulski gar nicht gesehn, »un ihrst um Klocker vier oder noch en beten danoah« wäre Hradscheck an ihre Kammertür gekommen und hätte gesagt, dass sie rasch aufstehn und Kaffee kochen solle. Das habe sie denn auch getan, und grad als sie den Kien gespalten, sei Jakob gekommen und hab' ihr so im Vorübergehn gesagt, »dass er den Pohlschen geweckt habe; der Pohlsche hab' aber 'nen Dodenschlaf gehabt und habe gar nich geantwortet. Und da hab' er an die Dhür gebullert.«

All das erzählte Male hintereinander fort, und als der Pastor zum Schlusse frug, ob sie nicht noch weiter was wisse, sagte sie: »Nein, weiter wisse sie nichts, oder man bloß noch das eine, dass die Kanne, wie sie das Kaffeegeschirr herausgeholt habe, beinah noch ganz voll gewesen sei. Und sei doch ein greuliches Wetter gewesen und kalt und nass. Und wenn sonst einer des Morgens abreise, so tränk' er mehrstens oder eigentlich immer die Kanne leer, un von Zuckerübriglassen wär' gar keine Rede nich. Und manche nähmen ihn auch mit. Aber der Polsche hätte keine drei

Schluck getrunken und sei eigentlich alles noch so gewesen, wie sie's reingebracht habe. Weiter wisse sie nichts.«

Danach ging sie, und der Dritte, der nun kam, war Jakob.

»Nun, Jakob, wie war es?« fragte Eccelius; »du weißt, um was es sich handelt. Was du Malen und mir schon vorher gesagt hast, brauchst du nicht zu wiederholen. Du hast ihn geweckt, und er hat nicht geantwortet. Dann ist er die Treppe heruntergekommen, und du hast gesehn, dass er sich an dem Geländer festhielt, als ob ihm das Gehn in dem Pelz schwer würde. Nicht wahr, so war es?«

»Joa, Herr Pastor.«

»Und weiter nichts?«

»Nei, wider nix. Un wihr man blot noch, dat he so'n beten lütt utsoah, un ...«

»Und was?«

»Un dat he so still wihr un seggte keen Wuhrd nich. Un as ick to em seggen deih: ›Na Adjes, Herr Szulski‹, doa wihr he wedder so bummsstill un nickte man blot so.«

Nach dieser Aussage trat auch Jakob ab, und die Pfarrköchin brachte den Kaffee. Vowinkel nahm eine der Tassen und sagte, während er sich an das Fensterbrett lehnte: »Ja, Freund, die Sache steht doch schlimmer, als *du* wahrhaben möchtest, und fast auch schlimmer, als *ich* erwartete.«

»Mag sein«, erwiderte der Pastor. »Nach meinem Gefühl indes, das ich selbstverständlich deiner besseren Erfahrung unterordne, bedeuten all diese Dinge gar nichts oder herzlich wenig. Der Junge, wie du gesehn hast, konnte vor Angst kaum sprechen, und aus der Köchin Aussage war doch eigentlich nur das eine festzustellen, dass es Menschen gibt, die *viel,* und andre, die *wenig* Kaffee trinken.«

»Aber Jakob!«

Eccelius lachte. »Ja, Jakob. ›He wihr en beten to lütt‹, das war das eine, ›un he wihr en beten to still‹, das war das andre. Willst du daraus einen Strick für die Hradschecks drehn?«

»Ich will es nicht, aber ich fürchte, dass ich es muss. Jedenfalls haben sich die Verdachtsgründe durch das, was ich eben gehört habe, mehr gemehrt als gemindert, und ein Verfahren gegen den so mannigfach Belasteten kann nicht länger mehr hinausgeschoben werden. Er muss in Haft, wär' es auch nur, um einer Verdunklung des Tatbestandes vorzubeugen.«

»Und die Frau?«

»Kann bleiben. Überhaupt werd' ich mich auf das Nötigste beschränken, und um auch jetzt noch alles Aufsehen zu vermeiden, hab' ich vor, ihn auf meinem Wagen, als ob es sich um eine Spazierfahrt handelte, mit nach Küstrin zu nehmen.«

»Und wenn er nun schuldig ist, wie du beinah glaubst oder wenigstens für möglich hältst? Ist dir eine solche Nachbarschaft nicht einigermaßen ängstlich?«

Vowinkel lachte. »Man sieht, Eccelius, dass du kein Kriminalist bist. Schuld und Mut vertragen sich schlecht zusammen. Alle Schuld lähmt.«

»Nicht immer.«

»Nein, nicht immer. Aber doch meist. Und allemal da, wo das Gesetz schon über ihr ist.«

Zehntes Kapitel

Die Verhaftung Hradschecks erfolgte zehn Tage vor Weihnachten. Jetzt war Mitte Januar, aber die Küstriner Untersuchung rückte nicht von der Stelle, weshalb es in Tschechin und den Nachbardörfern hieß: »Hradscheck werde mit nächstem wieder entlassen werden, weil nichts gegen ihn vorliege.« Ja, man begann, auf das Gericht und den Gerichtsdirektor zu schelten, wobei sich's selbstverständlich traf, dass alle die, die vorher am leidenschaftlichsten von einer Hinrichtung geträumt hatten, jetzt in Tadeln und Schmähen mit gutem Beispiel vorangingen.

Vowinkel hatte viel zu dulden; kein Zweifel. Am ausgiebigsten in Schmähungen aber war man gegen die Zeugen, und der Angriffe gegen diese wären noch viel mehr gewesen, wenn man nicht gleichzeitig über sie gelacht hätte. Der dumme Ladenjunge, der Ede, so versicherte man sich gegenseitig, könne doch nicht für voll angesehen werden und die Male mit ihren Sommersprossen und ihrem nicht ausgetrunkenen Kaffee womöglich noch weniger. Dass man bei den Hradschecks oft einen wunderbaren Kaffee kriege, das wisse jeder, und wenn alle die, die das durchgetrichterte Zichorienzeug stehn ließen, auf Mord und Todschlag hin verklagt und eingezogen werden sollten, so säße bald das halbe Bruch hinter Schloss und Riegel. »Aber Jakob und der alte Mewissen?« hieß es dann wohl. Indes auch von diesen beiden wollte die plötzlich zugunsten Hradschecks umgestimmte Majorität nichts wissen. Der dusslige Jakob, von dem jetzt so viel gemacht werde, ja, was hab' er denn eigentlich beigebracht? Doch nichts weiter als das ewige »He wihr so'n beten still«. Aber du lieber Himmel, wer habe denn Lust, um Klock fünf und bei steifem Südost einen langen Schnack zu machen? Und nun gar der alte Mewissen, der, solang er lebe, den Himmel für einen Dudelsack angesehen habe? Wahrhaftig, der könne viel sagen, eh man's zu glauben brauche. »Mit einem karierten Tuch über dem Kopf. Und wenn's kein kariertes Tuch gewesen, dann sei's eine Pferdedecke gewesen.« O du himmlische Güte! Mit einer Pferdedecke! Die Hradscheck mit einer Pferdedecke! Gibt es Pferdedecken ohne Flöhe? Nein. Und nun gar diese schnippsche Prise, die sich ewig mit ihrem türkischen Schal herumziert und noch ötepotöter is als die Reitweinsche Gräfin!

So ging das Gerede, das sich, an und für sich schon günstig genug für Hradscheck, infolge kleiner Vorkommnisse mit jedem neuen Tage günstiger gestaltete. Darunter war eins von besondrer Wirkung. Und zwar das Folgende. Heiligabend war ein Brief Hradschecks bei Eccelius eingetroffen, worin es hieß: »es ging' ihm gut, weshalb er sich auch freuen würde, wenn seine Frau zum Fest herüberkommen und eine Viertelstunde mit ihm plaudern wolle; Vowinkel hab' es eigens gestattet, versteht sich in Gegenwart von Zeugen.« So die briefliche Mitteilung, auf welche Frau Hradscheck, als sie durch Eccelius davon gehört, diesem Letzteren sofort geantwortet hatte: »sie werde diese Reise *nicht* machen, weil sie nicht wisse, wie sie sich ihrem Manne gegenüber zu benehmen habe. Wenn er schuldig sei, so sei sie für immer von ihm geschieden, einmal um ihrer selbst, aber mehr noch um ihrer Familie willen. Sie wolle daher lieber zum Abendmahl gehn und ihre Sache vor Gott tragen und bei der Gelegenheit den Himmel inständigst bitten, ihres Mannes Unschuld recht bald an den Tag zu bringen.« So was hörten die Tschechiner gern, die sämtlich höchst unfromm waren, aber nach Art der meisten Unfrommen einen ungeheuren Respekt vor jedem hatten, der »lieber zum Abendmahl gehn und seine Sache vor Gott tragen« als nach Küstrin hin reisen wollte.

Kurzum, alles stand gut, und es hätte sich von einer totalen »Rückeroberung« des dem Inhaftierten anfangs durchaus abgeneigten Dorfes sprechen lassen, wenn nicht *ein* Unerschütterlicher gewesen wäre, der, sobald Hradschecks Unschuld behauptet wurde, regelmäßig versicherte: »Hradscheck? Den kenn' ich. *Der* muss ans Messer.«

Dieser Unerschütterliche war niemand Geringeres als Gendarm Geelhaar, eine sehr wichtige Person im Dorf, auf deren Autorität hin die Mehrheit sofort geschworen hätte, wenn ihr nicht seine bittre Feindschaft gegen Hradscheck und die kleinliche Veranlassung dazu bekannt gewesen wäre. Geelhaar, guter Gendarm, aber noch besserer Saufaus, war, um Kognaks und Rums willen, durch viele Jahre hin ein Intimus bei Hradscheck gewesen, bis dieser eines Tages, des ewigen Gratiseinschenkens müde, mit mehr Übermut als Klugheit gesagt hatte: »Hören Sie, Geelhaar, Rum ist gut. Aber Rum kann einen auch rumbringen.« Auf welche Provokation hin (Hradscheck liebte dergleichen Witze) der sich nun plötzlich aufs hohe Pferd setzende Geelhaar mit hochrotem Gesicht geantwortet hatte: »Gewiss, Herr Hradscheck. Was kann einen nich alles rumbringen? Den einen dies, den andern das. Und mit Ihnen, mein lieber Herr, is auch noch nicht aller Tage Abend.«

Von der aus diesem Zwiegespräch entstandenen Feindschaft

wusste das ganze Dorf, und so kam es, dass man nicht viel darauf gab und im Wesentlichen bloß lachte, wenn Geelhar zum hundertsten Male versicherte: »*Der?* Der muss ans Messer.«

»Der muss ans Messer«, sagte Geelhaar, aber in Tschechin hieß es mit jedem Tage mehr: »Er kommt wieder frei.«

Und »he kümmt wedder rut«, hieß es auch im Hause der alten Jeschke, wo die blonde Nichte, die Line – dieselbe, nach der Hradscheck bei seinen Gartenbegegnungen mit der Alten immer zu fragen pflegte – seit Weihnachten zum Besuch war und an einer Ausstattung, wenn auch freilich nicht an ihrer eigenen, arbeitete. Sie war eine hervorragend kluge Person, die, trotzdem sie noch keine siebenundzwanzig zählte, sich in den verschiedensten Lebensstellungen immer mit Glück versucht hatte: Früh schon als Kinder- und Hausmädchen, dann als Nähterin und schließlich als Pfarrköchin in einem neumärkischen Dorf, in welch letztrer Eigenschaft sie nicht nur sämtliche Betstunden mitgemacht, sondern sich auch durch einen exemplarisch sittlichen Lebenswandel ausgezeichnet hatte. Denn sie gehörte zu denen, die, wenn engagiert, innerhalb ihres Engagements alles Geforderte leisten, auch Gebet, Tugend und Treue.

Solcher Forderungen entschlug sich nun freilich die Jeschke, die vielmehr, wenn sie den Faden von ihrem Wocken spann, immer nur Geschichten von begünstigten und genasführten Liebhabern hören wollte, besonders von einem Küstriner Fouragebeamten, der drei Stunden lang im Schnee hatte warten müssen. Noch dazu vergeblich. All das freute die Jeschke ganz ungemein, die dann regelmäßig hinzusetzte: »Joa, Line, so wihr ick ook. Awers moak et man nich to dull.« Und dann antwortete diese: »Wie werd' ich denn, Mutter Jeschke!« Denn sie nannte sie nie Tante, weil sie sich der nahen Verwandtschaft mit der alten Hexe schämen mochte.

Plaudern war beider Lust. Und plaudernd saßen beide Weibsen auch heute wieder.

Es war ein ziemlich kalter Tag und draußen lag fußhoher Schnee. Drinnen aber war es behaglich, das Rotkehlchen zwitscherte, die Wanduhr ging in starkem Schlag und der Kachelofen tat das seine. Dem Ofen zunächst aber hockte die Jeschke, während Line weitab an dem ganz mit Eisblumen überdeckten Fenster saß und sich ein Kuckloch gepustet hatte, durch das sie nun bequem sehen konnte, was auf der Straße vorging.

»Da kommt ja Gendarm Geelhaar«, sagte sie. »Grad über den Damm. Er muss drüben bei Kunicke gewesen sein. Versteht sich, Kunicke frühstückt um diese Zeit. Und sieht auch so rot aus. Was er nur will? Er wird am Ende der armen Frau, der Hradschecken, einen Besuch machen wollen. Is ja schon vier Wochen Strohwitwe.«

»Nei, nei«, lachte die Alte. »Dat deiht he nich. Dem is joa sien ejen all to veel, so lütt se is. Ne, ne, den kenn' ick. Geelhaar is man blot noch för so.«

Und dabei machte sie die Bewegung des Aus-der-Flasche-Trinkens.

»Hast recht«, sagte Line. »Sieh, er kommt grad auf unser Haus zu.«

Und wirklich, unter diesem Gespräch, wie's die Jeschke mit ihrer Nichte geführt hatte, war Geelhaar von der Dorfstraße her in einen schmalen, bloß mannsbreiten Gang eingetreten, der, an der Hradscheckschen Kegelbahn entlang, in den Garten der alten Jeschke führte.

Von hier aus war auch der Eingang in das Häuschen der Alten, das mit seinem Giebel nach der Straße stand.

»Guten Tag, Mutter Jeschke«, sagte der Gendarm. »Ah, und guten Tag, Lineken. Oder ich muss jetzt wohl sagen Mamsell Linchen.«

Line, die den stattlichen Geelhaar (er hatte bei den Gardekürassieren gedient), aller despektierlichen Andeutungen der Alten ungeachtet, keineswegs aus ihrer Liste gestrichen hatte, stemmte sofort den linken Fuß gegen einen ihr gegenüberstehenden Binsenstuhl und sah ihn zwinkernd über das große

Stück Leinwand hin an, das sie, wie wenn sie's abmessen wollte, mit einem energischen Ruck und Puff vor sich ausspannte.

Die Wirkung dieser kleinen Künste blieb auch nicht aus. So wenigstens schien es Linen. Die Jeschke dagegen wusst' es besser, und als Geelhaar auf ihre mit Vorbedacht in Hochdeutsch gesprochene Frage, »was ihr denn eigentlich die Ehre verschaffe«, mit einem scherzhaft gemeinten Fingerzeig auf Line geantwortet hatte, lachte sie nur und sagte:

»Nei, nei, Herr Gendarm. Ick weet schon, ick weet schon ... Awers nu setten's sich ihrst ... Joa, diss' Hradscheck ... he kümmt joa nu wedder rut.«

»Ja, Mutter Jeschke«, wiederholte Geelhaar, »he kümmt nu wedder rut. Das heißt, er kommt wieder raus, wenn er nich drin bleibt.«

»Woll, woll. Wenn he nicht drin bliewt. Awers worümm sall he drin bliewen? Keen een hett joa wat siehn, un keen een hett joa watt utfunn'n. Un Se ook nich, Geelhaar.«

»Nein«, sagte der Gendarm. »Ich auch nich. Aber es wird sich schon was finden oder doch finden lassen, und dazu müssen Sie helfen, Mutter Jeschke. Ja, ja. So viel weiß ich, die Hradscheck hat schon lange keinen Schlaf mehr und ist immer treppauf und treppab. Und wenn die Leute sagen, es sei bloß, weil sie sich um den Mann gräme, so sag' ich: Unsinn, *er* is nich so und *sie* is nich so.«

»Nei, nei«, wiederholte die Jeschke. »He is nich so und se is nich so. De Hradschecks, nei, de sinn nich so.«

»Keinen ordentlichen Schlaf also«, fuhr Geelhaar fort, »nich bei Tag und auch nich bei Nacht, und wankt immer so rum, und is mal im Hof und mal im Garten. Das hab' ich von der Male ... Hören Sie, Mutter Jeschke, wenn ich so mal nachtens hier auf Posten stehen könnte! Das wäre so was. Line bleibt mit auf, und wir setzen uns dann ans Fenster und wachen und kucken. Nich wahr, Line?«

Line, die schon vorher das Weißzeug beiseitegelegt und ihren blonden Zopf halb aufgeflochten hatte, schlug jetzt mit dem losen Büschel über ihre linke Hand und sagte: »Will es mir noch überlegen, Herr Geelhaar. Ein armes Mädchen hat nichts als seinen Ruf.«

Und dabei lachte sie.

»Kümmen's man, Geelhaar«, tröstete die Jeschke, trotzdem Trost eigentlich nicht nötig war. »Kümmen's man. Ick geih to Bett. Wat doa to siehn is, ick meen hier buten, dat hebb ick siehn, dat weet ick all. Un is ümmer dat Sülwigte.«

»Dat Sülwigte?«

»Joa. Nu nich mihr. Awers as noch keen Snee wihr. Doa ...«

»Da. Was denn?«

»Doa wihr se nachtens ümmer so rümm hier.«

»So, so«, sagte der Gendarm und tat vorsichtig allerlei weitere Fragen. Und da sich die Jeschke von guten Beziehungen zur Dorfpolizei nur Vorteile versprechen konnte, so wurde sie trotz aller sonstigen Zurückhaltung immer mitteilsamer und erzählte dem Gendarmen Neues und Altes, namentlich auch das, was sie damals, in der stürmischen Novembernacht, von ihrer Küchentür aus beobachtet hatte. Hradscheck habe lang dagestanden, ein flackrig Licht in der Hand. »Un wihr binoah so, as ob he wull, dat man em seihn sull.« Und dann hab' er einen Spaten genommen und sei bis an den Birnbaum gegangen. Und da hab' er ein Loch gegraben. An der Gartentür aber habe was gestanden wie ein Koffer oder Korb oder eine Kiste. Was? das habe sie nicht genau sehen können. Und dann hab' er das Loch wieder zugeschüttet.

Geelhaar, der sich bis dahin, allem Diensteifer zum Trotz, ebenso sehr mit Line wie mit Hradscheck beschäftigt hatte, ja, vielleicht mehr noch Courmacher als Beamter gewesen war, war unter diesem Bericht sehr ernsthaft geworden und sagte, während er mit Wichtigkeitsmiene seinen gedunsenen Kopf hin und her wiegte: »Ja, Mutter Jeschke, das tut mir leid. Aber es wird Euch Ungelegenheiten machen.«

»Wat? wat, Geelhaar?«

»Ungelegenheiten, weil Ihr damit so spät herauskommt.«

»Joa, Geelhaar, wat sall dat? wat mienens mit ›to spät‹? Et hett mi joa keener nich froagt. Un Se ook nich. Un wat weet ick denn ook? Ick weet joa nix. Ick weet joa joar nix.«

»Ihr wisst genug, Mutter Jeschke.«

»Nei, nei, Geelhaar. Ich weet joar nix.«

»Das ist gerade genug, dass einer nachts in seinem Garten ein Loch gräbt und wieder zuschüttet.«

»Joa, Geelhaar, ich weet nich, awers jed' een möt doch in sien ejen Goarden en Loch buddeln künn'.«

»Freilich. Aber nicht um Mitternacht und nicht bei solchem Wetter.«

»Na, rieden's mi man nich rin. Und moaken Se't good mit mi ... Line, Line, segg doch ook wat.«

Und wirklich, Line trat infolge dieser Aufforderung an den Gendarmen heran und sagte, tief aufatmend, wie wenn sie mit einer plötzlichen und mächtigen Sinnenerregung zu kämpfen hätte: »Lass nur, Mutter Jeschke. Herr Geelhaar wird schon wissen, was er zu tun hat. Und wir werden es auch wissen. Das versteht sich doch von selbst. Nicht wahr, Herr Geelhaar?«

Dieser nickte zutraulich und sagte mit plötzlich verändertem und wieder freundlicher werdendem Tone: »Werde schon machen, Mamsell Line. Schulze Woytasch lässt ja, Gott sei Dank, mit sich reden und Vowinkel auch. Hauptsach' is, dass wir den Fuchs überhaupt ins Eisen kriegen. Un is dann am Ende gleich, *wann* wir ihn haben, und ob ihm der Balg heut' oder morgen abgezogen wird.«

Elftes Kapitel

Vierundzwanzig Stunden später kam – und zwar auf die Meldung hin, die Geelhaar, gleich nach seinem Gespräche mit der Jeschke, bei der Behörde gemacht hatte – von Küstrin her ein offener Wagen, in dem, außer dem Kutscher, der Justizrat und Hradscheck saßen. Die Luft ging scharf und die Sonne blendete, weshalb Vowinkel, um sich gegen beides zu schützen, seinen Mantel aufgeklappt, der Kutscher aber seinen Kopf bis an Nas' und Ohren in den Pelzkragen hineingezogen hatte. Nur Hradscheck saß frei da, Luft und Licht, deren er seit länger als vier Wochen entbehrt hatte, begierig einsaugend. Der Wagen fuhr auf der Dammhöhe, von der aus sich das unten liegende Dorf bequem überblicken und beinah jedes einzelne Haus in aller Deutlichkeit erkennen ließ. Das da, mit dem schwarzen, teergestrichenen Gebälk, war das Schulhaus, und das gelbe, mit dem gläsernen Aussichtsturm, musste Kunickes sein, Kunickes »Villa«, wie die Tschechiner es spöttisch nannten. Das niedrige, grad gegenüber aber, das war seine, das sah er an dem Birnbaum, dessen schwarzes Gezweig über die mit Schnee bedeckte Dachfläche wegragte. Vowinkel bemerkte wohl, wie Hradscheck sich unwillkürlich auf seinem Sitze hob, aber nichts von Besorgnis drückte sich in seinen Mienen und Bewegungen aus, sondern nur Freude, seine Heimstätte wiederzusehen.

Im Dorfe selbst schien man der Ankunft des justizrätlichen Wagens schon entgegengesehen zu haben. Auf dem Vorplatz der Igelschen Brett- und Schneidemühle, die man, wenn man von der Küstriner Seite her kam, als erstes Gehöft zu passieren hatte (geradeso wie das Orthsche nach der Frankfurter Seite hin), stand der alte Brett- und Schneidemüller und fegte mit einem kurzen, storrigen Besen den Schnee von der obersten Bretterlage fort, anscheinend aufs eifrigste mit dieser seiner Arbeit beschäftigt, in Wahrheit aber nur begierig, den herankommenden Hradscheck eher als irgendein anderer im Dorf gesehen zu haben. Denn Schneidemüller Igel, oder der »Schneidigel«, wie man ihn kurzweg und in der Regel mit absichtlich undeutlicher Aussprache nannte, war ein Topfkucker. Aber so topfkuckrig er war, so stolz und hochmütig war er auch, und so wandt' er sich in demselben Augenblicke, wo der Wagen an ihm vorüberfuhr, rasch wieder auf sein Haus zu, bloß um nicht grüßen zu müssen. Hier nahm er, um seine Neugier, deren er sich schämen mochte, vor niemandem zu verraten, Hut und Stock mit besonderer Langsamkeit vom Riegel und folgte dann dem Wagen, den er übrigens bald danach schon vor dem Hradscheckschen Hause vorfahren sah.

Frau Hradscheck war nicht da. Statt ihrer übernahm es Kunicke, den sie darum gebeten haben mochte, den Wirt und sozusagen die Honneurs des Hauses zu machen. Er führte denn auch den Justizrat vom Flur her in den Laden und von diesem in die dahinter befindliche Weinstube, wo man einen Imbiss bereitgestellt hatte. Vowinkel nahm aber, unter vorläufiger freundlicher Ablehnung, nur ein kleines Glas Portwein und trat dann in den Garten hinaus, wo sich bereits alles, was zur Dorfobrigkeit gehörte, versammelt hatte: Schulze Woytasch, Gendarm Geelhaar, Nachtwächter Mewissen und drei bäuerliche Gerichtsmänner. Geelhaar, der, zur Feier des Tages, seinen Staatstschako mit dem armslangen schwarzen Lampenputzer aufgesetzt hatte, ragte, mit Hilfe dieser Paradezutaten, um fast drei Haupteslängen über den Rest aller Anwesenden hinaus. Das war der innere Zirkel. Im weitern Umkreis aber standen die, die bloß aus Neugier sich eingefunden hatten, darunter der schon stark gefrühstückte Kantorssohn und Dorfdichter, während einige zwanzig eben aus der Schule herangekommene Jungens mit ihren Klapp-Pantinen auf das Kegelhaus geklettert waren, um von hier aus Zeuge zu sein, was wohl bei der Sache herauskommen würde. Vorläufig indes begnügten sie sich damit, Schneebälle zu machen, mit denen sie nach den großen und kleinen Mädchen warfen, die hinter dem Gartenzaun der alten Jeschke standen. Alles plapperte, lachte, reckte den Hals, und wäre nicht Hradscheck selbst gewesen, der, die Blicke seiner alten Freunde vermeidend, ernst und schweigend vor sich hinsah, so hätte man glauben können, es sei Kirmes oder eine winterliche Jahrmarktsszene.

Die Gerichtsmänner flüsterten und steckten die Köpfe zusammen, während Woytasch und Geelhaar sich umsahen. Es schien noch etwas zu fehlen, was auch zutraf. Als aber bald danach der alte Totengräber Wonnekamp mit noch zwei von seinen Leuten erschien, rückte man näher an den Birnbaum heran und begann den Schnee, der hier lag, fortzuschippen. Das ging leicht genug, bis statt des Schnees die gefrorne Erde kam, wo nun die Pickaxt aushelfen musste. Der Frost indessen war nicht tief in die Erde gedrungen, und so konnte man den Spaten nicht nur bald wieder zur Hand nehmen, sondern kam auch rascher vorwärts, als man anfangs gehofft hatte. Die herausgeworfenen Schollen und Lehmstücke wurden immer größer, je weicher der Boden wurde, bis mit einem Male der alte Totengräber einem der Arbeiter in den Arm fiel und mit der seinem Stande zuständigen Ruhe sagte: »Nu giw mi moal; nu kümmt wat.« Dabei nahm er ihm das Grabscheit ohne weiteres aus der Hand und fing selber an zu graben. Aber ersichtlich mit großer Vorsicht. Alles drängte vor und wollte sehn. Und siehe da, nicht lange, so war ein Toter aufgedeckt, der zu großem Teile noch in Kleiderresten steckte. Die Bewegung wuchs und aller Augen richteten sich auf Hradscheck, der, nach wie vor, vor sich hinsah und nur dann und wann einen scheuen Seitenblick in die Grube tat.

»Nu hebben se'n«, lief ein Gemurmel den Gartenzaun entlang, unklar lassend, ob man Hradscheck oder den Toten meine; die Jungens auf dem Kegelhäuschen aber reckten ihre Hälse noch mehr als vorher, trotzdem sie weder nah noch hoch genug standen, um irgendwas sehn zu können.

Eine Pause trat ein. Dann nahm der Justizrat des Angeklagten Arm und sagte, während er ihn dicht an die Grube führte: »Nun, Hradscheck, was sagen Sie?«

Dieser verzog keine Miene, faltete die Hände wie zum Gebet und sagte dann fest und feierlich: »Ich sage, dass dieser Tote meine Unschuld bezeugen wird.«

Und während er so sprach, sah er zu dem alten Totengräber hinüber, der den Blick auch verstand und, ohne weitere Fragen abzuwarten, geschäftsmäßig sagte: »Ja, der hier liegt, liegt hier schon lang. Ich denke zwanzig Jahre. Und der Pohlsche, der es sein soll, is noch keine zehn Wochen tot.«

Und siehe da, kaum dass diese Worte gesprochen waren, so war ihr Inhalt auch schon bewiesen, und jeder schämte sich, so wenig kaltes Blut und so wenig Umsicht und Überlegung gehabt zu haben. In einem gewissen Entdeckungseifer waren alle wie blind gewesen und hatten unbeachtet gelassen, dass ein Schädel, um ein richtiger Schädel zu werden, auch sein Stück Zeit verlangt und dass die Toten ihre Verschiedenheiten und ihre Grade haben, geradeso gut wie die Lebendigen.

Am verlegensten war der Justizrat. Aber er sammelte sich rasch und sagte: »Totengräber Wonnekamp hat recht. Das ist nicht der Tote, den wir suchen. Und wenn er zwanzig Jahre in der Erde liegt, was ich keinen Augenblick bezweifle, so kann Hradscheck an diesem Toten keine Schuld haben. Und kann auch von einer früheren Schuld keine Rede sein. Denn Hradscheck ist erst im zehnten Jahr in diesem Dorf. Das alles ist jetzt erwiesen. Trotz alledem bleiben ein paar dunkle Punkte, worüber Aufklärung gegeben werden muss. Ich lebe der Zuversicht, dass es an dieser Aufklärung nicht fehlen wird, aber ehe sie gegeben ist, darf ich Sie, Herr Hradscheck, nicht aus der Untersuchung entlassen. Es wird sich dabei, was ich als eine weitere Hoffnung hier ausspreche, nur noch um Stunden und höchstens um Tage handeln.«

Und damit nahm er Kunickes Arm und ging in die Weinstube zurück, woselbst er nunmehr, in Gesellschaft von Woytasch und den Gerichtsmännern, dem für ihn servierten Frühstücke tapfer zusprach. Auch Hradscheck ward aufgefordert, sich zu setzen und einen Imbiss zu nehmen. Er lehnte jedoch ab und sagte, dass er mit seiner Mahlzeit lieber warten wolle, bis er im Küstriner Gefängnis sei.

So waren seine Worte.

Und diese Worte gefielen den Bauern ungemein. »Er will nicht an seinem eignen Tisch zu Gaste sitzen und das Brot, das er gebacken, nicht als Gnadenbrot essen. Da hat er recht. Das möcht' ich auch nicht.«

So hieß es, und so dachten die meisten.

Aber freilich nicht alle.

Gendarm Geelhaar ging an dem Zaun entlang, über den, samt andrem Weibervolk, auch Mutter Jeschke weggekuckt hatte. Natürlich auch Line.

Geelhaar tippte dieser mit dem Finger auf den Dutt und sagte: »Nu Line, was macht der Zopf?«

»Meiner?« lachte diese. »Hören S', Herr Gendarm, jetzt kommt *Ihrer* an die Reih'.«

»Wird so schlimm nicht werden, Lineken ... Und Mutter Jeschke, was sagt die dazu?«

»Joa, wat sall se seggen? He is nu wedder rut. Awers he kümmt ook woll wedder rin.«

Zwölftes Kapitel

Eine Woche war vergangen, in der die Tschechiner viel erlebt hatten. Das Wichtigste war: Hradscheck, nachdem er noch ein Küstriner Schlussverhör durchgemacht hatte, war wieder da. Schlicht und unbefangen, ohne Lücken und Widersprüche, waren die Dunkelheiten aufgeklärt worden, so dass an seiner Unschuld nicht länger zu zweifeln war. Es seien ihm, so hieß es in seiner vor Vowinkel gemachten Aussage, durch Unachtsamkeit, deren er sich selber zu zeihen habe, mehrere große Speckseiten verdorben, und diese möglichst unbemerkt im Garten zu vergraben, hab' er an jenem Tage vorgehabt. Er sei denn auch, gleich nachdem seine Gäste die Weinstube verlassen hätten, ans Werk gegangen und habe, genauso wie's die Jeschke gesehn und erzählt, an dem alten Birnbaum ein Loch zu graben versucht; als er aber erkannt habe, dass da was verscharrt liege, ja, dem Anscheine nach ein Toter, hab' ihn eine furchtbare Angst gepackt, infolge deren er nicht weiter gegraben, sondern das Loch rasch wieder zugeschüttet habe. Der Koffer, den die Jeschke gesehen haben wolle, das seien eben jene Speckseiten gewesen, die, dicht übereinander gepackt, an der Gartentür gelegen hätten. »Aber wozu die Heimlichkeit und die Nacht?« hatte Vowinkel nach dieser Erklärung etwas spitz gefragt, worauf Hradscheck, in seiner Erzählung fortfahrend, ohne Verlegenheit und Unruhe geantwortet hatte: »Zu dieser Heimlichkeit seien für ihn zwei Gründe gewesen. Erstens hab' er sich die Vorwürfe seiner Frau, die nur zu geneigt sei, von seiner Unachtsamkeit in Geschäftsdingen zu sprechen, ersparen wollen. Und er dürfe wohl hinzusetzen, wer verheiratet sei, der kenne das und wisse nur zu gut, wie gerne man sich solchen Anklagen und Streitszenen entziehe. Der zweite Grund aber sei noch wichtiger gewesen: die Rücksicht auf die Kundschaft. Die Bauern, wie der Herr Justizrat ja wisse, seien die schwierigsten Leute von der Welt, ewig voll Misstrauen, und wenn sie derlei Dinge, wie Schinken und Speck, auch freilich nicht in seinem Laden zu kaufen pflegten, weil sie ja genug davon im eignen Rauch hätten, so zögen sie doch gleich Schlüsse vom einen aufs andre. Dergleichen hab' er mehr als einmal durchgemacht und dann wochenlang aller Ecken und Enden hören müssen, er passe nicht auf. Ja, noch letzten Herbst, als ihm ganz ohne seine Schuld eine Tonne Heringe tranig geworden sei, habe Schneidigel überall im Dorfe geputscht und unter anderm zu Quaas und Kunicke gesagt: ›Uns wird er damit nicht kommen; aber die kleinen Leute, die, die …‹«

Der Justizrat hatte hierbei gelächelt und zustimmend genickt, weil er die Bauern fast so gut wie Hradscheck kannte, so dass, nach Erledigung auch *dieses* Punktes, eigentlich nichts übriggeblieben war als die Frage, »was denn nun, unter so bewandten Umständen, aus dem durchaus zu beseitigenden Speck geworden sei?« Welche Frage jedoch nur dazu beigetragen hatte, Hradschecks Unschuld vollends ins Licht zu stellen. »Er habe die Speckseiten an demselben Morgen noch an einer anderen Gartenstelle verscharrt; gleich nach Szulskis Abreise.« »Nun, wir werden ja sehn«, hatte Vowinkel hierauf geantwortet und einen seiner Gerichtsdiener abgeschickt, um sich in Tschechin selbst über die Richtigkeit oder Unrichtigkeit dieser Aussage zu vergewissern. Und als sich nun in kürzester Frist alles bestätigt oder mit anderen Worten der vergrabene Speck wirklich an der von Hradscheck angegebenen Stelle gefunden hatte, hatte man das Verfahren eingestellt, und an demselben Nachmittage noch war der unter so schwerem Verdacht Gestandene nach Tschechin zurückgekehrt und in einer stattlichen Küstriner Mietschaise vor seinem Hause vorgefahren. Ede, ganz verblüfft, hatte nur noch Zeit gefunden, in die Wohnstube, darin sich Frau Hradscheck befand, hineinzurufen: »Der Herr, der Herr ...«, worauf Hradscheck selbst mit der ihm eigenen Jovialität und unter dem Zurufe: »Nun Ede, wie geht's?« in den Flur seines Hauses eingetreten, aber freilich im selben Augenblick auch wieder mit einem erschreckten »Was is, Frau?« zurückgefahren war. Ein Ausruf, den er wohl tun durfte. Denn gealtert, die Augen tief eingesunken und die Haut wie Pergament, so war ihm Ursel unter der Tür entgegengetreten.

Hradscheck war da, das war das *eine* Tschechiner Ereignis. Aber das andere stand kaum dahinter zurück: Eccelius hatte, den Sonntag darauf, über Sacharja 7, Vers 9 und 10 gepredigt, welche Stelle lautete: »*So* spricht der Herr Zebaoth: Richtet recht, und ein jeglicher beweise an seinem Bruder Güte und Barmherzigkeit. Und tuet nicht Unrecht den *Fremdlingen* und denke keiner wider seinen Bruder etwas Arges in seinem Herzen.« Schon bei Lesung des Textes und der sich daran knüpfenden Einleitungsbetrachtung hatten die Bauern aufgehorcht; als aber der Pastor das Allgemeine fallen ließ und, ohne Namen zu nennen, den Hradscheckschen Fall zu schildern und die Trüglichkeit des Scheines nachzuweisen begann, da gab sich eine Bewegung kund, wie sie seit dem Sonntag (es ging nun ins fünfte Jahr), an welchem Eccelius auf die schweren sittlichen Vergehen eines als Bräutigam vor dem Altar stehenden reichen Bauernsohnes hingewiesen und ihn zu besserem Lebenswandel ermahnt hatte, nicht mehr dagewesen war. Beide Hradschecks waren in der Kirche zugegen und folgten jedem Worte des Geistlichen, der heute viel Bibelsprüche zitierte, mehr noch als gewöhnlich.

Es war unausbleiblich, dass diese Rechtfertigungsrede zugleich zur Anklage gegen alle diejenigen wurde, die sich in der Hradscheck-Sache so wenig freundnachbarlich benommen und durch allerhand Zuträgereien entweder ihr Übelwollen oder doch zum mindesten ihre Leichtfertigkeit und Unüberlegtheit gezeigt hatten. Wer in erster Reihe damit gemeint war, konnte nicht zweifelhaft sein, und vieler Augen, nur nicht die der Bauern, die, wie herkömmlich, keine Miene verzogen, richteten sich auf die mitsamt ihrem »Lineken« auf der vorletzten Bank sitzende Mutter Jeschke, der Kanzel grad gegenüber, dicht unter der Orgel. Line, sonst ein Muster von Nichtverlegenwerden, wusste doch heute nicht wohin und verwünschte die alte Hexe, neben der sie das Kreuzfeuer so vieler Augen aushalten musste. Mutter Jeschke selbst aber nickte nur leise mit dem Kopf, wie wenn sie jedes Wort billige, das Eccelius gesprochen, und sang, als die Predigt aus war, den Schlussvers ruhig mit. Ja sie blieb selbst unbefangen, als sie draußen, an den zu beiden Seiten des Kirchhofweges stehenden Frauen vorbeihumpelnd, erst die vorwurfsvollen Blicke der Älteren und dann das Kichern der Jüngeren über sich ergehen lassen musste.

Zu Hause sagte Line: »Das war eine schöne Geschichte, Mutter Jeschke. Hätte mir die Augen aus dem Kopf schämen können.«

»Bis doch sünnst nicht so.«

»Ach was, sünnst. Hat er recht oder nicht? Ich meine, der Alte drüben?«

»Ick weet nich, Line«, beschwichtigte die Jeschke. »*He* möt et joa weeten.«

Dreizehntes Kapitel

»He möt et joa weeten«, hatte die Jeschke gesagt und damit ausgesprochen, wie sie wirklich zu der Sache stand. Sie misstraute Hradscheck nach wie vor; aber der Umstand, dass Eccelius von der Kanzel her eine Rechtfertigungsrede für ihn gehalten hatte, war doch nicht ohne Eindruck auf sie geblieben und veranlasste sie, sich einigermaßen zweifelvoll gegen ihren eigenen Argwohn zu stellen. Sie hatte Respekt vor Eccelius, trotzdem sie kaum weniger als eine richtige alte Hexe war und die heiligen Handlungen der Kirche ganz nach Art ihrer sympathetischen Kuren ansah. Alles, was in der Welt wirkte, war Sympathie, Besprechung, Spuk, aber dieser Spuk hatte doch zwei Quellen, und der weiße Spuk war stärker als der schwarze. Demgemäß unterwarf sie sich auch (und zumal wenn er von Altar oder Kanzel her sprach) dem den weißen Spuk vertretenden Eccelius, ihm sozusagen die sichrere Bezugsquelle zugestehend. Unter allen Umständen aber suchte sie mit Hradscheck wieder auf einen guten Fuß zu kommen, weil ihr der Wert einer guten Nachbarschaft einleuchtete. Hradscheck seinerseits, statt den Empfindlichen zu spielen, wie manch anderer getan hätte, kam ihr dabei auf halbem Wege entgegen und war überhaupt von so viel Unbefangenheit, dass, ehe noch die Fastelabendpfannkuchen gebacken wurden, die ganze Szulskigeschichte so gut wie vergessen war. Nur sonntags im Kruge kam sie noch dann und wann zur Sprache.

»Wenn man wenigstens de Pelz wedder in die Hücht käm' ...«

»Na, du wührst doch den Pohlschen sien' Pelz nich antrecken wulln?«

»Nich antrecken? Worümm nich? Dat de Pohlsche drinn wihr, dat deiht em nix. Un mi ook nich. Un wat sünnst noch drin wihr, na, dat wahrd nu joa woll rut sinn.«

»Joa, joa. Dat wahrd nu joa woll rut sinn.«

Und dann lachte man und wechselte das Thema.

Solche Scherze bildeten die Regel, und nur selten war es, dass irgendwer ernsthaft auf den Fall zu sprechen kam und bei der

Gelegenheit seine Verwunderung ausdrückte, dass die Leiche noch immer nicht angetrieben sei. Dann aber hieß es, »der Tote lieg' im Schlick, und der Schlick gäbe nichts heraus, oder doch erst nach fünfzig Jahren, wenn das angeschwemmte Vorland Acker geworden sei. Dann würd' er mal beim Pflügen gefunden werden, geradso wie der Franzose gefunden wär'.«

Ja, geradeso wie der Franzose, der jetzt überhaupt die Hauptsache war, viel mehr als der mit seinem Fuhrwerk verunglückte Reisende, was eigentlich auch nicht wundernehmen konnte. Denn Unglücksfälle wie der Szulskische waren häufig, oder wenigstens nicht selten, während der verscharrte Franzos unterm Birnbaum alles Zeug dazu hatte, die Phantasie der Tschechiner in Bewegung zu setzen. Allerlei Geschichten wurden ausgesponnen, auch Liebesgeschichten, in deren einer es hieß, dass anno 13 ein in eine hübsche Tschechinerin verliebter Franzose beinah täglich von Küstrin her nach Tschechin gekommen sei, bis ihn ein Nebenbuhler erschlagen und verscharrt habe. Diese Geschichte ließen sich auch die Mägde nicht nehmen, trotzdem sich ältere Leute sehr wohl entsannen, dass man einen Chasseur- oder nach andrer Meinung einen Voltigeurkorporal einfach wegen zu scharfer Fouragierung beiseitegebracht und stillgemacht habe. Diese Besserwissenden drangen aber mit ihrer Prosageschichte nicht durch, und unter allen Umständen blieb der Franzose Held und Mittelpunkt der Unterhaltung.

All das kam unsrem Hradscheck zustatten. Aber was ihm noch mehr zustatten kam, war das, dass er denselben »Franzosen unterm Birnbaum« nicht bloß zur Wiederherstellung, sondern sogar zu glänzender Aufbesserung seiner Reputation zu benutzen verstand.

Und das kam so.

Nicht allzu lange nach seiner Entlassung aus der Untersuchungshaft war in einer Kirchengemeinderatssitzung, der Eccelius in Person präsidierte, davon die Rede gewesen, dem Franzosen auf dem Kirchhof ein christliches Begräbnis zu gönnen. »Der Franzose sei zwar«, so hatte sich der den Antrag stellende Kunicke geäußert, »sehr wahrscheinlich ein Katholscher gewesen, aber man dürfe das so genau nicht nehmen; die Katholschen seien bei Licht besehen auch Christen, und wenn einer schon so lang in der Erde gelegen habe, dann sei's eigentlich gleich, ob er den gereinigten Glauben gehabt habe oder nicht.« Eccelius hatte dieser echt Kunickeschen Rede, wenn auch selbstverständlich unter Lächeln, zugestimmt, und die Sache war schon als angenommen und erledigt betrachtet worden, als sich Hradscheck noch im letzten Augenblick zum Worte gemeldet hatte. »Wenn der Herr Prediger das Begräbnis auf dem Kirchhofe, der, als ein richtiger christlicher Gottesacker, jedem Christen, evangelisch oder katholisch, etwas durchaus Heiliges sein müsse, für angemessen oder gar für pflichtmäßig halte, so könne es ihm nicht einfallen, ein Wort dagegen sagen zu wollen; wenn es aber nicht ganz so liege, mit andern Worten, wenn ein Begräbnis daselbst nicht absolut pflichtmäßig sei, so spräch' er hiermit den Wunsch aus, den Franzosen in seinem Garten behalten zu dürfen. Der Franzose sei sozusagen sein Schutzpatron geworden, und kein Tag ginge hin, ohne dass er desselben in Dankbarkeit und Liebe gedenke. Das sei das, was er nicht umhingekonnt habe, hier auszusprechen, und er setze nur noch hinzu, dass er, gewünschten Falles, die Stelle mit einem Gitter versehen oder mit einem Buchsbaum umziehn wolle.« Die ganze Rede hatte Hradscheck mit bewegter und die Dankbarkeitsstelle sogar mit zitternder Stimme gesprochen, was eine große Wirkung auf die Bauern gemacht hatte.

»Bist ein braver Kerl«, hatte der, wie alle Frühstücker, leicht zum Weinen geneigte Kunicke gesagt und eine Viertelstunde später, als er Woytasch und Eccelius bis vor das Pfarrhaus begleitete, mit Nachdruck hinzugesetzt: »Un wenn's noch ein Russe wär'! Aber das is ihm alles eins, Russ' oder Franzos. Der Franzos hat ihm geholfen, und nu hilft er ihm wieder und lässt ihn eingittern. Oder doch wenigstens eine Rabatte ziehen. Und wenn es ein Gitter wird, so hat er's nicht unter zwanzig Taler. Und da rechne ich noch keinen Anstrich und keine Vergoldung.«

Das alles war Mitte März gewesen, und vier Wochen später, als die Schwalben zum ersten Male wieder durch die Dorfgasse hinschossen, um sich anzumelden und zugleich Umschau nach den alten Menschen und Plätzen zu halten, hatte Hradscheck ein Zwiegespräch mit Zimmermeister Buggenhagen, dem er bei der Gelegenheit eine Planzeichnung vorlegte.

»Sehen Sie, Buggenhagen, das Haus ist überall zu klein, überall ist angebaut und angeklebt, die Küche dicht neben dem Laden, und für die Fremden ist nichts da wie die zwei Giebelstuben oben. Das ist zu wenig, ich will also ein Stock aufsetzen. Was meinen Sie? Wird der Unterbau ein Stockwerk aushalten?«

»Was wird er nicht!« sagte Buggenhagen. »Natürlich Fachwerk!«

»Natürlich Fachwerk!« wiederholte Hradscheck. »Auch schon der Kosten wegen. Alle Welt tut jetzt immer, als ob meine Frau zum mindesten ein Rittergut geerbt hätte. Ja, hat sich was mit Rittergut. Erbärmliche tausend Taler.«

»Na, na.«

»Nun, sagen wir zwei«, lachte Hradscheck. »Aber mehr nicht, auf Ehre. Und dass davon keine Seide zu spinnen ist, das wissen Sie. Keine Seide zu spinnen und auch keine Paläste zu bauen. Also so billig wie möglich, Buggenhagen. Ich denke, wir nehmen Lehm als Füllung. Stein ist zu schwer und zu teuer, und was wir dadurch sparen, das lassen wir der Einrichtung zugute kommen. Ein paar Öfen mit weißen Kacheln, nicht wahr? Ich habe schon an Feilner geschrieben und angefragt. Und natürlich alles Tapete! Sieht immer nach was aus und kann die Welt nicht kosten. Ich denke, weiße; das ist am saubersten und zugleich das Billigste.«

Buggenhagen hatte zugestimmt und gleich nach Ostern mit dem Umbau begonnen.

Und nicht allzu lange, das Wetter hatte den Bau begünstigt, so war das Haus, das nun einen aufgesetzten Stock hatte, wieder unter Dach. Aber es war das *alte* Dach, die nämlichen alten Steine, denn Hradscheck wurde nicht müde, Sparsamkeit zu fordern und immer wieder zu betonen, »dass er nach wie vor ein armer Mann sei«.

Vier Wochen später standen auch die Feilnerschen Öfen, und nur hinsichtlich der Tapete waren andere Beschlüsse gefasst und statt der weißen ein paar buntfarbige gewählt worden.

Anfangs, solange das Dachabdecken dauerte, hatte Hradscheck in augenscheinlicher Nervosität immer zur Eile angetrieben, und erst als die rechts nach der Kegelbahn hin gelegene Giebelwand eingerissen und statt der Stuben oben nur noch das Balken- und Sparrenwerk sichtbar war, hatte sich seine Hast und Unruhe gelegt und Aufgeräumtheit und gute Laune waren an Stelle derselben getreten. In dieser guten Laune war und blieb er auch, und nur ein einziger Tag war gewesen, der ihm dieselbe gestört hatte.

»Was meinen Sie, Buggenhagen«, hatte Hradscheck eines Tages gesagt, als er eine aus dem Keller heraufgeholte Flasche mit Portwein aufzog. »Was meinen Sie, ließe sich nicht der Keller etwas höher wölben? Natürlich nicht der ganze Keller. Um Gottes willen nicht, da blieb am Ende kein Stein auf dem andern, und Laden und Wein- und Wohnstube, kurzum alles müsste verändert und auf einen andern Leisten gebracht werden. Das geht nicht. Aber es wäre schon viel gewonnen, wenn wir das Mittelstück das grad unter dem Flur hinläuft, etwas höher legen könnten. Ob die Diele dadurch um zwei Fuß niedriger wird, ist ziemlich gleichgültig; denn die Fässer, die da liegen, haben immer noch Spielraum genug, auch nach oben hin, und stoßen nicht gleich an die Decke.«

Buggenhagen widersprach nie, teils aus Klugheit, teils aus Gleichgültigkeit, und das Einzige, was er sich dann und wann erlaubte, waren halbe Vorschläge, hinsichtlich deren es ihm gleich war, ob sie gutgeheißen oder verworfen wurden. Und so verfuhr er auch diesmal wieder und sagte: »Versteht sich, Hradscheck. Es geht. Warum soll es nicht gehn? Es geht alles. Und der Keller ist auch wirklich nicht hoch genug (ich glaube keine fünftehalb Fuß) und die Fenster viel zu klein und zu niedrig; alles wird stockig und multrig. Muss also gemacht werden. Aber warum gleich wölben? Warum nicht lieber ausschachten? Wenn wir zehn Fuhren Erde rausnehmen, haben wir überall fünf Fuß im ganzen Keller, und kein Mensch stößt sich mehr die kahle Platte. Nach oben hin wölben macht bloß Kosten und Umstände. Wir können ebensogut nach unten gehn.«

Hradscheck, als Buggenhagen so sprach, hatte die Farbe gewechselt und sich momentan gefragt, »ob das alles vielleicht was zu bedeuten habe?« Bald aber von des Sprechenden Unbefangenheit überzeugt, war ihm seine Ruhe zurückgekehrt.

»Wenn ich mir's recht überlege, Buggenhagen, so lassen wir's. Wir müssen auch an das Grundwasser denken. Und ist es so lange so gegangen, so kann's auch noch weiter so gehn. Und am Ende, wer kommt denn in den Keller? Ede. Und der hat noch lange keine fünf Fuß.«

Das war einige Zeit vor Beginn der Manöver gewesen, und wenn es ein paar Tage lang ärgerlich und verstimmend nachgewirkt hatte, so verschwand es rasch wieder, als Anfang September die Truppenmärsche begannen und die Schwedter Dragoner als Einquartierung ins Dorf kamen. Das Haus voller Gäste zu haben, war überhaupt Hradschecks Vergnügen, und der liebste Besuch waren ihm Rittmeister und Lieutenants, die nicht nur ihre Flasche tranken, sondern auch allerlei wussten und den Mund auf dem rechten Fleck hatten. Einige verschworen sich, dass ein Krieg ganz nahe sei. Kaiser Nikolaus, Gott sei Dank, sei höchst unzufrieden mit der neuen französischen Wirtschaft, und der unsichere Passagier, der Louis Philipp, der doch eigentlich bloß ein Waschlappen und halber Kretin sei, solle mit seiner ganzen Konstitution wieder beiseitegeschoben und statt seiner eine bourbonische Regentschaft eingesetzt oder vielleicht auch der vertriebene Karl X. wieder zurückgeholt werden, was eigentlich das Beste sei. Kaiser Nikolaus habe recht, überhaupt immer recht. Konstitution sei Unsinn und das ganze Bürgerkönigtum die reine Phrasendrescherei.

Wenn so das Gespräch ging, ging unserm Hradscheck das Herz auf, trotzdem er eigentlich für Freiheit und Revolution war. Wenn es aber Revolution nicht sein konnte, so war er auch für Tyrannei. Bloß gepfeffert musste sie sein. Aufregung, Blut, Totschießen, – wer ihm das leistete, war sein Freund, und so kam es, dass er über Louis Philipp mit zu Gerichte saß, als ob er die hyperloyale Gesinnung seiner Gäste geteilt hätte. Nur von Ede sah er sich noch übertroffen, und wenn dieser durch die Weinstube ging und ein neues Beefsteak oder eine neue Flasche brachte, so lag allemal ein dümmliches Lachen auf seinem Gesicht, wie wenn er sagen wollte: »Recht so, runter mit ihm; alles muss um einen Kopf kürzer gemacht werden.« Ein paar blutjunge Lieutenants, die diese komische Raserei wahrnahmen, amüsierten sich herzlich über ihn und ließen ihn mittrinken, was alsbald dahin führte, dass der für gewöhnlich so schüchterne Junge ganz aus seiner Reserve heraustrat und sich gelegentlich selbst mit dem sonst so gefürchteten Hradscheck auf einen halben Unterhaltungsfuß stellte.

»Da, Herr«, rief er eines Tages, als er gerade mit einem Korbe voll Flaschen wieder aus dem Keller heraufkam. »Da, Herr; das hab' ich eben unten gefunden.« Und damit schob er Hradscheck einen schwarz übersponnenen Knebelknopf zu. »Sind solche, wie der Polsche an seinem Rock hatte.«

Hradscheck war kreideweiß geworden und stotterte: »Ja, hast recht, Ede. Das sind solche. Hast recht. Das heißt, die von dem Pohlschen, die waren größer. Solche kleinen wie *die,* die hatte Hermannchen, uns' Lütt-Hermann, an seinem Pelzrock. Weißt du noch? Aber nein, da warst du noch gar nicht hier. Bring ihn meiner Frau; vergiss nicht. Oder gib ihn mir lieber wieder; ich will ihn ihr selber bringen.«

Ede ging, und die zunächst sitzenden Offiziere, die Hradschecks Erregung wahrgenommen hatten, aber nicht recht wussten, was sie daraus machen sollten, standen auf und wandten sich einem Gespräch mit andren Kameraden zu.

Auch Hradscheck erhob sich. Er hatte den Knebelknopf zu sich gesteckt und ging in den Garten, ärgerlich gegen den Jungen, am ärgerlichsten aber gegen sich selbst.

»Gut, dass es Fremde waren, und noch dazu solche, die bloß an Mädchen und Pferde denken. War's einer von uns hier, und wenn auch bloß der Ölgötze, der Quaas, so hatt' ich die ganze Geschichte wieder über den Hals. Aufpassen, Hradscheck, aufpassen. Und das verdammte Zusammenfahren und Sichverfärben! Kalt Blut, oder es gibt ein Unglück.«

So vor sich hinsprechend, war er, den Blick zu Boden gerichtet, schon ein paarmal in dem Mittelgang auf und ab geschritten. Als er jetzt wieder aufsah, sah er, dass die Jeschke hinter dem Himbeerzaune stand und ein paar verspätete Beeren pflückte.

»Die alte Hexe. Sie lauert wieder.«

Aber trotz alledem ging er auf sie zu, gab ihr die Hand und sagte: »Nu, Mutter Jeschke, wie geht's? Lange nicht gesehn. Auch Einquartierung?«

»Nei, Hradscheck.«

»Oder is Line wieder da?«

»Nei, Lineken ook nich. De is joa jitzt in Küstrin.«

»Bei wem denn?«

»Bi Schoolinspekters. Un doa will se nich weg ... Hüren S', Hradscheck, ick glöw, de Schoolinspekters sinn ook man so ... Awers wat hebben Se denn? Se sehn joa ganz geel ut ... Un hier so'ne Falt. Oh, Se möten sich nich ärgern, Hradscheck.«

»Ja, Mutter Jeschke, das sagen Sie wohl. Aber man *muss* sich ärgern. Da sind nun die jungen Offiziere. Na, die gehen bald wieder und sind auch am Ende so schlimm nicht und eigentlich nette Herrchen und immer fidel. Aber der Ede, dieser Ede! Da hat der Junge gestern wieder ein halbes Fass Öl auslaufen lassen. Das ist doch über den Spaß. Wo soll man denn das Geld schließlich hernehmen? Und dann die Plackerei treppauf, treppab, und die schmalen Kellerstufen halb abgerutscht. Es ist zum Halsbrechen.«

»Na, Se hebben joa doch nu Buggenhagen bi sich. De künn joa doch ne nije Trepp moaken.«

»Ach, der, der. Mit dem ist auch nichts; ärgert mich auch. Sollte mir da den Keller höherlegen. Aber er will nicht und hat allerhand Ausreden. Oder vielleicht versteht er's auch nicht. Ich werde mal den Küstriner Maurermeister kommen lassen, der jetzt an den Kasematten herumflickt. Kasematten und Keller ist ja beinah dasselbe. *Der* muss Rat schaffen. Und bald. Denn der Keller ist eigentlich gar kein richtiger Keller; is bloß ein Loch, wo man sich den Kopf stößt.«

»Joa, joa. De Wienstuw sitt em to sihr upp'n Nacken.«

»Freilich. Und die ganze Geschichte hat nicht Luft und nicht Licht. Und warum nicht? Weil kein richtiges Fenster da ist. Alles zu klein und zu niedrig. Alles zu dicht zusammen.«

»Woll, woll«, stimmte die Jeschke zu. »Jott, ick weet noch, as de Pohlsche hier wihr und dat Licht ümmer so blinzeln deih. Joa, wo *wihr* dat Licht? Wihr et in de Stuw o'r wihr et in'n Keller? Ick weet et nich.«

Alles klang so pfiffig und hämisch, und es lag offen zutage, dass sie sich an ihres Nachbarn Verlegenheit weiden wollte. Diesmal aber hatte sie die Rechnung ohne den Wirt gemacht, und die Verlegenheit blieb schließlich auf ihrer Seite. War doch Hradscheck seit lange schon willens, ihr gegenüber, bei sich bietender Gelegenheit, mal einen andern Ton anzuschlagen. Und so sah er sie denn jetzt mit seinen durchdringenden Augen scharf an und sagte, sie plötzlich in der dritten Person anredend: »Jeschken, ich weiß, wo sie hin will. Aber weiß sie denn auch, was eine Verleumdungsklage ist? Ich erfahre alles, was sie so herumschwatzt; aber seh' sie sich vor, sonst kriegt sie's mit dem Küstriner Gericht zu tun; sie ist 'ne alte Hexe, das weiß jeder, und der Justizrat weiß es auch. Und er wartet bloß noch auf eine Gelegenheit.«

Die Alte fuhr erschreckt zusammen. »Ick meen joa man, Hradscheck, ich meen joa man … Se weeten doch, en beten Spoaß möt sinn.«

»Nun gut. Ein bisschen Spaß mag sein. Aber wenn ich Euch raten kann, Mutter Jeschke, nicht zu viel. Hört Ihr wohl, nicht zu viel.«

Und damit ging er wieder auf das Haus zu.

Vierzehntes Kapitel

Ängstigungen und Ärgernisse wie die vorgeschilderten kamen dann und wann vor, aber im Ganzen, um es zu wiederholen, war die Bauzeit eine glückliche Zeit für unsern Hradscheck gewesen. Der Laden war nie leer, die Kundschaft wuchs, und das dem Grundstück zugehörige, draußen an der Neu-Lewiner Straße gelegene Stück Ackerland gab in diesem Sommer einen besonders guten Ertrag. Dasselbe galt auch von dem Garten hinterm Haus; alles gedieh darin, der Spargel prachtvoll, dicke Stangen mit gelbweißen Köpfen, und die Pastinak- und Dillbeete standen hoch in Dolden. Am meisten aber tat der alte Birnbaum, der sich mehr als seit Jahren anstrengte. »Dat's de Franzos«, sagten die Knechte sonntags im Krug, »de deiht wat för em«, und als die Pflückenszeit gekommen, rief Kunicke, der sich gerade zum Kegeln eingefunden hatte: »Hör, Hradscheck, du könntest uns mal ein paar von deinen Franzosenbirnen bringen.« Franzosenbirnen! Das Wort wurde sehr bewundert, lief rasch von Mund zu Mund, und ehe drei Tage vergangen waren, sprach kein Mensch mehr von Hradschecks »Malvasieren«, sondern bloß noch von den »Franzosenbirnen«. Hradscheck selbst aber freute sich des Wortes, weil er daran erkannte, dass man, trotz aller Stichelreden der alten Jeschke, mehr und mehr anfing, die Vorkommnisse des letzten Winters von der scherzhaften Seite zu nehmen.

Ja, die Sommer- und Baumonate brachten lichtvolle Tage für Hradscheck, und sie hätten noch mehr Licht und noch weniger Schatten gehabt, wenn nicht Ursel gewesen wäre. Die füllte, während alles andre glatt und gut ging, seine Seele mit Mitleid und Sorge, mit Mitleid, weil er sie liebte (wenigstens auf seine Weise), mit Sorge, weil sie dann und wann ganz wunderliche Dinge redete. Zum Glück hatte sie nicht das Bedürfnis, Umgang zu pflegen und Menschen zu sehn, lebte vielmehr eingezogener denn je und begnügte sich damit, sonntags in die Kirche zu gehn. Ihre sonst tiefliegenden Augen sprangen dann aus dem Kopf, so begierig folgte sie jedem Wort, das von der Kanzel her laut wurde, *das* Wort aber, auf das sie wartete, das kam nicht. In ihrer Sehnsucht ging sie dann, nach der Predigt, zu dem guten, ihr immer gleichmäßig geneigt bleibenden Eccelius hinüber, um, soweit es ging, Herz und Seele vor ihm auszuschütten und etwas von Befreiung oder Erlösung zu hören; aber Seelsorge war nicht seine starke Seite, noch weniger seine Passion, und wenn sie sich der Sünde geziehn und in Selbstanklagen erschöpft hatte, nahm er lächelnd ihre Hand und sagte: »Liebe Frau Hradscheck, wir sind allzumal Sünder und mangeln des Ruhmes, den wir vor Gott haben sollen. Sie haben eine Neigung, sich zu peinigen, was ich missbillige. Sich ewig anklagen ist oft Dünkel und Eitelkeit. Wir haben Christum und seinen Wandel als Vorbild, dem wir im Gefühl unsrer Schwäche demütig nachstreben sollen. Aber wahren wir uns vor Selbstgerechtigkeit, vor allem vor *der,* die sich in Zerknirschung äußert. *Das* ist die Hauptsache.« Wenn er das trocken geschäftsmäßig, ohne Pathos und selbst ohne jede Spur von Salbung gesagt hatte, ließ er die Sache sofort wieder fallen und fragte, zu natürlicheren und ihm wichtiger dünkenden Dingen übergehend, »wie weit der Bau sei?« Denn er wollte nächstes Frühjahr *auch* bauen. Und wenn dann die Hradscheck, um ihm zu Willen zu sein, von allen möglichen Kleinigkeiten, am liebsten und eingehendsten aber von den Meinungsverschiedenheiten zwischen ihrem Mann und Zimmermeister Buggenhagen geplaudert hatte, rieb er sich schmunzelnd und vor sich hinnickend die Hand und sagte rasch und in augenscheinlicher Furcht, das Seelengespräch wieder aufgenommen zu sehn: »Und nun, liebe Frau Hradscheck, muss ich Ihnen meine Nelken zeigen.«

Um Johanni wusste ganz Tschechin, dass die Hradscheck es nicht lange mehr machen werde. Keinem entging es. Nur sie selber sah es so schlimm nicht an und wollte von keinem Doktor hören. »Sie wissen ja doch nichts. Und dann der Wagen und das viele Geld.« Auf das Letztere, das »viele Geld«, kam sie jetzt überhaupt mit Vorliebe zu sprechen, fand alles unnötig oder zu teuer, und während sie noch das Jahr vorher für ein Polysander-Fortepiano gewesen war, um es, wenn nicht der Amtsrätin in Friedrichsau, so doch wenigstens der Domänenpächterin auf Schloss Solikant gleichzutun, so war sie jetzt sparsam bis zum Geiz. Hradscheck ließ sie gewähren, und nur einmal, als sie gerade beim Schotenpalen war, nahm er sich ein Herz und sagte: »Was ist das nur jetzt, Ursel? Du ringst dir ja jeden Dreier von der Seele.« Sie schwieg, drehte die Schüssel hin und her und palte weiter. Als er aber stehen blieb und auf Antwort zu warten schien, sagte sie, während sie die Schüssel rasch und heftig beiseitesetzte: »Soll es alles umsonst gewesen sein? Oder willst du …« Weiter kam sie nicht. Ein Herzkrampf, daran sie jetzt häufiger litt, überfiel sie wieder, und Hradscheck sprang zu, um ihr zu helfen.

Ihre Wirtschaft besorgte sie pünktlich, und alles ging am Schnürchen wie vordem. Aber Interesse hatte sie nur für eins, und das eine war der Bau. Sie wollt' ihn, darin Hradschecks Eifer noch übertreffend, in möglichster Schnelle beendet sehn, und so sparsam sie sonst geworden war, so war sie doch gegen keine Mehrausgabe, die Beschleunigung und rascheres Zustandekommen versprach. Einmal sagte sie: »Wenn ich nur erst oben bin. Oben werd' ich auch wieder Schlaf haben. Und wenn ich erst wieder schlafe, werd' ich auch wieder gesund werden.« Er wollte sie beruhigen und strich ihr mit der Hand über Stirn und Haar. Aber sie wich seiner Zärtlichkeit aus und kam in ein heftiges Zittern. Überhaupt war es jetzt öfter so, wie wenn sie sich vor ihm fürchte. Mal sagte sie leise: »Wenn er nur nicht so glatt und glau wär'. Er ist so munter und spricht so viel und kann alles. Ihn ficht nichts an … Und die drüben in Neu-Lewin war auch mit einem Male weg.« Solche Stimmungen kamen ihr von Zeit zu Zeit, aber sie waren flüchtig und vergingen wieder.

Und nun waren die letzten Augusttage.

»Morgen, Ursel, ist alles fertig.«

Und wirklich, als der andre Tag da war, bot ihr Hradscheck mit einer gewissen freundlichen Feierlichkeit den Arm, um sie treppauf in eine der neuen Stuben zu führen. Es war die, die nach der Kegelbahn hinauslag, jetzt die hübscheste, hellblau tapeziert und an der Decke gemalt: Ein Kranz von Blüten und Früchten, um den Tauben flogen und pickten. Auch das Bett war schon heraufgeschafft und stand an der Mittelwand, genau da, wo früher die Bettwand der alten Giebel- und Logierstube gewesen war.

Hradscheck erwartete Dank und gute Worte zu hören. Aber die Kranke sagte nur: »*Hier*? Hier, Abel?«

»Es sind neue Steine«, stotterte Hradscheck.

Ursel indes war schon von der Türschwelle wieder zurückgetreten und ging den Gang entlang, nach der andern Giebelseite hinüber, wo sich ein gleich großes, auf den Hof hinaussehendes Zimmer befand. Sie trat an das Fenster und öffnete; Küchenrauch, mehr anheimelnd als störend, kam ihr von der Seite her entgegen, und eine Henne mit ihren Küchelchen zog unten vorüber; Jakob aber, der holzsägend in Front einer offnen Remise stand, neckte sich mit Male, die beim Brunnen Wäsche spülte.

»*Hier* will ich bleiben.«

Und Hradscheck, der durch den Auftritt mehr erschüttert als verdrossen war, war einverstanden und ließ alles, was sich von Einrichtungsgegenständen in der hellblau tapezierten und für Ursel bestimmten Stube befand, nach der andern Seite hinüberbringen.

Und siehe da, Frau Hradscheck erholte sich wirklich und sogar rascher, als sie selbst zu hoffen gewagt hatte. Schlaf kam, der scharfe Zug um ihren Mund wich, und als die schon erwähnten Manövertage mit ihrer Dragonereinquartierung kamen, hatte sich ihr Aussehn und ihre Stimmung derart verbessert, dass sie gelegentlich die Wirtin machen und mit den Offizieren plaudern konnte. Das Hagere, Hektische gab ihr, bei der guten Toilette, die sie zu machen verstand, etwas Distinguiertes, und ein alter Eskadronchef, der sie mit erstaunlicher Ritterlichkeit umcourte, sagte, wenn er ihr beim Frühstück nachsah und mit beiden Händen den langen blonden Schnurrbart drehte: »Famoses Weib. Auf Ehre. Wie *die* nur hierher kommt?« Und dann gab er seiner Bewunderung auch Hradscheck gegenüber Ausdruck, worauf dieser nicht wenig geschmeichelt antwortete: »Ja, Herr Rittmeister, Glück muss der Mensch haben! Mancher kriegt's im Schlaf.«

Und dann lachte der Eskadronchef und stieß mit ihm an.

Das alles war Mitte September.

Aber das Wohlbefinden, so rasch es gekommen, so rasch ging es auch wieder, und ehe noch das Erntefest heran war, waren die Kräfte schon so geschwunden, dass die Kranke die Treppe kaum noch hinunter konnte. Sie blieb deshalb oben, sah auf den Hof und machte sich, um doch etwas zu tun, mit der Neueinrichtung sämtlicher Oberzimmer zu schaffen. Nur die Giebelstube, nach der Kegelbahn hin, vermied sie. Hradscheck, der immer noch an die Möglichkeit einer Wiederherstellung gedacht hatte, sah jetzt auch, wie's stand, und als der heimlich zu Rate gezogene Doktor Oelze von Abzehrung und Nervenschwindsucht gesprochen, machte sich Hradscheck auf ihr Hinscheiden gefasst. Dass er darauf gewartet hätte, konnte nicht wohl gesagt werden; im Gegenteil, er blieb seiner alten Neigung treu, war überaus rücksichtsvoll und klagte nie, dass ihm die Frau fehle. Er wollt' auch von keiner andern Hilfe wissen und ordnete selber alles an, was in der Wirtschaft zu tun nötig war. Vieles tat er selbst. »Is doch ein Mordskerl«, sagte Kunicke. »Was er will, kann er. Ich glaub', er kann auch einen Hasen abziehn und Sülze kochen.«

An dem Abend, wo Kunicke so gesprochen, hatte die Sitzung in der Weinstube wieder ziemlich lange gedauert, und Hradscheck war noch keine halbe Stunde zu Bett, als Male, die jetzt oben bei der Kranken schlief, treppab kam und an seine Tür klopfte.

»Herr Hradscheck, steihn's upp. De Fru schickt mi. Se sülln ruppkoamen.«

Und nun saß er oben an ihrem Bett und sagte: »Soll ich nach Küstrin schicken, Ursel? Soll Oelze kommen? Der Weg ist gut. In drei Stunden ist er hier.«

»In drei Stunden ...«

»Oder soll Eccelius kommen?«

»Nein«, sagte sie, während sie sich mühvoll aufrichtete, »es geht nicht. Wenn ich es nehme, so sag' ich es.«

Er schüttelte verdrießlich den Kopf.

»Und sag' ich es *nicht*, so ess' ich mir selber das Gericht.«

»Ach, lass doch *das*, Ursel. Was soll *das*? Daran denkt ja keiner. Und ich am wenigsten. Er soll bloß kommen und mit dir sprechen. Er meint es gut mit dir und kann dir einen Spruch sagen.«

Es war, als ob sie sich's überlege. Mit einem Mal aber sagte sie: »Selig sind die Friedfertigen; selig sind, die reinen Herzens sind; selig sind die Sanftmütigen. All die kommen in Abrahams Schoß. Aber wohin kommen *wir*?«

»Ich bitte dich, Ursel, sprich nicht *so*. Frage nicht so. Und wozu? Du bist noch nicht so weit, noch lange nicht. Es geht alles wieder vorüber. Du lebst und wirst wieder eine gesunde Frau werden.«

Es klang aber alles nur an ihr hin, und Gedanken nachhängend, die schon über den Tod hinausgingen, sagte sie: »Verschlossen ... Und was aufschließt, das ist der Glaube. Den hab' ich nicht ... Aber is noch ein andres, das aufschließt, das sind die guten Werke ... Hörst du. Du musst ohne Namen nach Krakau schreiben, an den Bischof oder an seinen Vikar. Und musst bitten, dass sie Seelenmessen lesen lassen ... Nicht für mich. Aber du weißt schon ... Und lass den Brief in Frankfurt aufgeben. Hier geht es nicht und auch nicht in Küstrin. Ich habe mir's abgespart dies letzte halbe Jahr, und du findest es eingewickelt in meinem Wäschschrank unter dem Damasttischtuch. Ja, Hradscheck, *das* war es, wenn du dachtest, ich sei geizig geworden. Willst du?«

»Freilich will ich. Aber es wird Nachfrage geben.«

»Nein. Das verstehst du nicht. Das ist Geheimnis. Und sie gönnen einer armen Seele die Ruh'!«

»Ach, Ursel, du sprichst so viel von Ruh' und bangst dich und ängstigst dich, ob du sie finden wirst. Weißt du, was ich denke?«

»Nein.«

»Ich denke, leben ist leben, und tot ist tot. Und wir sind Erde, und Erde wird wieder Erde. Das andre haben sich die Pfaffen ausgedacht. Spiegelfechterei sag' ich, weiter nichts. Glaube mir, die Toten *haben* Ruhe.«

»Weißt du das so gewiss, Abel?«

Er nickte.

»Nun, ich sage dir, die Toten stehen wieder auf ...«

»Am Jüngsten Tag.«

»Aber es gibt ihrer auch, die warten nicht so lange.«

Hradscheck erschrak heftig und drang in sie, mehr zu sagen. Aber sie war schon in die Kissen zurückgesunken, und ihre Hand, der seinigen sich entziehend, griff nur noch krampfhaft in das Deckbett. Dann wurde sie ruhiger, legte die Hand aufs Herz und murmelte Worte, die Hradscheck nicht verstand.

»Ursel«, rief er, »Ursel!«

Aber sie hörte nicht mehr.

Fünfzehntes Kapitel

Das war in der Nacht vom Sonnabend auf Sonntag gewesen, den letzten Tag im September. Als am andern Morgen zur Kirche geläutet wurde, standen die Fenster in der Stube weit offen, die weißen Gardinen bewegten sich hin und her, und alle, die vorüberkamen, sahen nach der Giebelstube hinauf und wussten nun, dass die Hradscheck gestorben sei. Schulze Woytasch fuhr vor, aussprechend, was er sich bei gleichen Veranlassungen zu sagen gewöhnt hatte, »dass ihr nun wohl sei« und »dass sie vor ihnen allen einen guten Schritt voraushabe«. Danach trank er, wie jeden Sonntag vor der Predigt, ein kleines Glas Madeira zur Stärkung und machte dann die kurze Strecke bis zur Kirche hin zu Fuß. Auch Kunicke kam und drückte Hradscheck verständnisvoll die Hand, das Auge gerade verschwommen genug, um die Vorstellung einer Träne zu wecken. Desgleichen sprachen auch der Ölmüller und gleich nach ihm Bauer Mietzel vor, welch letztrer sich bei Todesfällen immer der »Vorzüge seiner Kränklichkeit von Jugend auf« zu berühmen pflegte. Das tat er auch heute wieder. »Ja, Hradscheck, der Mensch denkt und Gott lenkt. Ich piepe nun schon so lang; aber es geht immer noch.«

Auch noch andre kamen und sagten ein Wort. Die meisten indessen gingen ohne Teilnahmsbezeigung vorüber und stellten Betrachtungen an, die sich mit der Toten in nur wenig freundlicher Weise beschäftigten.

»Ick weet nich«, sagte der eine, »wat Hradscheck an ehr hebben deih. Man blot, dat se'n beten scheel wihr.«

»Joa«, lachte der andre. »Dat wihr se. Un am Enn', so wat künn he hier ook hebb'n.«

»Un denn dat hannüversche Geld. Ihrst schmeet se't weg, un mit eens fung se to knusern an.«

In dieser Weise ging das Gespräch einiger ältrer Leute; das junge Weiberzeug aber beschränkte sich auf die eine Frage: »Weck een he nu woll frigen deiht?«

Auf Mittwoch vier Uhr war das Begräbnis angesetzt, und viel Neugierige standen schon vorher in einem weiten Halbkreis um das Trauerhaus herum. Es waren meist Mägde, die schwatzten und kicherten, und nur einige waren ernst, darunter die Zwillingsenkelinnen einer armen alten Witwe, welche letztre, wenn Wäsche bei den Hradschecks war, allemal mitwusch. Diese Zwillinge waren in ihren schwarzen, von der Frau Hradscheck herrührenden Einsegnungskleidern erschienen und weinten furchtbar, was sich noch steigerte, als sie bemerkten, dass sie durch ihr Geheul und Geschluchze der Gegenstand allgemeiner Aufmerksamkeit wurden. Dabei gingen jetzt die Glocken in einem fort, und alles drängte dichter zusammen und wollte sehn. Als es nun aber zum dritten Mal ausgeläutet hatte, kam Leben in die drin und draußen Versammelten, und der Zug setzte sich in Bewegung. Vorn die von Kantor Graumann geführte Schuljugend, die, wie herkömmlich, den Choral »Jesus meine Zuversicht« sang; nach ihr erschien der von sechs Trägern getragene Sarg; dann Eccelius und Hradscheck; dahinter die Bauernschaft in schwarzen Überröcken und hohen schwarzen Hüten, und endlich all die Neugierigen, die bis dahin das Haus umstanden hatten. Es war ein wunderschöner Tag, frische Herbstluft bei klarblauem Himmel. Aber die würdevoll vor sich hinblickende Dorfhonoratiorenschaft achtete des blauen Himmels nicht, und nur Bauer Mietzel, der noch Heu draußen hatte, das er am andern Tag einfahren wollte, schielte mit halbem Auge hinauf. Da sah er, wie von der andern Oderseite her ein Weih über den Strom kam und auf den Tschechiner Kirchturm zuflog. Und er stieß den neben ihm gehenden Ölmüller an und sagte: »Süh, Quaas, doa is he wedder.«

»Wihr denn?«

»De Weih. Weetst noch?«

»Nei.«

»Dunn, as dat mit Szulski wihr. Ick segg' di, de Weih, de weet wat.«

Als sie so sprachen, bog die Spitze des Zuges auf den Kirchhof ein, an dessen höchster Stelle, dicht neben dem Turm, das Grab gegraben war. Hier setzte man den Sarg auf darüber gelegte Balken, und als sich der Kreis gleich danach geschlossen hatte, trat Eccelius vor, um die Grabrede zu halten. Er rühmte von der Toten, dass sie, den ihr anerzogenen Aberglauben abschüttelnd, nach freier Wahl und eignem Entschluss den Weg des Lichtes gegangen sei, was nur *der* wissen und bezeugen könne, der ihr so nah gestanden habe wie er. Und wie sie das Licht und die reine

Lehre geliebt habe, so habe sie nicht minder das Recht geliebt, was sich zu keiner Zeit schöner und glänzender gezeigt, als in jenen schweren Tagen, die der selig Entschlafenen nach dem Ratschlusse Gottes auferlegt worden seien. Damals, als er ihr nicht ohne Mühe das Zugeständnis erwirkt habe, den, an dem ihr Herz und ihre Seele hing, wiedersehn zu dürfen, wenn auch freilich nur vor Zeugen und auf eine kurze halbe Stunde, da habe sie die wohl jedem hier in der Erinnerung gebliebenen Worte gesprochen: »Nein, nicht jetzt; es ist besser, dass ich warte. Wenn er unschuldig ist, so werd' ich ihn wiedersehn, früher oder später; wenn er aber schuldig ist, so will ich ihn *nicht* wiedersehn.« Er freue sich, dass er diese Worte, hier am Grabe der Heimgegangenen, ihr zu Ruhm und Ehre, wiederholen könne. Ja, sie habe sich allezeit bewährt in ihrem Glauben und ihrem Rechtsgefühl. Aber vor allem auch in ihrer Liebe. Mit Bangen habe sie die Stunden gezählt, in schlaflosen Nächten ihre Kräfte verzehrend, und als endlich die Stunde der Befreiung gekommen sei, da sei sie zusammengebrochen. Sie sei das Opfer arger, damals herrschender Missverständnisse, das sei zweifellos, und alle die, die diese Missverständnisse geschürt und genährt hätten, anstatt sie zu beseitigen, die hätten eine schwere Verantwortung auf ihre Seele geladen. Ja, dieser frühe Tod, er müsse das wiederholen, sei das Werk derer, die das Gebot unbeachtet gelassen hätten: »Du sollst nicht falsch Zeugnis reden wider deinen Nächsten.«

Und als er dieses sagte, sah er scharf nach einem entblätterten Hagebuttenstrauch hinüber, unter dessen roten Früchten die Jeschke stand und dem Vorgange, wie schon damals in der Kirche, mehr neugierig als verlegen folgte.

Gleich danach aber schloss Eccelius seine Rede, gab einen Wink, den Sarg hinabzulassen, und sprach dann den Segen. Dann kamen die drei Hände voll Erde, mit sich anschließendem Schmerzblick und Händeschütteln, und ehe noch der am Horizont schwebende Sonnenball völlig unter war, war das Grab geschlossen und mit Asterkränzen überdeckt.

Eine halbe Stunde später, es dämmerte schon, war Eccelius

wieder in seiner Studierstube, das Sammetkäpsel auf dem Kopf, das ihm Frau Hradscheck vor gerade Jahresfrist gestickt hatte. Die Bauern aber saßen in der Weinstube, Hradscheck zwischen ihnen, und fassten alles, was sie an Trost zu spenden hatten, in die Worte zusammen: »Immer Courage, Hradscheck! Der alte Gott lebt noch« – welchen Trost- und Weisheitssprüchen sich allerlei Wiederverheiratungsgeschichten beinah unmittelbar anschlossen. Eine davon, die Beste, handelte von einem alten Hauptmann von Rohr, der vier Frauen gehabt und beim Hinscheiden jeder Einzelnen mit einer gewissen trotzigen Entschlossenheit gesagt hatte: »Nimmt Gott, so nehm' ich wieder.« Hradscheck hörte dem allem ruhig und kopfnickend zu, war aber doch froh, die Tafelrunde heute früher als sonst aufbrechen zu sehn. Er begleitete Kunicke bis an die Ladentür und stieg dann, er wusste selbst nicht warum, in die Stube hinauf, in der Ursel gestorben war. Hier nahm er Platz an ihrem Bett und starrte vor sich hin, während allerlei Schatten an Wand und Decke vorüberzogen.

Als er eine Viertelstunde so gesessen, verließ er das Zimmer wieder und sah, im Vorübergehen, dass die nach rechts hin gelegene Giebelstube halb offenstand, dieselbe Stube, drin die Verstorbene nach vollendetem Umbau zu wohnen und zu schlafen so bestimmt verweigert hatte.

»Was machst du hier, Male?« fragte Hradscheck.

»Wat ick moak? Ick treck em sien Bett öwer.«

»Wem?«

»Is joa wihr ankoamen. Wedder een mit'n Pelz.«

»So, so«, sagte Hradscheck und stieg die Treppe langsam hinunter. »Wedder een … wedder een … Immer noch nicht vergessen.«

Sechzehntes Kapitel

Frau Hradscheck war nun unter der Erde, Male hatte das Umschlagetuch gekriegt, auf das ihre Wünsche sich schon lange gerichtet hatten, und alles wäre gut gewesen, wenn nicht der letzte Wille der Verstorbenen gewesen wäre: die Geldsendung an den Krakauer Bischof um der zu lesenden Seelenmessen willen. Das machte Hradscheck Sorge, nicht wegen des Geldes, davon hätt' er sich leicht getrennt, einmal weil Sparen und Knausern überhaupt nicht in seiner Natur lag, vor allem aber weil er das seiner Frau gegebene Versprechen gern zu halten wünschte, schon aus abergläubischer Furcht. Das Geld also war es nicht, und wenn er trotzdem in Schwanken und Säumnis verfiel, so war es, weil er nicht selber dazu beitragen wollte, die kaum begrabene Geschichte vielleicht wieder ans Licht zu ziehn. Ursel hatte freilich von Beichtgeheimnis und Ähnlichem gesprochen, er misstraute jedoch solcher Sicherheit, am meisten aber dem ohne Namensunterschrift in Frankfurt aufzugebenden Briefe.

In dieser Verlegenheit beschloss er endlich, Eccelius zu Rate zu ziehn und diesem die halbe Wahrheit zu sagen, und wenn nicht die halbe, so doch wenigstens so viel, wie zu seiner Gewissensbeschwichtigung gerade nötig war. Ursel, so begann er, habe zu seinem allertiefsten Bedauern ernste katholische Rückfälle gehabt und ihm beispielsweis in ihrer letzten Stunde noch eine Summe Geldes behändigt, um Seelenmessen für sie lesen zu lassen (der, dem es eigentlich galt, wurde hier unterschlagen). Er, Hradscheck, hab' ihr auch, um ihr das Sterben leichter zu machen, alles versprochen, sein protestantisches Gewissen aber sträube sich jetzt dagegen, ihr das Versprochene wörtlich und in all und jedem Stücke zu halten, weshalb er anfrage, ob er das Geld wirklich an die Katholschen aushändigen oder nicht lieber nach Berlin reisen und ein marmornes oder vielleicht auch gusseisernes Grabkreuz, wie sie jetzt Mode seien, bestellen solle.

Eccelius zögerte keinen Augenblick mit der Antwort und sagte genau das, was Hradscheck zu hören wünschte. Versprechungen, die man einem Sterbenden gäbe, seien natürlich bindend, das erheische die Pietät, das sei die Regel. Aber jede Regel habe bekanntlich ihren Ausnahmefall, und wenn das einem Sterbenden gegebene Versprechen falsch und sündhaft sei, so hebe das Erkennen dieser Sündhaftigkeit das Versprechen wieder auf. Das sei nicht bloß Recht, das sei sogar Pflicht. Die ganze Sache, wie Hradscheck sie geschildert, gehöre zu seinen schmerzlichsten Erfahrungen. Er habe große Stücke von der Verstorbenen gehalten und allezeit einen Stolz darein gesetzt, sie für die gereinigte Lehre gewonnen zu haben. Dass er sich darin geirrt oder doch wenigstens halb geirrt habe, sei neben anderem auch persönlich kränkend für ihn, was er nicht leugnen wolle. Diese persönliche Kränkung indes sei nicht das, was sein eben gegebenes Urteil bestimmt habe. Hradscheck solle getrost bei seinem Plane bleiben und nach Berlin reisen, um das Kreuz zu bestellen. Ein Kreuz und ein guter Spruch zu Häupten der Verstorbenen werde derselben genügen, dem Kirchhof aber ein Schmuck und eine Herzensfreude für jeden sein, der sonntags daran vorüberginge.

Es war Ende Oktober gewesen, dass Eccelius und Hradscheck dies Gespräch geführt hatten, und als nun Frühling kam und der ganze Tschechiner Kirchhof, so kahl auch seine Bäume noch waren, in Schneeglöckchen und Veilchen stand, erschien das gusseiserne Kreuz, das Hradscheck mit vieler Wichtigkeit und nach langer und minutiöser Beratung auf der Königlichen Eisengießerei bestellt hatte. Zugleich mit dem Kreuze traf ein Steinmetz mit zwei Gesellen ein, Leute, die das Aufrichten und Einlöten aus dem Grunde verstanden, und nachdem die Dorfjugend ein paar Stunden zugesehen hatte, wie das Blei geschmolzen und in das Sockelloch eingegossen wurde, stand das Kreuz da mit Spruch und Inschrift, und viele Neugierige kamen, um die goldblanken Verzierungen zu sehn: unten ein Engel, die Fackel senkend, und oben ein Schmetterling. All das wurde von Alt und Jung bewundert. Einige lasen auch die Inschrift: »Ursula Vincentia Hradscheck, geb. zu Hickede bei Hildesheim im Hannöverschen den 29. März 1790, gest. den 30. September 1832.« Und darunter »Evang. Matthäi 6, V. 14.« Auf der Rückseite des Kreuzes aber stand ein mutmaßlich von Eccelius selbst herrührender Spruch, darin er seinem Stolz, aber freilich auch seinem Schmerz Ausdruck gegeben hatte. Dieser Spruch lautete: »Wir wandelten in Finsternis, bis wir das Licht sahen. Aber die Finsternis blieb, und es fiel ein Schatten auf unsren Weg.«

Unter denen, die sich das Kreuz gleich am Tage der Errichtung angesehen hatten, waren auch Gendarm Geelhaar und Mutter Jeschke gewesen. Sie hatten denselben Heimweg und gingen nun gemeinschaftlich die Dorfstraße hinunter, Geelhaar etwas verlegen, weil er den zu seiner eignen Würdigkeit schlecht passenden Ruf der Jeschke besser als irgendwer anders kannte. Seine Neugier überwand aber seine Verlegenheit, und so blieb er denn an der Seite der Alten und sagte:

»Hübsch is es. Un der Schmetterling so natürlich; beinah wie'n Zitronenvogel. Aber ich begreife Hradscheck nich, dass er sie so dicht an dem Turm begraben hat. Was soll sie da? Warum nicht bei den Kindern? Eine Mutter muss doch da liegen, wo die Kinder liegen.«

»Woll, woll, Geelhaar. Awers Hradscheck is klook. Un he weet ümmer, wat he deiht.«

»Gewiss weiß er das. Er ist klug. Aber gerade, weil er klug ist …«

»Joa, joa.«

»Nu was denn?«

Und der sechs Fuß hohe Mann beugte sich zu der alten Hexe nieder, weil er wohl merkte, dass sie was sagen wollte.

»Was denn, Mutter Jeschke?« wiederholte er seine Frage.

»Joa, Geelhaar, wat sall ick seggen? Eccelius möt et weten. Un de hett nu ok wedder de Inschrift moakt. Awers *een* is, de weet ümmer noch en beten mihr.«

»Und wer is das? Line?«

»Ne, Line nich. Awers Hradscheck sülwsten. Hradscheck, de will de Kinnings und de Fru nich tosoamen hebb'n. Nich so upp enen Hümpel.«

»Nun gut, gut. Aber warum nicht, Mutter Jeschke?«

»Nu, he denkt, wenn't losgeiht.«

Und nun blieb sie stehn und setzte dem halb verwundert, halb entsetzt aufhorchenden Geelhaar auseinander, dass die Hradscheck an dem Tage, »wo's losgehe«, doch natürlich nach ihren Kindern greifen würde, vorausgesetzt, dass sie sie zur Hand habe. »Un dat wull de oll Hradscheck nich.«

»Aber, Mutter Jeschke, glaubt ihr denn an so was?«

»Joa, Geelhaar, worümm nich? Worümm sall ick an so wat nich glöwen?«

Siebzehntes Kapitel

Als das Kreuz aufgerichtet stand, es war Nachmittag geworden, kam auch Hradscheck, sonntäglich und wie zum Kirchgange gekleidet, und die Neugierigen, an denen den ganzen Tag über, auch als Geelhaar und die Jeschke längst fort waren, kein Mangel blieb, sahen, dass er den Spruch las und die Hände faltete. Das gefiel ihnen ausnehmend, am meisten aber gefiel ihnen, dass er das teure Kreuz überhaupt bestellt hatte. Denn Geld ausgeben (und noch dazu *viel* Geld) war das, was den Tschechinern als echten Bauern am meisten imponierte. Hradscheck verweilte wohl eine Viertelstunde, pflückte Veilchen, die neben dem Grabhügel aufsprossen, und ging dann in seine Wohnung zurück.

Als es dunkel geworden war, kam Ede mit Licht, fand aber die Tür von innen verriegelt, und als er nun auf die Straße ging, um wie gewöhnlich die Fensterladen von außen zu schließen, sah er, dass Hradscheck, eine kleine Lampe mit grünem Klappschirm vor sich, auf dem Sofa saß und den Kopf stützte. So verging der Abend. Auch am andern Tage blieb er auf seiner Stube, nahm kaum einen Imbiss, las und schrieb und ließ das Geschäft gehn, wie's gehen wollte.

»Hür, Jakob«, sagte Male, »dat's joa grad, as ob se nu ihrst dod wihr. Süh doch, wie heh doa sitt. He kann doch nu nich wedder anfang'n.«

»Ne«, sagte Jakob, »dat kann he nich.«

Und Ede, der hinzukam und heute gerade seinen hochdeutschen Tag hatte, stimmte bei, freilich mit der Einschränkung, dass er auch von der voraufgegangenen »ersten Trauer« nicht viel wissen wollte.

»Wieder anfangen! Ja, was heißt wieder anfangen? Damals war es auch man soso. Drei Tag' und nich länger. Und pass auf, Male, diesmal knappst er noch was ab.«

Und wirklich, Ede, der aller Dummheit unerachtet, seinen Herrn gut kannte, behielt recht, und ehe noch der dritte Tag um war, ließ Hradscheck die Träumerei fallen und nahm das gesellige Leben wieder auf, das er schon während der zurückliegenden Wintermonate geführt hatte. Dazu gehörte, dass er alle vierzehn Tage nach Frankfurt und alle vier Wochen auch mal nach Berlin fuhr, wo er sich, nach Erledigung seiner kaufmännischen Geschäfte, kein anderes Vergnügen als einen Theaterabend gönnte. Deshalb stieg er auch regelmäßig in dem an der Ecke von Hohen-Steinweg und Königsstraße gelegenen »Gasthofe zum Kronprinzen« ab, von dem aus er bis zu dem damals in Blüte stehenden Königsstädtischen Theater nur ein paar hundert Schritte hatte. War er dann wieder in Tschechin zurück, so gab er den Freunden und Stammgästen in der Weinstube, zu denen jetzt auch Schulze Woytasch gehörte, nicht bloß Szenen aus dem Angelyschen »Fest der Handwerker« und Holteis »Altem Feldherrn« und den »Wienern in Berlin« zum Besten, sondern sang ihnen auch allerlei Lieder und Arien vor: »War's vielleicht um eins, war's vielleicht um zwei, war's vielleicht drei oder vier.« Und dann wieder: »In Berlin, sagt er, musst du fein, sagt er, immer sein, sagt er usw.« Denn er besaß eine gute Tenorstimme. Besonderes Glück aber, weit über die Singspielarien hinaus, machte er mit dem Leierkastenlied von »Herrn Schmidt und seinen sieben heiratslustigen Töchtern«, dessen erste Strophe lautete:

»Herr Schmidt, Herr Schmidt,
Was kriegt denn Julchen mit?«
»Ein Schleier und ein Federhut,
Das kleidet Julchen gar zu gut.«

Dies Lied von Herrn Schmidt und seinen Töchtern war das Entzücken Kunickes, das verstand sich von selbst, aber auch Schulze Woytasch versicherte jedem, der es hören wollte: »Für Hradscheck ist mir nicht bange; der kann ja jeden Tag aufs Theater. Ich habe Beckmann gesehn; nu ja, Beckmann is gut, aber Hradscheck is besser; er hat noch so was, ja wie soll ich sagen, er hat noch so was, was Beckmann nicht hat.«

Hradscheck gewöhnte sich an solchen Beifall, und wenn es sich auch gelegentlich traf, dass er bei seinem Berliner Aufenthalte, während dessen er allemal eine goldene Brille trug, keine Novität gesehen hatte, so kam er doch nie mit leeren Händen zurück, weil er sich nicht eher zufrieden gab, als bis er an den Schaufenstern der Buchläden irgendwas Komisches und unbändig Witziges ausgefunden hatte. Das hielt auch nie schwer, denn es war gerade die »Glaßbrenner- oder Brennglas-Zeit«, und wenn es solche Glaßbrenner-Geschichten nicht sein konnten, nun, so waren es Sammlungen alter und neuer Anekdoten, die damals in kleinen dürftigen Viergroschenbüchelchen unter allerhand Namen und Titeln, so beispielsweise als »Brausepulver«, feilgeboten wurden. Ja diese Büchelchen fanden bei den Tschechinern einen ganz besondern Beifall, weil die darin erzählten Geschichten immer kurz waren und nie lange auf die Pointe warten ließen, und wenn das Gespräch mal stockte, so hatte Kunicke den Stammwitz: »Hradscheck, ein Brausepulver.«

Es war Anfang Oktober, als Hradscheck wieder mal in Berlin war, diesmal auf mehrere Tage, während er sonst immer den dritten Tag schon wieder nach Hause kam. Ede, der mittlerweile das Geschäft versah, passte gut auf den Dienst, und nur in der

Stunde von eins bis zwei, wo sich kaum ein Mensch im Laden sehen ließ, gefiel er sich darin, den Herrn zu spielen und, ganz so wie Hradscheck zu tun pflegte, mit auf den Rücken gelegten Händen im Garten auf und ab zu gehen. Das tat er auch heute wieder, zugleich aber rief er nach Jakob und trug ihm auf, und zwar in ziemlich befehlshaberischem Tone, dass er einen neuen Reifen um die Wassertonne legen solle. Dann sah er nach den Starkästen am Birnbaum und zog einen Zweig zu sich herab, um noch eine der nachgereiften »Franzosenbirnen« zu pflücken. Es war ein Prachtexemplar, in das er sofort einbiss. Als er aber den Zweig wieder losließ, sah er, dass die Jeschke drüben am Zaune stand.

»Dag, Ede.«

»Dag, Mutter Jeschke.«

»Na, schmeckt et?«

»I worümm nich? Is joa 'ne Malvasier.«

»Joa. Vördem wihr et 'ne Malvasier. Awers nu ...«

»Nu is et 'ne ›Franzosenbeer‹. Ick weet woll. Awers dat's joa all een.«

»Joa, wer weet, Ede. Doa is nu so wat mang. Heste noch nix maarkt?«

Der Junge ließ erschreckt die Birne fallen, das alte Weib aber bückte sich danach und sagte: »Ick meen joa nich de Beer. Ick meen sünnsten.«

»Wat denn? Wo denn?«

»Na, so rümm um't Huus.«

»Nei, Mutter Jeschke.«

»Un ook nich unnen in'n Keller? Hest noch nix siehn o'r hürt?«

»Nei, Mutter Jeschke. Man blot ...«

»Un grappscht ook nich?«

Der Junge war ganz blass geworden.

»Joa, Mutter Jeschke, mal wihr mi so. Mal wihr mi so, as hüll mi wat an de Hacken. Joa, ick glöw, et grappscht.«

Die Jeschke sah ihren Zweck erreicht und lenkte deshalb geschickt wieder ein. »Ede, du bist 'ne Bangbüchs. Ick hebb joa man spoaßt. Is joa man all dumm Tüg.«

Und damit ging sie wieder auf ihr Haus zu und ließ den Jungen stehn.

Drei Tage danach war Hradscheck wieder aus Berlin zurück, in vergnüglicherer Stimmung als seit lange, denn er hatte nicht nur alles Geschäftliche glücklich erledigt, sondern auch die Bekanntschaft einer jungen Dame gemacht, die sich seiner Person wie seinen Heiratsplänen geneigt gezeigt hatte. Diese junge Dame war die Tochter aus einem Destillationsgeschäft, groß und stark, mit etwas hervortretenden, immer lachenden Augen, eine Vollblutberlinerin. »Forsch und fidel« war ihre Losung, der auch ihre Lieblingsredensart: »Ach, das ist ja zum Totlachen« entsprach. Aber dies war nur so für alle Tage. Wurd' ihr dann wohliger ums Herz, so wurden es auch ihre Redewendungen, und sie sagte dann: »I da muss ja 'ne alte Wand wackeln«, oder »Das ist ja gleich, um einen Puckel zu kriegen.« Ihr Schönstes waren Landpartien einschließlich gesellschaftlicher Spiele, wie Zeck oder Plumpsack, dazu saure Milch mit Schwarzbrot und Heimfahrt mit Stocklaternen und Gesang: »Ein freies Leben führen wir«, »Frisch auf, Kameraden«, »Lützows wilde verwegene Jagd« und »Steh' ich in finstrer Mitternacht«. Infolge welcher ausgesprochenen Vorliebe sie sich in den Kopf gesetzt hatte, nur aufs Land hinaus heiraten zu wollen. Und darüber war sie dreißig Jahr' alt geworden, alles bloß aus Eigensinn und Widerspenstigkeit. Ihren Namen Editha aber hatte die Mutter in Dittchen abgekürzt.

So die Bekanntschaft, die Hradscheck während seines letzten Berliner Aufenthaltes gemacht hatte. Mit Editha selbst war er so gut wie einig, und nur die Eltern hatten noch kleine Bedenken. Aber was bedeutete das? Der Vater war ohnehin daran gewöhnt, nicht gefragt zu werden, und die Mutter, die nur wegen der neun Meilen Entfernung noch einigermaßen schwankte, wäre keine richtige Mutter gewesen, wenn sie nicht schließlich auch hätte Schwiegermutter sein wollen.

Also Hradscheck war in bester Stimmung, und ein Ausdruck derselben war es, dass er diesmal mit einem besonders großen Vorrat von Berliner Witzliteratur nach Tschechin zurückkehrte, darunter eine komische Romanze, die letzten Sonntag erst vom Hofschauspieler Rüthling im Konzertsaale des Königlichen Schauspielhauses vorgetragen worden war, und zwar in einer Matinee, der, neben der ganzen Hautevolee von Berlin, auch Hradscheck und Editha beigewohnt hatten. Diese Romanze behandelte die berühmte Geschichte vom Eckensteher, der einen armen Apothekerlehrling, »weil das Räucherkerzchen partout nicht stehn wolle«, Schlag Mitternacht aus dem Schlaf klingelte, welche Geschichte damals nicht bloß die ganze vornehme Welt, sondern besonders auch unsern auf alle Berliner Witze ganz wie versessenen Hradscheck derart hingenommen hatte, dass er die Zeit, sie seinem Tschechiner Konvivium vorzulesen, kaum erwarten konnte. Nun aber war es so weit, und er feierte Triumphe, die fast noch größer waren, als er zu hoffen gewagt hatte. Kunicke brüllte vor Lachen und bot den dreifachen Preis, wenn ihm Hradscheck das Büchelchen ablassen wolle. »Das müss' er seiner Frau vorlesen, wenn er nach Hause komme, diese Nacht noch; so was sei noch gar nicht dagewesen.« Und dann sagte Schulze Woytasch: »Ja, die Berliner! Ich weiß nicht! Und wenn mir einer tausend Taler gäbe, so was könnt' ich nich machen. Es sind doch verflixte Kerls.«

Die »Romanze vom Eckensteher« indes, so glänzend ihr Vortrag abgelaufen war, war doch nur Vorspiel und Plänkelei gewesen, darin Hradscheck sein bestes Pulver noch nicht verschossen hatte. Sein Bestes, oder doch das, was er persönlich dafür hielt, kam erst nach und war die Geschichte von einem der politischen Polizei zugeteilten Gendarmen, der einen unter Verdacht des Hochverrats stehenden und in der Kurstraße wohnenden badischen Studenten namens Haitzinger ausfindig machen sollte, was ihm auch gelang und einige Zeit danach zu der amtlichen Meldung führte, dass er den pp. Haitzinger, der übrigens Blümchen heiße, gefunden habe, trotzdem derselbe nicht in der Kurstraße, sondern auf dem Spittelmarkt wohnhaft und nicht badischer Student, sondern ein sächsischer Leineweber sei. »Und nun, ihr Herren und Freunde«, schloss Hradscheck seine Geschichte, »dieser ausbündig gescheite Gendarm, wie hieß er? Natürlich Geelhaar, nicht wahr? Aber nein, ihr Herren, fehlgeschossen, er hieß bloß Müller II. Ich habe mich genau danach erkundigt, sonst hätt' ich bis an mein Lebensende geschworen, dass er Geelhaar geheißen haben müsse.«

Kunicke schüttelte sich und wollte von keinem andern Namen als Geelhaar wissen, und als man sich endlich ausgetobt und ausgejubelt hatte (nur Woytasch, als Dorfobrigkeit, sah etwas missbilligend drein), sagte Quaas: »Kinder, so was haben wir nicht alle Tage, denn Hradscheck kommt nicht alle Tage von Berlin. Ich denke deshalb, wir machen noch eine Bowle: drei Mosel, eine Rheinwein, eine Burgunder. Und nicht zu süß. Sonst haben wir morgen Kopfweh. Es ist erst halb zwölf, fehlen noch fünf Minuten. Und wenn wir uns ranhalten, machen wir um Mitternacht die Nagelprobe.«

»Bravo!« stimmte man ein. »Aber nicht zu früh; Mitternacht ist zu früh.«

Und Hradscheck erhob sich, um Ede, der verschlafen im Laden auf einem vorgezogenen Zuckerkasten saß, in den Keller zu schicken und die fünf Flaschen heraufholen zu lassen. »Und pass auf, Ede; der Burgunder liegt durcheinander, roter und weißer, der mit dem grünen Lack ist es.«

Ede rieb sich den Schlaf aus den Augen, nahm Licht und Korb und hob die Falltür auf, die zwischen den übereinander gepackten Ölfässern, und zwar an der einzig frei gebliebenen Stelle, vom Flur her in den Keller führte.

Nach ein paar Minuten war er wieder oben und klopfte vom Laden her an die Tür, zum Zeichen, dass alles da sei.

»Gleich«, rief der wie gewöhnlich mitten in einem Vortrage steckende Hradscheck, »gleich«, und trat erst, als er seinen Satz beendet hatte, von der Weinstube her in den Laden. Hier schob er sich eine schon vorher aus der Küche heranbeorderte Terrine bequem zurecht und griff nach dem Korkzieher, um die Flasche aufzuziehn. Als er aber den Burgunder in die Hand nahm, gab er dem Jungen, halb ärgerlich halb gutmütig, einen Tipp auf die Schulter und sagte: »Bist ein Döskopp, Ede. Mit grünem Lack, hab' ich dir gesagt. Und das ist gelber. Geh und hol 'ne richtige Flasche. Wer's nich im Kopp hat, muss es in den Beinen haben.«

Ede rührte sich nicht.

»Nun, Junge, wird es? Mach flink.«

»Ick geih nich.«

»Du gehst nich? warum nich?«

»Et spökt.«

»Wo?«

»Unnen ... Unnen in'n Keller.«

»Junge, bist du verrückt? Ich glaube, dir steckt schon der Mitternachtsgrusel im Leibe. Rufe Jakob. Oder nein, der is schon zu Bett; rufe Male, *die* soll kommen und dich beschämen. Aber lass nur.«

Und dabei ging er selber bis an die Küchentür und rief hinaus: »Male.«

Die Gerufene kam.

»Geh in den Keller, Male.«

»Nei, Herr Hradscheck, ick geih nich.«

»Auch *du* nich. Warum nich?«

»Et spökt.«

»Ins Dreideibels Namen, was soll der Unsinn?«

Und er versuchte zu lachen. Aber er hielt sich dabei nur mit Müh' auf den Beinen, denn ihn schwindelte. Zu gleicher Zeit empfand er deutlich, dass er kein Zeichen von Schwäche geben dürfe, vielmehr umgekehrt bemüht sein müsse, die Weigerung der beiden ins Komische zu ziehn, und so riss er denn die Tür zur Weinstube weit auf und rief hinein: »Eine Neuigkeit, Kunicke ...«

»Nu, was gibt's?«

»Unten spukt es. Ede will nicht mehr in den Keller und Male natürlich auch nicht. Es sieht schlecht aus mit unsrer Bowle. Wer kommt mit? Wenn zwei kommen, spukt es nicht mehr.«

»Wir alle«, schrie Kunicke. »Wir alle. Das gibt einen Hauptspaß. Aber Ede muss auch mit.«

Und bei diesen Worten eines der zur Hand stehenden Lichter nehmend, zogen sie – mit Ausnahme von Woytasch, dem das Ganze mißhagte – brabbelnd und plärrend und in einer Art Prozession, als ob einer begraben würde, von der Weinstube her durch Laden und Flur und stiegen langsam und immer einer nach dem andern die Stufen der Kellertreppe hinunter.

»Alle Wetter, is *das* ein Loch!« sagte Quaas, als er sich unten umkuckte. »Hier kann einem ja gruslig werden. Nimm nur gleich ein paar mehr mit, Hradscheck. Das hilft. Je mehr Fidelité, je weniger Spuk.«

Und bei solchem Gespräch, in das Hradscheck einstimmte, packten sie den Korb voll und stiegen die Kellertreppe wieder hinauf. Oben aber warf Kunicke, der schon stark angeheitert war, die schwere Falltür zu, dass es durch das ganze Haus hin dröhnte.

»So, nu sitzt er drin.«

»Wer?«

»Na wer? Der Spuk.«

Alles lachte; das Trinken ging weiter, und Mitternacht war lange vorüber, als man sich trennte.

Achtzehntes Kapitel

Hradscheck, sonst mäßig, hatte mit den andern um die Wette getrunken, bloß um eine ruhige Nacht zu haben. Das war ihm auch geglückt, und er schlief nicht nur fest, sondern auch weit über seine gewöhnliche Stunde hinaus. Erst um acht Uhr war er auf. Male brachte den Kaffee, die Sonne schien ins Zimmer, und die Sperlinge, die das aus den Häckselsäcken gefallene Futterkorn aufpickten, flogen, als sie damit fertig waren, aufs Fensterbrett und meldeten sich. Ihre Zwitschertöne hatten etwas Heitres und Zutrauliches, das dem Hausherrn, der ihnen reichlich Semmelkrume zuwarf, unendlich wohltat, ja, fast war's ihm, als ob er ihren Morgengruß verstände: »Schöner Tag heute, Herr Hradscheck; frische Luft; alles leichtnehmen!«

Er beendete sein Frühstück und ging in den Garten. Zwischen den Buchsbaumrabatten stand viel Rittersporn, halb noch in Blüte, halb schon in Samenkapseln, und er brach eine der Kapseln ab und streute die schwarzen Körnchen in seine Handfläche. Dabei fiel ihm, wie von ungefähr, ein, was ihm Mutter Jeschke vor Jahr und Tag einmal über Farnkrautsamen und Sichunsichtbarmachen gesagt hatte. »Farnkrautsamen in die Schuh gestreut ...« Aber er mocht' es nicht ausdenken und sagte, während er sich auf eine neuerdings um den Birnbaum herum angebrachte Bank setzte: »Farnkrautsamen! Nun fehlt bloß noch das Licht vom ungebornen Lamm. Alles Altweiberschwatz. Und wahrhaftig, ich werde noch selber ein altes Weib ... Aber da kommt sie ...«

Wirklich, als er so vor sich hinredete, kam die Jeschke zwischen den Spargelbeeten auf ihn zu.

»Dag, Hradscheck. Wie geiht et? Se kümmen joa goar nich mihr.«

»Ja, Mutter Jeschke, wo soll die Zeit herkommen? Man hat eben zu tun. Und der Ede wird immer dummer. Aber setzen Sie sich. Hierher. Hier ist Sonne.«

»Nei, loatens man, Hradscheck, loatens man. Ick sitt schon so veel. Awers Se möten sitten bliewen.« Und dabei malte sie mit ihrem Stock allerlei Figuren in den Sand.

Hradscheck sah ihr zu, ohne seinerseits das Wort zu nehmen, und so fuhr sie nach einer Pause fort: »Joa, veel to dohn is woll. Wihr joa gistern wedder Klock een. Kunicke kunn woll wedder nich los koamen? *Den* kenn' ick. Na, sien Vader, de oll Kunicke, wihr ook so. Man blot noch en beten mihr.«

»Ja«, lachte Hradscheck, »spät war es. Un denken Sie sich, Mutter Jeschke, Klock zwölf oder so herum sind wir noch fünf Mann hoch in den Keller gestiegen. Und warum? Weil der Ede nicht mehr wollte.«

»Nu, süh eens. Un worümm wull he nich?«

»Weil's unten spuke. Der Junge war wie verdreht mit seinem ewigen ›et spökt‹ und ›et grappscht‹. Und weil er dabei blieb und wir unsre Bowle doch haben wollten, so sind wir am Ende selber gegangen.«

»Nu, süh eens«, wiederholte die Alte. »Hätten em salln 'ne Muulschell gewen.«

»Wollt' ich auch. Aber als er so dastand und zitterte, da konnt' ich nicht. Und dann dacht' ich auch ...«

»Ach wat, Hradscheck, is joa all dumm Tüg ... *Un wenn* et wat is, na, denn möt et de Franzos sinn.«

»Der Franzose?«

»Joa, de Franzos. Kuckens moal; de Ihrd geiht hier so'n beten dahl. He moak woll en beten rutscht sinn.«

»Rutscht sinn«, wiederholte Hradscheck und lachte mit der Alten um die Wette. »Ja, der Franzos ist gerutscht. Alles gut. Aber wenn ich nur den Jungen erst wieder in Ordnung hätte. Der macht mir das ganze Dorf rebellisch. Und wie die Leute sind, wenn sie von Spuk hören, da wird ihnen ungemütlich. Und dann kommt zuletzt auch die dumme Geschichte wieder zur Sprache. Sie wissen ja ...«

»Woll, woll, ick weet.«

»Und dann, Mutter Jeschke, Spuk ist Unsinn. Natürlich. Aber es gibt doch welche ...«

»Joa, joa.«

»Es gibt doch welche, die sagen: Spuk ist *nicht* Unsinn. Wer hat nu recht? Nu mal heraus mit der Sprache.«

Der Alten entging nicht, in welcher Pein und Beklemmung Hradscheck war, weshalb sie, wie sie stets zu tun pflegte, mit einem »Ja« antwortete, das ebenso gut ein »Nein«, und mit einem »Nein«, das ebensogut ein »Ja« sein konnte.

»Min leew Hradscheck«, begann sie, »Se Wullen wat weten von mi. Joa, wat weet ick? Spök! Gewen moak et joa woll so wat. Un am Enn' ook wedder nich. Un ick segg ümmer: wihr sich jrult, för den is et wat, un wihr sich *nich* jrult, för den is et nix.«

Hradscheck, der mit gespanntester Aufmerksamkeit gefolgt war, nickte zustimmend, während die sich plötzlich neben ihn setzende Alte mit wachsender Vertraulichkeit fortfuhr: »Ick will Se wat seggen, Hradscheck. Man möt man blot Kurasch hebben. Un Se hebben joa. Wat is Spök? Spök, dat's grad so, as wenn de Müüs' knabbern. Wihr ümmer hinhürt, na, de slöppt nich; wihr awers so bi sich seggen deiht: ›Na, worümm salln se nich knabbern‹, de slöppt.«

Und bei diesen Worten erhob sie sich rasch wieder und ging, zwischen den Beeten hin, auf ihre Wohnung zu. Mit einem Mal aber blieb sie stehn und wandte sich wieder, wie wenn sie was vergessen habe. »Hüren S', Hradscheck, wat ick Se noch seggen wull, uns' Line kümmt ook wedder. Se hett gistern schrewen. Wat mienens? *De* wihr so wat för Se.«

»Geht nicht, Mutter Jeschke. Was würden die Leute sagen? Un is auch eben erst ein Jahr.«

»Woll. Awers se kümmt ook ihrst um Martini rümm … Und denn, Hradscheck, Se bruken se joa nich glieks to frijen.«

Neunzehntes Kapitel

»De Franzos is rutscht«, hatte die Jeschke gesagt und war dabei wieder so sonderbar vertraulich gewesen, alles mit Absicht und Berechnung. Denn wenn das Gespräch auch noch nachwirkte, darin ihr, vor länger als einem Jahr, ihr sonst so gefügiger Nachbar mit einer Verleumdungsklage gedroht hatte, so konnte sie, trotz alledem, von der Angewohnheit nicht lassen, in dunklen Andeutungen zu sprechen, als wisse sie was und halte nur zurück.

»Verdammt!« murmelte Hradscheck vor sich hin. »Und dazu der Ede mit seiner ewigen Angst.«

Er sah deutlich die ganze Geschichte wieder lebendig werden, und ein Schwindel ergriff ihn, wenn er an all das dachte, was bei diesem Stande der Dinge jeder Tag bringen konnte.

»Das geht so nicht weiter. Er muss weg. Aber wohin?«

Und bei diesen Worten ging Hradscheck auf und ab und überlegte.

»Wohin? Es heißt, er liege in der Oder. Und dahin muss er ... je eher, je lieber ... *Heute* noch. Aber ich wollte, dies Stück Arbeit wäre getan. Damals ging es, das Messer saß mir an der Kehle. Aber jetzt! Wahrhaftig, das Einbetten war nicht so schlimm, als es das Umbetten ist.«

Und von Angst und Unruhe getrieben, ging er auf den Kirchhof und trat an das Grab seiner Frau. Da war der Engel mit der Fackel, und er las die Inschrift. Aber seine Gedanken konnten von dem, was er vorhatte, nicht los, und als er wieder zurück war, stand es fest: »Ja, *heute* noch ... Was du tun willst, tue bald.«

Und dabei sann er nach, *wie's* geschehn müsse.

»Wenn ich nur etwas Farnkraut hätt'. Aber wo gibt es Farnkraut hier? Hier wächst ja bloß Gras und Gerste, weiter nichts, und ich kann doch nicht zehn Meilen in der Welt herumkutschieren, bloß um mit einem großen Busch Farnkraut wieder nach Hause zu kommen. Und warum auch? Unsinn ist es doch.«

Er sprach noch so weiter. Endlich aber entsann er sich, in dem benachbarten Gusower Park einen ganzen Wald von Farnkraut gesehn zu haben. Und so rief er denn in den Hof hinaus und ließ anspannen.

Um Mittag kam er zurück, und vor ihm, auf dem Rücksitze des Wagens, lag ein riesiger Farnkrautbusch. Er kratzte die Samenkörnchen ab und tat sie sorglich in eine Papierkapsel und die Kapsel in ein Schubfach. Dann ging er noch einmal alles durch, was er brauchte, trug das Grabscheit, das für gewöhnlich neben der Gartentür stand, in den Keller hinunter und war wie verwandelt, als er mit diesen Vorbereitungen fertig war.

Er pfiff und trällerte vor sich hin und ging in den Laden.

»Ede, du kannst heute Nachmittag ausgehn. In Gusow ist Jahrmarkt, mit Karussell und sind auch Kunstreiter da, das heißt Seiltänzer. Ich hab' heute Vormittag das Seil spannen sehn. Und vor acht brauchst du nicht wieder hier zu sein. Da nimm, das ist für dich, und nun amüsiere dich gut. Und is auch 'ne Waffelbude da, mit Eierbier und Punsch. Aber hübsch mäßig, nich zu viel; hörst du, keine Dummheiten machen.«

Ede strahlte vor Glück, machte sich auf den Weg und war Punkt acht wieder da. Zugleich mit ihm kamen die Stammgäste, die, wie gewöhnlich, ihren Platz in der Weinstube nahmen. Einige hatten schon erfahren, dass Hradscheck am Vormittag in Gusow gewesen und mit einem großen Busch Farnkraut zurückgekommen sei.

»Was du nur mit dem Farnkraut willst?« fragte Kunicke.

»Anpflanzen.«

»Das wuchert ja. Wenn das drei Jahr in deinem Garten steht, weißt du vor Unkraut nicht mehr, wo du hinsollst.«

»Das soll es auch. Ich will einen hohen Zaun davon ziehn. Und je rascher es wächst, desto besser.«

»Na, sieh dich vor damit. Das ist wie die Wasserpest; wo sich das mal eingenistet hat, ist kein Auskommen mehr. Und vertreibt dich am Ende von Haus und Hof.«

Alles lachte, bis man zuletzt auf die Kunstreiter zu sprechen kam und an Hradscheck die Frage richtete, was er denn eigentlich von ihnen gesehen habe?

»Bloß das Seil. Aber Ede, der heute Nachmittag da war, der wird wohl Augen gemacht haben.«

Und nun erzählte Hradscheck des Breiteren, dass *der*, dem die Truppe jetzt gehöre, des alten Kolter Schwiegersohn sei, ja, die Frau desselben nenne sich noch immer nach dem Vater und habe den Namen ihres Mannes gar nicht angenommen.

Er sagte das alles so hin, wie wenn er die Kolters ganz genau kenne, was den Ölmüller zu verschiedenen Fragen über die berühmte Seiltänzerfamilie veranlasste. Denn Springer und Kunstreiter waren Quaasens unentwegte Passion, seit er als zwanzigjähriger Junge mal auf dem Punkte gestanden hatte, mit einer Kunstreiterin auf und davon zu gehn. Seine Mutter jedoch hatte Wind davon gekriegt und ihn nicht bloß in den Milchkeller gesperrt, sondern auch den Direktor der Truppe gegen ein erhebliches Geldgeschenk veranlasst, die »gefährliche Person« bis nach Reppen hin vorauszuschicken. All das, wie sich denken lässt, gab auch heute wieder Veranlassung zu vielfachen Neckereien und umso mehr, als Quaas ohnehin des Vorzugs genoss, Stichblatt der Tafelrunde zu sein.

»Aber was is das mit Kolter?« fragte Kunicke. »Du wolltest von ihm erzählen, Hradscheck. Is es ein Reiter oder ein Springer?«

»Bloß ein Springer. Aber was für einer!«

Und nun fing Hradscheck an, eine seiner Hauptgeschichten zum Besten zu geben, die vom alten Kolter nämlich, der anno 14 schon sehr berühmt und mit in Wien auf dem Kongress gewesen sei.

»Was, was? Mit auf dem Kongress?«

»Versteht sich. Und warum nicht?«

»Auf dem Kongress also.«

»Und da habe denn«, so fuhr Hradscheck fort, »der König von Preußen zum Kaiser von Russland gesagt: ›Höre, Bruderherz, was du von deinem Stiglischeck auch sagen magst, Kolter ist doch besser, Parole d'honneur, Kolter ist der erste Springer der Welt, und was ihm auch passieren mag, er wird sich immer zu helfen wissen.‹ Und als nun der Kaiser von Russland das bestritten, da hätten sie gewettet, und wäre bloß *die* Bedingung gewesen, dass nichts vorher gesagt werden solle. Das hätten sie denn auch gehalten. Und als nun Kolter halb schon das zwischen zwei Türmen ausgespannte Seil hinter sich gehabt habe, da sei mit einem Male, von der andern Seite her, ein andrer Seiltänzer auf ihn losgekommen, das sei Stiglischeck gewesen, und keine Minute mehr, da hätten sie sich gegenüber gestanden, und der Russe, was ihm auch keiner verdenken könne, habe bloß gesagt: ›Alles perdu, Bruder: *du* verloren, ich verloren.‹ Aber Kolter habe nur gelacht und ihm was ins Ohr geflüstert, einige sagen, einen frommen Spruch, andre aber sagen das Gegenteil, und sei dann mit großer Anstrengung und Geschicklichkeit zehn Schritte rückwärts gegangen, während der andre sich niedergehuckt habe. Und nun habe Kolter einen Anlauf genommen und sei mit eins, zwei, drei über den andern weggesprungen. Da sei denn ein furchtbares Beifallklatschen gewesen, und einige hätten laut geweint und immer wieder und wieder gesagt, ›das sei mehr als Napoleon‹. Und der Kaiser von Russland habe seine Wette verloren und auch wirklich bezahlt.«

»Wird er wohl, wird er wohl«, sagte Kunicke. »Der Russe bezahlt immer. Hat's ja ... Bravo, Hradscheck; bravo!«

So war Hradscheck mit Beifall belohnt worden und hatte von Viertelstunde zu Viertelstunde noch vieles andre zum Besten gegeben, bis endlich um elf die Stammgäste das Haus verließen.

Ede war schon zu Bett geschickt, und in dem weiten Hause herrschte Todesstille. Hradscheck schritt auf und ab in seiner Stube, musste sich aber setzen, denn der Aufregungen dieses Tages waren so viele gewesen, dass er sich, trotz fester Nerven, einer Ohnmacht nahe fühlte. Solang er drüben Geschichten erzählt hatte, munterer und heiterer, so wenigstens schien es, als je zuvor, war kein Tropfen Wein über seine Lippen gekommen, jetzt aber nahm er Kognak und Wasser und fühlte, wie Kraft und Entschlossenheit ihm rasch wiederkehrten. Er ging auf das Schubfach zu, drin er das Kapselchen versteckt hatte, zog gleich danach seine Schuh aus und pulverte von dem Farnkrautsamen hinein.

»So!«

Und nun stand er wieder in seinen Schuhen und lachte.

»Will doch mal die Probe machen! Wenn ich jetzt unsichtbar bin, muss ich mich auch selber nicht sehen können.«

Und das Licht zur Hand nehmend, trat er vor den schmalen Trumeau mit dem weiß lackierten Rahmen und sah hinein und nickte seinem Spiegelbilde zu. »Guten Tag, Abel Hradscheck. Wahrhaftig, wenn alles so viel hilft wie der Farnkrautsamen, so werd' ich nicht weit kommen und bloß noch das angenehme Gefühl haben, ein Narr gewesen zu sein und ein Dummkopf, den ein altes Weib genasführt hat. Die verdammte Hexe! Warum lebt sie? Wäre sie weg, so hätt' ich längst Ruh' und brauchte diesen Unsinn nicht. Und brauchte nicht …« Ein Grusel überlief ihn, denn das Furchtbare, was er vorhatte, stand mit einem Male wieder vor seiner Seele. Rasch aber bezwang er sich. »Eins kommt aus dem andern. Wer A sagt, muss B sagen.«

Und als er so gesprochen und sich wieder zurechtgerückt hatte, ging er auf einen kleinen Eckschrank zu und nahm ein Laternchen heraus, das er sich schon vorher durch Überkleben mit Papier in eine Art Blendlaterne umgewandelt hatte. Die Alte drüben sollte den Lichtschimmer nicht wieder sehn und ihn nicht zum wievielten Male mit ihrem »ick weet nich, Hradscheck, wihr et in de Stuw or wihr et in'n Keller« in Wut und Verzweiflung bringen. Und nun zündete er das Licht an, knipste die Laternentür wieder zu und trat rasch entschlossen auf den Flur hinaus. Was er brauchte, darunter auch ein Stück alter Teppich, aus langen Tuchstreifen geflochten, lag längst unten in Bereitschaft.

»Vorwärts, Hradscheck!«

Und zwischen den großen Ölfässern hin ging er bis an den Kellereingang, hob die Falltür auf und stieg langsam und vorsichtig die Stufen hinunter. Als er aber unten war, sah er, dass die Laterne trotz der angebrachten Verblendung, viel zu viel Licht gab und nach oben hin, wie aus einem Schlot, einen hellen Schein warf. Das durfte nicht sein, und so stieg er die Treppe wieder hinauf, blieb aber in halber Höhe stehn und griff bloß nach einem ihm in aller Bequemlichkeit zur Hand liegenden Brett, das hier an das nächstliegende Ölfass herangeschoben war, um die ganze Reihe der Fässer am Rollen zu verhindern. Es war nur schmal, aber doch gerade breit genug, um unten das Kellerfenster zu schließen.

»Nun mag sie sich drüben die Augen auskucken. Meinetwegen. Durch ein Brett wird sie ja wohl nicht sehn können. Ein Brett ist besser als Farnkrautsamen …«

Und damit schloss er die Falltür und stieg wieder die Stufen hinunter.

Zwanzigstes Kapitel

Ede war früh auf und bediente seine Kunden. Dann und wann sah er nach der kleinen, im Nebenzimmer hängenden Uhr, die schon auf ein Viertel nach acht zeigte.

»Wo der Alte nur bleibt?«

Ede durfte die Frage schon tun, denn für gewöhnlich erschien Hradscheck mit dem Glockenschlage sieben, wünschte guten Morgen und öffnete die nach der Küche führende kleine Tür, was für die Köchin allemal das Zeichen war, dass sie den Kaffee bringen solle. Heute aber ließ sich kein Hradscheck sehn, und als es nah an neun heran war, steckte statt seiner nur Male den Kopf in den Laden hinein und sagte:

»Wo he man bliewt, Ede?«

»Weet nich.«

»Ick will geihn un en beten an sine Dhör bullern.«

»Joa, dat dhu man.«

Und wirklich, Male ging, um ihn zu wecken. Aber sie kam in großer Aufregung wieder. »He is nich doa, nich in de Vörun ook nich in de Hinnerstuw. Allens open un keene Dhör to.«

»Un sien Bett?« fragte Ede.

»Allens glatt un ungeknüllt. He's goar nich in west.«

Ede kam nun auch in Unruhe. Was war zu tun? Er wie Male hatten ein unbestimmtes Gefühl, dass etwas ganz Absonderliches geschehen sein müsse, worin sie sich durch den schließlich ebenfalls erscheinenden Jakob nur noch bestärkt sahen. Nach einigem Beraten kam man überein, dass Jakob zu Kunicke hinübergehn und wegen des Abends vorher anfragen solle; Kunicke müss' es wissen, der sei immer der Letzte. Male dagegen solle rasch nach dem Krug laufen, wo Gendarm Geelhaar um diese Stunde zu frühstücken und der alten Krügerschen, die manchen Sturm erlebt hatte, schöne Dinge zu sagen pflegte. Das geschah denn auch alles, und keine Viertelstunde, so sah man Geelhaar die Dorfstraße herunterkommen, mit ihm Schulze Woytasch, der sich, einer abzuhaltenden Versammlung halber, zufällig ebenfalls im Kruge befunden hatte. Vor Hradschecks Tür trafen beide mit Kunicke zusammen. Man begrüßte sich stumm und überschritt mit einer gewissen Feierlichkeit die Schwelle.

Drin im Hause hatte sich mittlerweile die Szene verändert.

Ede, der noch eine Zeitlang in allen Ecken und Winkeln umhergesucht hatte, stand jetzt, als die Gruppe sich näherte, mitten auf dem Flur und wies auf ein großes Ölfass, das um ein Geringes vorgerollt war, nur zwei Fingerbreit, nur bis an den großen Eisenring, aber doch gerade weit genug, um die Falltür zu schließen.

»Doa sitt he in«, schrie der Junge.

»Schrei nicht so!« fuhr ihn Schulze Woytasch an. Und Kunicke setzte mit mehr Derbheit, aber auch mit größerer Gemütlichkeit hinzu: »Halt's Maul, Junge.«

Dieser jedoch war nicht zur Ruh zu bringen, und sein bisschen Schläfenhaar immer mehr in die Höh schiebend, fuhr er in demselben Weimertone fort: »Ick weet allens. Dat's de Spök. De Spök hett noah em grappscht. Un denn wull he rut un kunn nich.«

Um diese Zeit war auch Eccelius aus der Pfarre herübergekommen, leichenblass und so von Ahnungen geängstigt, dass er, als man das Fass jetzt zurückgeschoben und die Falltür geöffnet hatte, nicht mit hinuntersteigen mochte, sondern erst in den Laden und gleich danach auf die Dorfgasse hinaus trat.

Geelhaar und Schulze Woytasch, schon von Amts wegen auf bessre Nerven gestellt, hatten inzwischen ihren Abstieg bewerkstelligt, während Kunicke, mit einem Licht in der Hand, von oben her in den Keller hineinleuchtete. Da nicht viele Stufen waren, so konnt' er das Nächste bequem sehn: Unten lag Hradscheck, allem Anscheine nach tot, ein Grabscheit in der Hand, die zerbrochene Laterne daneben. Unser alter Anno-Dreizehner sah sich bei diesem Anblick seiner gewöhnlichen Gleichgültigkeit entrissen, erholte sich aber und kroch, unten angekommen, in Gemeinschaft mit Geelhaar und Woytasch auf die Stelle zu, wo hinter einem Lattenverschlage der Weinkeller war. Die

Tür stand auf, etwas Erde war aufgegraben, und man sah Arm und Hand eines hier Verscharrten. Alles andre war noch verdeckt. Aber freilich, was sichtbar war, war gerade genug, um alles Geschehene klarzulegen.

Keiner sprach ein Wort, und mit einem scheuen Seitenblick auf den entseelt am Boden Liegenden stiegen alle drei die Treppe wieder hinauf.

Auch oben, wo sich Eccelius ihnen wieder gesellte, blieb es bei wenig Worten, was schließlich nicht wundernehmen konnte. Waren doch alle, mit alleiniger Ausnahme von Geelhaar, viel zu befreundet mit Hradscheck gewesen, als dass ein Gespräch über ihn anders als peinlich hätte verlaufen können. Peinlich und mit Vorwürfen gegen sich selbst gemischt. Warum hatte man bei der gerichtlichen Untersuchung nicht besser aufgepasst, nicht schärfer gesehn? Warum hatte man sich hinters Licht führen lassen?

Nur das Nötigste wurde festgestellt. Dann verließ man das durch so viele Jahre hin mit Vorliebe besuchte Haus, das nun für jeden ein Haus des Schreckens geworden war. Kunicke schritt quer über den Damm auf seine Wohnung, Eccelius auf seine Pfarre zu. Woytasch war mit ihm.

»Das Küstriner Gericht«, hob Eccelius an, »wird nur wenig noch zu sagen haben. Alles ist klar und doch ist nichts bewiesen. Er steht vor einem höheren Richter.«

Woytasch nickte. »Höchstens noch, was aus der Erbschaft wird,« bemerkte dieser und sah vor sich hin. »Er hat keine Verwandte hier herum, und die Frau, so mir recht is, auch nich. Vielleicht, dass es der Pohlsche wiederkriegt. Aber das werden die Tschechiner nich wollen.« Eccelius erwiderte: »Das alles macht mir keine Sorge. Was mir Sorge macht, ist bloß das: Wie kriegen wir ihn unter die Erde und *wo.* Sollen wir ihn unter die guten Leute legen, das geht nicht, das leiden die Bauern nicht und machen uns eine Kirchhofsrevolte. Und was das Schlimmste ist, haben auch recht dabei. Und sein Feld wird auch keiner dazu hergeben wollen. Eine solche Stelle mag niemand auf seinem ehrlichen Acker haben.«

»Ich denke«, sagte der Schulze, »wir bringen ihn auf den Kirchhof. Bewiesen ist am Ende nichts. Im Garten liegt der Franzos, und im Keller liegt der Pohlsche. Wer will sagen, wer ihn da hingelegt hat? Keiner weiß es, nicht einmal die Jeschke. Schließlich ist alles bloß Verdacht. Auf den Kirchhof muss er also. Aber seitab, wo die Nesseln stehn und der Schutt liegt.«

»Und das Grab der Frau?« fragte Eccelius. »Was wird aus dem? Und aus dem Kreuz?«

»Das werden sie wohl umreißen, da kenn' ich meine Tschechiner. Und dann müssen wir tun, Herr Pastor, als sähen wir's nicht. Kirchhofsordnung ist gut, aber der Mensch verlangt auch seine Ordnung.«

»Brav, Schulze Woytasch!« sagte Eccelius und gab ihm die Hand. »Immer's Herz auf dem rechten Fleck!«

Geelhaar war im Hradscheckschen Hause zurückgeblieben. Er hatte den Polizei-Kehr-mich-nicht-dran und machte nicht viel von der Sache. Was war es denn auch groß? Ein Fall mehr. Darüber ging die Welt noch lange nicht aus den Fugen. Und so ging er denn in den Laden, legte die Hand auf Edes Kopf und sagte: »Hör, Ede, das war heut' ein bisschen scharf. So zwei Dodige gleich morgens um neun! Na, schenk mal was ein. Was nehmen wir denn?«

»Na, 'nen Rum, Herr Geelhaar.«

»Nei, Rum is mir heute zu schwach. Gib erst 'nen Kognak. Und dann ein' Rum.«

Ede schenkte mit zitternder Hand ein. Geelhaars Hand aber war um so sicherer. Als er ein paar Gläser geleert hatte, ging er in den Garten und spazierte drin auf und ab, als ob nun alles sein wäre. Das ganze Grundstück erschien ihm wie herrenloser Besitz, drin man sich ungeniert ergehen könne.

Die Jeschke, wie sich denken lässt, ließ auch nicht lang auf sich warten. Sie wusste schon alles und sah mal wieder über den Zaun.

»Dag, Geelhaar.«

»Dag, Mutter Jeschke ... Nu, was macht Line?«

»De kümmt to Martini. Se brukt sich joa nu nich mihr to jrulen.«

»Vor Hradscheck?« lachte Geelhaar.

»Joa. Vor Hradscheck. Awers nu sitt he joa fast.«

»Das tut er. Und gefangen in seiner eigenen Falle.«

»Joa, joa. De oll Voß! Nu kümmt he nich wedder rut. Fien wihr he. Awers to fien, loat man sien!«

Was noch geschehen musste, geschah still und rasch, und schon um die neunte Stunde des folgenden Tages trug Eccelius nachstehende Notiz in das Tschechiner Kirchenbuch ein:

»Heute, den 3. Oktober, früh vor Tagesanbruch, wurde der Kaufmann und Gasthofsbesitzer Abel Hradscheck ohne Sang und Klang in den hiesigen Kirchhofsacker gelegt. Nur Schulze Woytasch, Gendarm Geelhaar und Bauer Kunicke wohnten dem stillen Begräbnisakte bei. Der Tote, so nicht alle Zeichen trügen, wurde von der Hand Gottes getroffen, nachdem es ihm gelungen war, den schon früher gegen ihn wach gewordenen Verdacht durch eine besondere Klugheit wieder zu beschwichtigen. Er verfing sich aber schließlich in seiner List und grub sich, mit dem Grabscheit in der Hand, in demselben Augenblicke sein Grab, in dem er hoffen durfte, sein Verbrechen für immer aus der Welt geschafft zu sehn. Und bezeugte dadurch aufs Neue die Spruchweisheit: *›Es ist nichts so fein gesponnen, 's kommt doch alles an die Sonnen.‹*«

ANHANG

Editorische Notiz

Dem vorliegenden Band liegt folgende Ausgabe zugrunde: Theodor Fontane: Werke, Schriften und Briefe. 2. Aufl. Herausgegeben von Walter Keitel und Helmuth Nürnberger. München 1970. Abteilung I/Erster Band.

Textgrundlage sind die Erstausgaben von 1879/80 (›Grete Minde‹) und 1885 (›Unterm Birnbaum‹).

Die Orthographie wurde auf der Grundlage der neuen amtlichen Rechtschreibung behutsam modernisiert; der originale Lautstand und grammatische Eigenheiten blieben weitgehend gewahrt. Die Interpunktion blieb unangetastet. Eindeutige Druck- und Satzfehler wurden korrigiert.

Daten zu Leben und Werk

1819
30. Dezember: Henri Théodore (Heinrich Theodor) Fontane wird als Sohn des Apothekers Louis Henri Fontane und dessen Frau Emilie (geb. Labry) – beide Nachfahren hugenottischer Einwanderer – im brandenburgischen Neuruppin geboren.

1827–1836
Umzug der Familie nach Swinemünde. Schulische Ausbildung zunächst durch Eltern und Privatlehrer. 1832/33: Besuch des Friedrich-Wilhelm-Gymnasiums in Neuruppin. 1833: Wechsel zur Gewerbeschule Karl Friedrich Klödens in Berlin, die Fontane 1836 nach dem Erwerb des »Einjährigen«-Zeugnisses verlässt.

1836–1847
1836: Beginn der Apothekerlehrzeit in Berlin-Spandau. 1839: Fontane absolviert seine Apothekergehilfenprüfung und veröffentlicht im *Berliner Figaro* seine erste Novelle *(Geschwisterliebe)*. 1840 folgen der Debüt-Roman *Du hast recht getan* sowie das Versepos *Heinrichs IV. erste Liebe* (beide nicht erhalten). Im gleichen Jahr erscheinen im *Figaro* zwölf Gedichte. 1844/45: Ableistung des einjährig-freiwilligen Militärdienstes und erste Englandreise. Aufnahme in den literarischen Verein »Tunnel über der Spree«, in dem Fontane vor allem als Balladendichter hervortritt und auf Persönlichkeiten wie Theodor Storm, Felix Dahn und Paul Heyse trifft. 1847: Approbation als »Apotheker erster Klasse«.

1848–1849
18. März 1848: Beteiligung an den Barrikaden-Kämpfen der März-Unruhen in Berlin. Veröffentlichung politischer Artikel und Reportagen in der *Berliner Zeitungs-Halle* und der *Dresd-*

ner Zeitung. Im Dezember 1849 erscheinen Fontanes erste Bücher *Männer und Helden. Acht Preußenlieder* sowie der Romanzenzyklus *Von der schönen Rosamunde*. Aufgabe des Apothekerberufs und (zunächst vergeblicher) Versuch, als freier Schriftsteller zu leben.

1850–1855

1850: Anstellung bei der preußischen Zensurbehörde, dem »Literarischen Cabinet« des Innenministeriums. 16. Oktober: Heirat mit Emilie Rouanet-Kummer. 1851: Veröffentlichung eines Gedichtbands. 14. August 1851: Geburt des Sohns George Emile. 1852: Zweiter Englandaufenthalt als offizieller Presseberichterstatter der regierungsnahen *Adler-Zeitung*. 2. September 1852: Geburt des zweiten Sohns Rudolf (gestorben am 15. September). Oktober 1853: Geburt des dritten Sohns Peter Paul (gestorben im April 1854). Bis 1855 Tätigkeit als Herausgeber, Publizist, Kritiker und Hauslehrer in Berlin. Unter anderem erscheinen *Unsere lyrische und epische Poesie seit 1848*, *Ein Sommer in London*, *Argo. Belletristisches Jahrbuch für 1854* (hrsg. von Theodor Fontane und Franz Kugler). 29. Mai 1855: Geburt des vierten, bereits nach wenigen Tagen gestorbenen Sohns Hans Ulrich.

1855–1859

September 1855: Beginn eines dreijährigen Englandaufenthalts, der zunächst mit dem Auftrag verbunden ist, eine die Neutralitätspolitik Preußens unterstützende »Deutsch-Englische Korrespondenz« aufzubauen. 1. April 1856: Anstellung als Presseattaché der preußischen Gesandtschaft in London. November 1856: Geburt des fünften Sohns Theodor. 1857: Übersiedlung Emilies mit den beiden Söhnen nach London. August 1858: Schottlandreise mit Bernhard von Lepel. 15. Januar 1859: Rückkehr nach Berlin.

1859–1864

Unmittelbar nach der Rückkehr beginnen die Arbeiten an den *Wanderungen durch die Mark Brandenburg*, mit denen sich Fontane ein erstes Ansehen als Schriftsteller und eine deutliche Verbesserung seiner finanziellen Lage verschafft. 1860: *Aus England* und *Jenseits des Tweed* erscheinen. 21. März 1860: Geburt der einzigen Tochter Martha (Mete). 1. Juni 1860: Eintritt in die Redaktion der protestantisch-konservativen *Kreuzzeitung*. Nach der Gedichtsammlung *Balladen* (1861) erscheint 1862 der erste Band der *Wanderungen durch die Mark Brandenburg*, 1884 der vierte und letzte Band. 5. Februar 1864: Geburt des sechsten Sohns Friedrich.

1864–1871

Über zehn Jahre arbeitet Fontane an drei umfangreichen Dokumentationen über die großen preußisch-deutschen Kriege: *Der Schleswig-Holsteinsche Krieg im Jahre 1864* (1866), *Der Deutsche Krieg von 1866* (2 Bde., 1870/71), *Der Krieg gegen Frankreich 1870–71* (2 Bde., 1873/75–1876). Die Erlebnisse des Autors an den Kriegsschauplätzen spiegeln sich in einer Reihe von autobiographischen Schriften. April 1870: Bruch mit der *Kreuzzeitung*. Seit August Theaterrezensent der liberalen *Vossischen Zeitung*. Oktober 1870 Verhaftung durch französische Partisanen. Dezember: Befreiung (möglicherweise auf Intervention Bismarcks) und Rückkehr nach Berlin.

1872–1876

1872: Umzug in die Potsdamer Straße 134c, der letzten Wohnung Fontanes. März 1874/75: Reisen in die Schweiz, nach Italien und Österreich. 1876: Ständiger Sekretär der Akademie der Künste in Berlin; auf sein eigenes Rücktrittsgesuch hin am 2. August entlassen.

1878–1894

Im Oktober 1878 erscheint der seit langem geplante historische Roman *Vor dem Sturm*, der als Mischform zwischen dem Historischen und dem Epischen Fontanes persönlichen Durchbruch als Romancier und Novellist markiert. Neben das weiterhin bestehende Interesse an historischen Sujets (*Schach von Wuthenow*, 1882) tritt die Behandlung kriminalistischer Stoffe (*Grete Minde*, 1879; *Ellernklipp*, 1881; *Unterm Birnbaum*, 1884; *Quitt*, 1890) vor allem aber die zeittypische Schilderung in der Form des gesellschaftskritischen Gegenwartsromans. *L'Adultera* (1882) eröffnet die Reihe der Berliner Gesellschafts- und Eheromane (*Cecile*, 1886; *Irrungen, Wirrungen*, 1887; *Stine*, 1890; *Frau Jenny Treibel*, 1892; *Die Poggenpuhls*, 1895; *Mathilde Möhring*, postum 1906). 1887: Tod des ersten Sohns Georg. 1888: Gründung eines Verlags durch Friedrich Fontane, in dem – beginnend mit *Stine* – alle weiteren Romane des Vaters erscheinen. 1889: Beendigung der Tätigkeit als Kritiker bei der *Vossischen Zeitung*. 1890/91: Erste Gesamtausgabe der erzählenden Werke. 1891: Fontane erhält gemeinsam mit Klaus Groth den Schillerpreis. Nach schwerer Erkrankung verfasst er auf Anraten seines Arztes den autobiographischen Text *Meine Kinderjahre* (1894). 8. November 1894: Ehrendoktor der Philosophischen Fakultät der Friedrich-Wilhelms-Universität Berlin (heute Humboldt-Universität).

1895–1898

Mit *Effi Briest* erscheint 1895 der Roman, den der Autor als seinen »ersten wirklichen Erfolg« verbuchen kann. Als sein erzählerisches Hauptwerk gilt der *Stechlin*, dessen Ausarbeitung Ende 1895 beginnt (1897 als Vorabdruck, 1898 als Buch erschienen). 1898: Neben dem letzten Teil der autobiographischen Schriften *Von Zwanzig bis Dreißig* erscheint die fünfte Auflage der *Gedichte*. Am 20. September stirbt Fontane in seiner Wohnung in der Potsdamer Straße.

Aus Kindlers Literatur Lexikon: Theodor Fontane, ›Grete Minde‹

Die 1879 erschienene Erzählung greift auf die Verwüstung der Stadt Tangermünde durch einen Brand zurück, den die Bürgerin Grete Minde am 13. September 1617 legte. Fontane setzt mit seiner Schilderung zwei Jahre vor dem Brand ein. Ohne Liebe wächst die früh verwaiste Grete Minde im Haus ihres Halbbruders Gerdt und seiner kalten, engherzigen Frau Trud auf, die das von klein auf seltsam herbe und hochmütig auffahrende Kind hasst und seiner Mutter wegen, die eine katholische Spanierin war, fast für eine Hexe hält. Einziger Trost des oft melancholisch düsteren Mädchens ist der gutherzige Valtin, der Kindheitsgespiele aus dem Nachbarhaus, der sie liebt. Als Truds Feindseligkeiten immer unerträglicher werden, flieht Grete, begleitet von dem Freund, der sie nicht verlassen will, heimlich aus dem Haus. Nach drei Jahren kehrt sie mit dem todkranken Valtin und ihrem gemeinsamen Kind in die Heimat zurück. Sie haben ihr kärgliches Auskommen bei einer Puppenspielergruppe, die einige Jahre zuvor in Tangermünde das »Jüngste Gericht« gespielt hat – eine Aufführung, deren düstere Gewalt Grete tief ängstigte und doch faszinierte. Vor seinem Tod nimmt Valtin Grete das Versprechen ab, um ihres Kindes willen allen Stolz zu begraben, nach Hause zurückzukehren und den Bruder um Vergebung zu bitten. Grete erfüllt schweren Herzens das Versprechen und demütigt sich tief vor Gerdt, der ihr mit kaltherziger Gleichgültigkeit nicht nur die Aufnahme in sein Haus, sondern auch die Auszahlung ihres Erbteils verweigert. Auch der Rat der Stadt, vor dem sie nun, da ihr keine Barmherzigkeit zuteil wird, ihre Rechte geltend macht, versagt ihr auf die falschen Aussagen des Ratsherrn Gerdt Minde hin seine Unterstützung. Schon durch die schweren, entbehrungsreichen Jahre und durch den Verlust Valtins in einer seelischen und geistigen Verfassung, in der sie zunehmend krankhaften Vorstellungen und Einbildungen Raum gibt, überlässt sich die nun völlig Verlassene angesichts dieser Grausamkeit einer blinden Rach- und Zerstörungslust. Sie steckt ihr Vaterhaus und die Stadt in Brand und wird vor den Augen des Bruders mit ihrem Kind und Gerdts Sohn von dem brennenden und schließlich einstürzenden Kirchturm mit in die Tiefe gerissen.

Der – dem historischen Stoff gemäße – balladeske Ton und Aufbau dieser Erzählung, vor allem aber ihr dramatischer Schluss haben im Werk des Dichters keine Parallele. Grete Minde scheint in ihrer düsteren Getriebenheit nicht zu den anderen, klareren Frauengestalten Fontanes zu gehören, doch geht von ihr bei aller Leidenschaftlichkeit der Empfindungen und Reaktionen jene schwer definierbare Kühle aus, die sie unverwechselbar an die Seite Effi Briests, Corinnas *(Frau Jenny Treibel)*, Renates *(Vor dem Sturm)* oder Melanies *(L'Adultera)* stellt.

KLL

Aus Kindlers Literatur Lexikon: Theodor Fontane, ›Unterm Birnbaum‹

Das stoffliche Substrat der 1885 erschienen Erzählung ist gering: In 20 Kapiteln läuft eine im Oderbruch spielende Mordgeschichte ab, die an ein ins dörfliche Krämermilieu versetztes Macbeth-Drama erinnert. Der Schankwirt und »Dorfmaterialist« Abel Hradschek, teils durch eigene Spielleidenschaft, teils durch das Bildungs- und Prestigestreben seiner Frau tief verschuldet, entdeckt in seinem Garten beim Umgraben unter dem Birnbaum die Leiche eines schon stark verwesten »toten Franzosen« aus der Zeit der Befreiungskriege, von der er jedoch weiter kein Aufhebens macht. Als der Vertreter einer Krakauer Firma anreist, um die Schulden, die Hradschek bei dieser Firma hat, persönlich einzutreiben, ermordet ihn der Schankwirt mit Hilfe seiner Frau und verscharrt die Leiche im Keller seines Hauses. Dank der Leiche unterm Birnbaum kann Hradschek den Mordverdacht von sich abwenden; zwar gräbt die Polizei nach Hinweisen von Hradscheks Nachbarin im Garten, findet aber lediglich die Soldatenleiche. Obwohl der Krämer nach diesem »Beweis seiner Unschuld« aus der Haft entlassen wird und die Achtung seiner Mitmenschen wiedergewinnt, siecht seine Frau seit dem Mordtag dahin und stirbt trotz der durch bauliche Veränderungen am Haus getilgten Erinnerung an die Tat.

Hradschek, der allmählich zu Wohlstand kommt, unternimmt wiederholt Reisen nach Berlin und trägt sich mit Heiratsplänen. Durch ein von anderen Figuren unbemerktes Indiz, vor allem aber durch die Geisterfurcht seiner Angestellten und die Bemerkungen seiner als »alte Hexe« berüchtigten Nachbarin werden jedoch auch in dem Krämer die Erinnerungen an den Mord wachgehalten. Er beschließt, die immer noch im Keller verscharrte Leiche des Krakauer Vertreters unterm Birnbaum zu beerdigen, aber als er den nur durch eine Falltür erreichbaren Keller betritt, rollt ein schweres Fass vor den Kellerzugang und sperrt Hradschek zu seinem Opfer. Am nächsten Morgen finden ihn die Dorfbewohner tot im Keller auf; neben ihm ist die Erde aufgegraben, aus der Arm und Hand einer Leiche ragen.

Mehr als der Stoff halten die für Fontane vergleichsweise gering entfalteten Unterhaltungen der Figuren das Interesse wach: Es geht um die Themen Glaube und Aberglaube, Konfession, Bildung und gesellschaftliche Prätention, um zeitgeschichtliche Ereignisse und den Dorfklatsch. Die Erzählung spielt um 1830, und die Erinnerung an die Befreiungskriege, Berichte vom polnischen Aufstand und von Berliner Theaterereignissen nähern *Unterm Birnbaum* den historischen und den Gesellschaftsromanen Fontanes an.

Ulrich Dittmann

Aus: Kindlers Literatur Lexikon. 3., völlig neu bearbeitete Auflage. Herausgegeben von Heinz Ludwig Arnold (ISBN 978-3-476-04000-8).

Theodor Fontane

Effi Briest

Band 90012

Die junge Effi Briest auf der Schaukel, »immer Tochter der Luft«. Frei, leidenschaftlich, unbeschwert. Sie, »die arme Effi«, entschließt sich, ihre Sehnsüchte aufzugeben, ordentlich zu heiraten und ihren Platz in der Gesellschaft einzunehmen. Nur passt sie nirgends so richtig hin. Ihre Phantasie ist allen suspekt, ihre Kompromissfähigkeit jedoch auch bald erschöpft …

Fischer Taschenbuch Verlag

fi 90012 / 1

Theodor Fontane

Frau Jenny Treibel

Band 90044

Frau Kommerzienrätin Jenny Treibel, geborene Bürstenbinder, ist empört, als die unbegüterte Corinna Schmidt ihren Sohn Leopold um den Finger wickelt – und, wie sie selbst, mit ihrer Hochzeit Karriere machen will. In der Berliner Bourgeoisie ist man doch lieber unter sich. Es gibt allerdings ein Problem: »alles möchte reich sein.«

Fischer Taschenbuch Verlag

fi 90044 / 1